短篇小説の快楽

Adolfo Bioy Casares

En memoria de Paulina

パウリーナの思い出に

アドルフォ・ビオイ=カサーレス

高岡麻衣・野村竜仁[訳]

国書刊行会

幻影の土地に生まれた幻想文学

木村榮一

　はるか昔、大学でスペイン語を学びはじめたばかりの頃に、海賊版と思われるテキストが教科書として用いられたことがある。そこにはラテンアメリカの歴史に関するさまざまなエピソードが語られていたが、中でもブエノスアイレス、アルゼンチン、ラ・プラタ河にまつわる話が大変面白かった。五十年ほど前に読んだテキストのことを今も覚えているのだから、よほど強く印象づけられたのだろう。そのテキストによると、旧大陸から船で大西洋を越えてやってきた航海者は、どこかに太平洋に通じる大河があるはずだと考えて、アマゾン河の河口をさらに南下し、ついに別の大河を発見する。長い航海の間、船倉に閉じ込められ、そこの淀んだ空気にうんざりしていた一行が河岸に降り立ち、新鮮な大気を胸いっぱい吸い込んだ時に、思わず¡Qué buenos aires!（ケ・ブエノス・アイレス）「ああ、なんていい空気だろう！」と叫んだが、その言葉が現在のブエノスアイレスの地名の由来になったと書かれていた。

後に分かったところではこの話は眉唾もので、ブエノスアイレスの起源になった正しい名称は、Ciudad de Nuestra Señora Santa María del Buen Ayre《よき風の我らの聖母マリア市》で、当時の船乗りにとってもっとも大切な風をもたらしてくれる聖母への思いが込められているとのことである。しかし、ぼくの中ではボルヘスが、

その昔　泥と眠りのこの河に　幾艘かの船が訪れ
　祖国を建設したのだろうか

……

ただひとつ確かなことは　数知れぬ人々が
月の五倍もある海を越えてきたことだ
　羅針盤を狂わせる磁石があり
人魚や海竜が住むというあの海を

「ブエノスアイレス建設の神話」

とうたっている一節からもうかがえるように、長旅を終えた航海者とその一行が川岸に降り立ったときに、思わず ¡Qué buenos aires! と叫んだ言葉に町の名が由来するという話のほうがはるかに強く印象に残っている。

さらに驚くべきことが彼らを待ち受けていた。その大河の岸辺で銀製品が見つかったのである。彼らは欣喜雀躍して、ここはきっと銀の土地にちがいないと思い込んで、Argentino（アルヘンティーノ）「銀の」という形容詞から国名をとり、さらに河をRío de la Plata（リーオ・デ・ラ・プラタ）、つまり《銀の河》と名づけた。ところがどこを探しても国内には銀鉱が見つからず、銀の夢は幻と消えた。のちに、最初にあの地を踏んだ人たちが見つけた銀製品はボリビア産の銀で作られたものだと判明したとのことである。

銀の夢が幻と消えたアルゼンチンには、首都を取り囲むようにして途方もなく広大な草原パンパが果てしなく広がっている。二十世紀のアルゼンチンのある作家は、数日間馬を走らせても風景がまったく変化しないパンパを、「神が人間に、無限とはどのようなものかを教えるために創造されたのである」と形容している。また、飛行機でブエノスアイレスを訪れると、大草原のただなかに忽然とパリの町が出現したような錯覚にとらえられて仰天するとのことで、この町もまた銀の夢と同様どこか幻影のような趣をたたえている。

この幻影の地にレオポルド・ルゴーネス、ホルヘ・ルイス・ボルヘス、フリオ・コルタサルといった作家たちが誕生して、それぞれに独自の幻想世界を作り出したのは決して不思議なことではないように思われる。今回邦訳された短篇集『パウリーナの思い出に』の作者アドルフォ・ビオイ＝カサーレスもまたアルゼンチン幻想文学を代表する作家のひとりとして知られる。まったく予測のつかない意想外の展開を見せる、巧緻を究めた造りのプロットによって構成され、硬質的な文体で語られる彼の短篇は、日本の多くの読者を魅了するにちがいない。

パウリーナの思い出に　目次

幻影の土地に生まれた幻想文学　木村榮一　1
パウリーナの思い出に　11
二人の側から　33
愛のからくり　49
墓穴掘り　93
大空の陰謀　127

影の下　171
偶像　207
大熾天使　245
真実の顔　289
雪の偽証　303
訳者あとがき　347

装幀　中島かほる

カバー作品　高松次郎
「カーテンをあけた女の影」（一九六五年）
油彩、木、石膏・カンヴァス（176.0×225.0cm）
駒形十吉記念美術館蔵（新潟県立近代美術館寄託）

パウリーナの思い出に

パウリーナの思い出に

En memoria de Paulina

ぼくはずっとパウリーナを愛していた。人生の最初の記憶のひとつも、彼女との思い出だ。二頭のライオン像がある庭園の、薄暗い月桂樹のあずまやに二人で隠れていたとき、彼女は青色と、葡萄と、氷と、薔薇と、白い馬が好きだと教えてくれた。ぼくは幸せの扉が開かれたことを知った。なにしろ好きなものがすべて一緒なのだ。二人は信じられないほどよく似ていた。だからパウリーナは、人間の魂と世界の魂との最終合一が説かれていた本の余白に「私たちの魂はもう結びついている」と書きつけた。あのころ私たちと言ったら、ぼくとパウリーナのことだった。

二人が似ている理由について、ぼくは自分がパウリーナの不鮮明で粗雑な写しのようなものだからだと考えた。「すべての詩歌は〈詩〉の写像であり、万物は神の予示である」とノートに書いたことを覚えている。パウリーナと似ていることで自分は救われていると思っていた。もともと不器用でだらしない、高慢ちきなぼくが、パウリーナとひとつになることで欠点を克服し、自分の最高の部分がひきだされる気がした。今でもそう思っている。

日々の暮らしは幸せな習慣となり、二人が結婚することはごく自然で当たり前のことに思われた。ぼくは未熟なまま作家として成功し、また挫折も味わった。しかしパウリーナの両親は気にもとめない様子で、博士の学位をとったら結婚を許すと約束してくれた。ぼくとパウリーナは将来について何度も思いをめぐらせた。働いたり、旅行したり、愛しあったりする時間がたっぷりとれるように細かい点まで話しあった。頭の中ではその様子が鮮やかに浮かび、もうすっかり一緒に住んでいる気になっていたほどだ。

結婚について話しても、恋人としてふるまっていたわけではない。幼いころからずっと一緒だったので、気恥ずかしいような関係がそのままつづいていた。ぼくは恋する男の役を演じたりせず、あらたまって「愛している」などと告白はしなかった。それでも心からパウリーナを愛していた。片時も彼女を忘れず、その完璧さに驚き、まばゆい思いで見つめていた。

友人がぼくを訪ねてくると、パウリーナは嬉しそうだった。すべての準備をととのえて客をもてなす、そんな主婦みたいな役回りをひそかに楽しんでいた。ぼく自身はそうした集まりがあまり好きではない。だからフリオ・モンテーロを紹介するために作家仲間を招いた日もあまり気乗りはしなかった。

モンテーロが作品の草稿を持って家にやってきたのは、前日の夜だった。初めての訪問にもかかわらず、こちらが時間を割いてでも読むべき作品だと言わんばかりに、分厚い原稿とともに熱弁を振るった。黒々と髭をたくわえていて、しかしいなくなればすぐに忘れてしまう顔だった。モンテーロの短篇には――作品を読んで陰鬱な印象が強すぎるようであれば、率直に指摘してほしいとしつこく言っていた――作風の異なる作家を模倣しようとする意図がうかがえ、その点では見るべきものがあったと言えるだろう。作品の中心となるのは、哲学者の詭弁を思わせるひとつのアイデアだった。あるメロディはバイオリンと演奏者の動きが結びついて生まれる。同じように、物質と運動が決まった形で結びつけば、人間の魂が生まれるのではないか。小説の主人公は、魂を生みだす装置（木枠と紐を組みあわせたようなもの）を作っている。やがて主人公が死ぬ。遺体は通夜のあとで埋葬されるが、彼の魂は装置の中でひそかに生きつづける。作品の最後で、ひとりの若い女性の死が語られる。彼女が死んだ部屋には、ステレオスコープと方鉛鉱をとりつけた三脚とともに、その装置が置かれていた。

プロットの問題点からようやく話題を変えることができたと思ったとき、モンテーロが唐突に他の作家を紹介してほしいと言いだした。

「明日の午後にきてくれれば、何人か紹介するよ」とぼくは答えた。

モンテーロは、自分の不作法を詫びながら招きに応じた。彼が腰をあげてくれたのでほっとして、玄関まで見送るつもりでぼくもエレベーターに乗った。降りたとき、モンテーロが中庭の庭園に目をとめた。それは玄関ロビーのガラス戸越しに見える小さな庭園で、午後の淡い陽光がそそぐと、時々湖底に沈んだ森のごとく、あやしく浮かびあがる。夜は薄紫色と橙色の光に照らされて、カラメルでできた不気味な楽園へと変わる。モンテーロが見たのは夜の庭園だった。

「この家でいちばん面白いのは」しばらく庭園を見つめてから、モンテーロが言った。「間違いなく、この庭園ですよ」

翌日、パウリーナが早々とやってきて、客を迎える準備を午後五時までにすべて整えた。ぼくはパウリーナに中国製の緑色の小さな石像を見せた。それは荒ぶる馬の像で、その日の朝に骨董店で買ったものだった。馬は前足をあげ、たてがみを立てている。店の主人の話では情熱を表現しているという。

「初めての恋のように美しいわね」パウリーナはその像を書架の棚に置いて感心した。ぼくがプレゼントするよと言うと、首に腕を回してキスをしてくれた。

居間でお茶を飲みながら、パウリーナに二年間ロンドンで勉強するための奨学金の話をした。なんだかそのまま結婚して（そして結婚と同時に）イギリスへ旅立ち、そこであらたな生活をはじめられる気がしたのだ。ぼくらは家計について細かいところまで計算した。切りつめた生活もそれなりに楽しいだろうし、勉強や散歩、息抜き、たぶん仕事もすることになるので、それらの時間配分を考えた。ぼくが講義を受けているときにパウリーナは何をするか、服や本はどれを持っていくべきかなども話しあった。ひとしきり考えたあとで、やっぱり奨学金はあきらめるべきだという結論になった。試験まで一週間しかなかったし、結婚すると言っても、パウリーナの両親から延期を求められることがわかっていたからだ。

客があつまってくると、ぼくは憂鬱になった。誰かと話をしていても席を立つ口実ばかり考えていた。興味をひきつける話題など思いつけそうになく、何か思い出そうとしても、ろくに覚えていないか、覚えていてもあいまいな記憶しかなかった。気持ちはあせるものの、出てくるのはつまらない話題ばかりで無力感に打ちひしがれた。ぼくはうろうろしながら、客がいなくなるのを待った。そのあとパウリーナを家まで送ってゆくので、ほんのわずかな時間だが、二人きりになれるからだ。

パウリーナは窓際でモンテーロと話をしていた。視線を向けると、顔をあげてすばらしい表情でうなずいてくれた。彼女のそういう優しさの中に、ぼくらをつつむ二人だけの神聖な場所があると感じた。彼女に愛していると伝えたかった！　愛を語ったことはなかったが、子供みたいなつまらない羞恥心は、その日で捨ててしまおうと決心した。そんな気持ちが（ぼくの吐息で）伝わったのか、彼女の視線に、優しさと喜びと驚きをおびた感謝の色が浮かんだ。

パウリーナがある詩のことを尋ねてきた。男が天国で女と出会い、しかしそのまま立ち去って挨拶もしなかったという内容らしい。ブラウニングの詩であることはわかったが、ぼんやりとしか覚えていなかったので、オックスフォード版で探しはじめた。そうして午後の時間がすぎてゆくのを待つ。パウリーナと一緒にいられないのなら、ほかの連中と話をするより、彼女のために探しものをしているほうがましだった。なぜかいつになく気が急いて、いくら探してもその詩がみつからない。悪い予感がして窓を見た。ぼくの不安そうな表情に気づいたのだろう、ピアニストのルイス・アルベルト・モルガンが声をかけてきた。

「パウリーナなら、モンテーロに家を案内しているよ」

ぼくは肩をすくめ、なんとか不愉快な気持ちを抑えて、ふたたびブラウニングの本に目を落とすふりをした。寝室へ入ってゆくモルガンがちらっと見えて、パウリーナを呼びにいったのだろうと考えた。程なくしてモルガンはパウリーナとモンテーロをつれて戻ってきた。

ようやく客のひとりが腰をあげたので、他の人々も気がねなく三々五々帰りはじめる。最後はぼくとパウリーナとモンテーロだけになった。そのときパウリーナが、ぼくのおそれていた言葉を口にした。

「もう遅いから帰るわね」

「それなら送りますよ」モンテーロがすぐに申し出る。

「一緒に行こう」ぼくはパウリーナに声をかけつつ、視線はモンテーロに向けて、自分の軽蔑と憎悪を伝えようとした。

下まで降りたとき、パウリーナが中国製の小さな馬の像をもっていないことに気づいた。

「プレゼントを忘れているよ」と言って、ぼくは部屋まであがった。

石像を持ってもどったとき、二人は玄関ロビーのガラス戸にもたれて中庭の庭園をながめていた。ぼくはパウリーナの腕をとり、彼女とモンテーロが並ばないように注意しながら、露骨に彼を無視してパウリーナとだけで話をした。

モンテーロは腹をたてなかった。パウリーナと別れたあと、ぼくを送っていくと言いだした。そして歩きながら、モンテーロは文学について話しはじめた。熱っぽく真剣に語っている様子を見て、ぼくは心の中でこうつぶやいた。モンテーロこそ文学者で、女のことでくよくよと悩んでいる自分はつまらない男だ、と。モンテーロには、たくましい肉体とは不釣りあいな、文学的な弱さがあるのかもしれないとも考えた。それゆえ自分の殻に閉じこもり、相手の気持ちを察することができないのではないか。ぼくはモンテーロの生き生きとした目、濃い髭、太い首をいまいましく見つめていた。

その週はパウリーナとほとんど会わず、勉強に没頭した。最後の試験が終わって電話をかけると、パウリーナは不自然なほど何度も祝福してくれて、午後の遅い時間に会いにいくと言った。

ぼくは昼寝をし、ゆっくりと風呂に入り、ミューラーとレッシングのファウスト作品についての本を読みながら、パウリーナを待った。

彼女がやってきたとき、ぼくは思わず声をあげた。

「なんだか、いつもと違うね」

「ええ」とパウリーナは答えた。「私たちってお互いのことがよくわかってるのね！　話さなくても気持ちを伝えることができるんだもの」

パウリーナと見つめあう。至福の瞬間だった。

「ありがとう」とぼくは言った。

二人の魂がつながっていることをパウリーナが認めてくれて、ぼくはそれまで経験したことのない感動をおぼえた。喜びに身をまかせて舞いあがっていたので、いつパウリーナの言葉に別の意味がこめられていると気づいたのか（疑念をいだいたのか）は覚えていない。いずれにしても、パウリーナがある告白をはじめたとき、ぼくには突然のことで何の話かよくわからなかった。

「あの日の午後、初めて会ったときから、私たちはどうしようもなく惹かれあってしまったの」

いったい誰のことなのか。パウリーナがつづける。

「あの人、とても嫉妬深くてね。あなたとのつきあいに反対してはいないけれど、でもしばらく会わないようにするって約束したの」

何か事情を説明してくれるのではないかと、ぼくはむなしい期待をいだいていた。冗談か本気かわからないまま、彼女の告白をどんな顔で聞いていたのだろう。それが自分にとってどれほどの苦悩を意味するのか、ぼくはまだ気づいていなかった。

「フリオが待っているからもう行くわ。邪魔したくないからって、あがってこなかったの」

「フリオ?」と言ったあとで——顔にはださないようにしたものの——後悔した。ぼくらの魂はそれほど結びついておらず、ぼくがパウリーナの考えているような人間ではないと思われたかもしれない。

「フリオ・モンテーロよ」パウリーナが穏やかに答えた。

予期していたとはいえ、彼女が告げたその名前ほど、ぼくを動揺させたものはない。あのおぞましい午後、生まれて初めてパウリーナを遠く感じた。ほとんど軽蔑にも似た気持ちで、ぼくは尋ねた。

「結婚するつもりなのかい?」

彼女の返事は覚えていない。結婚式に出席してほしいとでも言われたのだろう。

ひとりになると、すべてが馬鹿馬鹿しく思えた。モンテーロほどパウリーナと(もちろんぼくとも)そりのあわない人間もいないだろうに。それとも、ぼくが間違っていたのか。あんな男を愛しているとしたら、ぼくとパウリーナはそもそも似ていなかったのではないか。過去を振り返ると、そう思わせる場面が一度ならずあったことに気づき、愕然とした。

ひどく落ちこんだものの、嫉妬は感じなかったと思う。ベッドでうつぶせになったとき、さっきまで読んでいた本があったので腹立ちまぎれにほうり投げた。

ぼくは散歩へ出て、街角のメリーゴーランドを見ていた。自分の人生が終わったように感じた午後だった。

あの日のことは何年たっても忘れない。パウリーナのいない寂しさを思えば、(少なくとも彼女との思い出である)別れの痛みのほうがましだ。何度も思い返し、丹念に再現しては反芻した。悶々とするうちに、別の解釈はできないだろうかと思いはじめた。そしてパウリーナが恋人の名前を口にしたとき、ふと優しさが感じられたことを思い出した。最初は、ぼくのことを憐れんでくれた気がして、かつてパウリーナの愛に触れたときと同じく、彼女のいつくしみに感謝した。とはいえ、その優しさはぼくにではなく、名前を告げた相手に向けられていたのだろうと思い直したのだが。

ぼくは奨学金を受けることにして、誰にも言わずに旅の準備をはじめた。そのことをどこかで聞いたらしく、出発する前日の午後、パウリーナが家にやってきた。

もう遠い存在だと思っていたのに、彼女と会ったとたん、ふたたび思いがあふれた。パウリーナは言わなかったが、モンテーロにだまって来てくれたことに気づき、その気持ちが嬉しくて、震えながら彼女の手をにぎった。パウリーナが言った。

「いつまでも愛しているわ。どういう形であれ、あなたへの気持ちはずっと変わらないから」

しかしその言葉でモンテーロを裏切ってしまったと思ったのだろう。ぼくが彼女の貞節をうたがわないとわかっていても——ぼくでなければ、架空の証人の前で——不誠実とも言える言葉を口にした自分が許せなかったのか、パウリーナはあわててつけくわえた。

「もちろん、フリオへの愛とはくらべものにならないけれど」

大事なのはそれだけとパウリーナは言った。ぼくらの愛、あるいは友愛と呼ぶべきかもしれないが、それも忘れてしまったようだ。モンテーロに会うまでの日々は、パウリーナにとって彼を待ちつづけた無人の荒野にすぎなかったのだ。

そのあとはあまり話もしなかった。ぼくはうらみがましい気分になり、忙しいふりをした。パウリーナを見送るため、エレベーターに乗った。ドアが開いた瞬間、はげしい雨音を耳にした。

「タクシーを探してくるよ」

「さようなら、元気でね」パウリーナは急に声を潤ませて別れを告げると、通りを走ってよこぎってどこかへ行ってしまった。

やるせない気持ちのまま振り向き、顔をあげたときだった。男が庭園でうずくまっているのに気づいた。男は立ちあがり、玄関ロビーのガラス戸に顔と手を押しあてた。モンテーロだった。

庭の暗い茂みが緑の背景となり、そこに薄紫色や橙色の光が差しこんで交叉する。濡れたガラスに押しつけられたモンテーロの顔は白っぽくゆがんで見えた。

その光景は水槽の魚を連想させた。ぼくは少し陰湿な気分で、モンテーロの顔は醜悪な魚、たとえば水圧で変形した深海魚を思わせると心の中でつぶやいた。

翌朝、ぼくはイギリス行きの船に乗りこんだ。旅のあいだは、ほとんど船室から出ることもなく、ずっと書きものをしたり勉強したりしていた。

ぼくはパウリーナを忘れようとした。イギリスで過ごした二年間、彼女を思い出させるものはすべて遠ざけた。アルゼンチン人とは会わなかったし、新聞に掲載されるブエノスアイレスの外電は、たとえ短いものでも読まないようにした。それでもパウリーナの夢を見た。夢とは思えない、とても現実味をおびた生々しい夢だったので、起きているときに思い出さないでおこうとする反動で、眠ってから魂があらがうのだろうかと考えたほどだった。ぼくはパウリーナの記憶を丹念に消し去った。最初の一年がすぎたころ、ようやく彼女の夢を見なくなり、ほとんど思い出すこともなくなった。

ふたたびパウリーナのことを考えたのは、ヨーロッパから帰国した日の午後だった。彼女を思い出し、家にもどったせいで記憶が鮮明になったのだろうとつぶやいた。寝室へ入ったとき、胸にこみあげるものがあり、昔の記憶、かつて味わった大きな喜びと苦しみがよみがえって感慨にふけった。ふと記憶の底の、パウリーナとのひそやかな愛のいとなみを思い出し、それとは別の理由で気持ちを高ぶらせていたことに気づいて恥ずかしくなった。ぼくはただ窓からさしこむブエノスアイレスの強い光に感動しただけだったのだ。

午後四時ごろ街角の店へ行ってコーヒー豆を一キロ買った。パン屋へ入ると、主人がぼくの顔を覚えていて、おおげさなくらい心のこもった挨拶をしてくれた。主人は最近――少なくとも半年は――お見限りだったねと言いながら、あたたかく迎えてくれた。うながされるまま、おずおずとパンを半キロ頼んだ。

「トーストにするかい？　そのままでいいかな」以前と変わらぬ調子で主人が尋ねる。

「そのままで」ぼくも以前と同じように答えた。

とても寒い日で、空が水晶のごとく澄みわたっていた。

家へもどり、コーヒーをいれながらパウリーナのことを思う。午後の遅い時間、ぼくらはよくブラックコーヒーを飲んだ。

そうして穏やかに、冷静な気持ちでパウリーナのことを考えていたとき、まるで夢でも見ているように彼女があらわれた。ぼくは狂おしいまでの思いに駆られ、パウリーナの前にひざまずき、その両手に顔をうずめた。はじめて彼女を失った痛みを実感し、涙にくれた。

パウリーナがあらわれたのは、コーヒーを飲もうとしたときだった。ドアをノックする音が三回聞こえ、間の悪い客のせいでコーヒーが冷めてしまうと思いながらドアを開けて、茫然としたのだ。

しばらくして――どのくらいだったのか覚えていない――パウリーナがぼくを導いた。かつてぼくらがおかした過ちを、実際の行為によってあらためるつもりなのだと気づく。彼女は強い決意で、それを成し遂げたと言っていい（もっとも、結局は何も変わらなかったし、それにあの午後のことはよく覚えていない）。パウリーナが、手をとって求婚するように（「手を出して、さあ早く！」と言って）ぼくをうながす。ぼくらは見つめあい、まじわる二本の川のごとく、二人の魂がひとつになる。それは至福の瞬間だった。屋根や壁を打つ雨の音が聞こえる。雨は――世界が本来の姿をとり戻そうとするかのように――すさまじい勢いで成長する二人の愛を象徴していた。

そんな高揚感の中でも、ぼくはパウリーナの言葉にモンテーロのくせがうつっていることを感じずにはいられなかった。モンテーロっぽい回りくどい言い方、正確に言おうとして、ただいじくりまわしただけの表現、思い出すのも恥ずかしくなるほどのひどい低俗さ。彼女が口を開くたびに恋敵の言葉を聞いているようだった。

そうした不愉快な気持ちを抑えて、パウリーナの顔、その微笑みとまなざしに目を向ける。そこには昔と変わらない、いつもの完璧な姿があった。

パウリーナが鏡にうつっている。鏡には花飾りや王冠や黒い天使をあしらった縁どりがあり、ほの暗い水銀の鏡面を見つめていると、パウリーナの姿がいつもと違っている気がした。それまでとは異なる目で見たことで、彼女の知らなかった一面を発見したと思った。かつてはパウリーナと会うのは当たり前のことだった。離れて暮らしたおかげでそれが改められて、感謝したい気持ちになる。しかも彼女は以前よりも美しくなってもどってきてくれたのだ。

「もう行くわ。遅くなるとフリオがうるさいし」

その声には軽蔑と不安がこめられていた。パウリーナの言葉とは思えず、とまどいをおぼえる。ぼくの知っているパウリーナは誰かを裏切るような人間ではなかったので、暗い気持ちになる。視線を戻したときには彼女の姿はなかった。

どうするべきか一瞬まよって、名前を呼んだ。もう一度呼びかけて、玄関まで降り、通りを走って探したが見つからなかった。家へもどろうとしたとき、肌寒さを感じた。「ひと雨ふって、涼しくなったかな」とつぶやいた。しかし雨が降った様子はなかった。

家で時計を見ると、もう九時になっていた。知りあいと会うかもしれないので外へ出て食事をする気になれず、コーヒーをいれて二、三杯飲み、パンを少しだけかじった。

今度はいつパウリーナに会えるのだろうか。いろいろと訊きたいこともあり、早く会って話をしたいと思ったとき……不意に自分が恩知らずな人間だと気づき、はっとした。これ以上ない幸せを与えられたのに、まだ満足していないなんて。その日の午後、ぼくらは人生で最高の瞬間を手にしたのだ。それはパウリーナもぼくもわかっていて、だからほとんど話もしなかった（話したり質問をすれば、何かの拍子にすれ違ってしまうかもしれない）。

翌日まで待つことさえも耐えがたく、その夜のうちにモンテーロの家へ行こうと決めて、とりあえず気を落ちつかせた。しかし行くなら、まずパウリーナに伝えておくべきだろうと思い直した。友人を訪ねて——ルイス・アルベルト・モルガンが適任だろう——ぼくが留守のあいだのパウリーナの生活について訊いてみることも考えた。

結局、一番良いのはベッドに入って眠ることだと自分を納得させた。休息をとれば状況がよく把握できるだろう。友人のところへ行って、軽薄な調子でパウリーナのことを話されたら、どう答えたらいいのか。ぼくは自分に枷をはめるつもりでベッドに入り（不眠症のとき、眠れない事実を否定しようとしてベッドにしがみついていた夜を思い出したのだろう）明かりを消した。

パウリーナはどういうつもりだったのか。事情を知らないのだから考えても仕方ないが、頭をからっぽにすることは不可能だったので、その日の出来事に思いをめぐらせた。

ぼくはパウリーナの顔をいつまでも愛しつづけるだろう。たとえパウリーナの態度にいつもと違う冷たさがあり違和感をおぼえても、その顔は相変わらず美しく、清純で、ぼくを愛してくれたころ、つまりモンテーロの出現という不愉快な出来事の前と同じだった。顔は魂にない誠実さを持っているのか。

それとも、すべてはまぼろしだったのか。ぼくは自分の好みをパウリーナに投影して、それを愛していただけで、実は本当のパウリーナを知らないのではないか。

その日のパウリーナを——暗く沈む鏡の前に立つ姿を選んで——思い描こうとする。おぼろげに見えてきた瞬間、愕然とする。パウリーナを思い出すことができないのだ。自分でも信じられず、彼女の姿に意識を集中するが、想像力や記憶はあてにならない。乱れた髪、服のしわ、ぼんやりとした影は浮かぶが、愛するパウリーナが見えてこない。

まるで駆り立てられるように、さまざまな記憶がまぶたに浮かんでは消えてゆく。ふと、鏡の隅にうつっていたものを思い出す。パウリーナの右側の、深淵のごとき暗い部分に緑色の小さな石像があった。

最初は何とも思わなかったが、数分たってこの家にそんな石像はないと気づいた。二年前、パウリーナに贈ったはずだ。

それでも、たまたま一緒に（馬の石像という古い記憶と、パウリーナの新しい記憶が）本来の時間と関係なく見えたのだろうと、自分を納得させた。疑念は解消され、気持ちも穏やかになり、なんとか眠ろうとした。寝不足だと顔がやつれてパウリーナに嫌われてしまうとか、そんな気恥ずかしいことを考えていた。あとでわかった事実を思えば、そんな自分が哀れになる。

しばらくして、寝室の鏡で石像を見たはずはないと思いなおした。あの像は（本棚に置かれていたか、あるいはパウリーナかぼくがもっている状態で）別の部屋にあって、寝室に置いたことは一度もない。

不安を感じて、もう一度記憶を呼び起こしてみた。まず鏡があらわれる。鏡には花や天使をあしらった木製の縁がある。パウリーナは真ん中にうつっていて、その右側に馬の像がある。部屋の様子もうつっているようだが、ぼんやりとした輪郭しかわからない。しかし書架の棚におかれた小さな馬の像は、堂々と竿立ちをしているのが見える。背景に書架が並び、部屋の隅の暗がりを、誰かがうろうろしている。最初は気づかなかったが、ながめているうちに自分だとわかった。

パウリーナの顔を見る。あまりに美しく、悲しみをおびていて、まるで顔のすべて（個々の部分ではなく）がぼくに投射されたのかと思ったとき、目をさました。泣きながら夢を見ていた。どこからが夢だったのかはわからない。いずれにしても、その夢は単なる思いつきではなく、自分でも気づかぬうちに想像をふくらませて、その午後の出来事を忠実に再現していたのだ。

時計を見ると五時をさしていた。パウリーナを怒らせるかもしれないが、早めに起きて、彼女の家を訪ねることにした。そう決心しても、焦燥感は消えなかった。

七時半に起きて、ゆっくりと風呂に入り、時間をかけて服を着た。

パウリーナがどこに住んでいるのか知らなかったので、管理人から電話帳と人名録《ギア・ベルデ》を借りる。モンテーロの住所はどこにも載っていない。パウリーナの名前で探しても見つからなかった。かつてのモンテーロの家には別の人間が暮らしていた。

パウリーナの両親に訊いてみようかと考える。しかし長いあいだ会っていないので（パウリーナがモンテーロを愛していると知って付きあいを絶っていた）疎遠を詫びなければならない。それに思いなやんだことも話さなければならないので、気が進まなかった。

結局ルイス・アルベルト・モルガンと話してみることにした。ただし彼のところは午前十一時以降でなければ訪ねてはいけないことになっていたので、その時間まで街をぶらついた。時おり建物の刳形をじっと眺めたり、たまたま耳に入ってきた言葉の意味を考えたりもした。独立広場では、片手に靴を持ち、もう片方の手で本を抱えた女が、湿った芝生のうえを裸足で歩いていた。

ぼくが訪ねたとき、モルガンはまだベッドの中だった。大きなカップを両手でもち、何か飲んでいる。カップをのぞくと、白っぽい液体に数切れのパンが浮かんでいた。

「モンテーロの住所を知ってるかい？」

モルガンは牛乳を飲み干し、カップの底のパンをつまみながら答えた。

「刑務所だろう」

驚いているぼくを見て、モルガンが言った。

「まだ服役中だよ。知らなかったのかい？」

モンテーロの所在はともなく、ぼくも事件のあらましは知っていると思ったようだが、モルガンは話し好きな男なので、ことの顛末を語りはじめた。それを聞きながら、崖からつき落とされたように気が遠くなった。それでもモルガンの声は、儀式のごとく冷徹に、はっきりと耳に届いた。モルガンは、それが周知の事実であるというおそろしくも当然の確信とともに、信じられない出来事を明らかにした。

モンテーロは、パウリーナがぼくの家に来ているのではないかと考えて、例の庭園に身を隠していた。パウリーナがあらわれると、彼女のあとを追って路上で問いつめた。やじうまが集まりだしたので、パウリーナを無理やりレンタカーに乗せた。コスタネーラ地区や湖のまわりを一晩じゅう走りまわり、夜が明けてから、ティグレのホテルでパウリーナを銃で殺した。その事件が起きたのは昨夜ではない。ぼくがヨーロッパへ発つ前夜、つまり二年前の出来事だった。

おそろしい状況に遭遇したとき、人間は自分を守るために、みずからの責任を放棄しようとする。直面している問題ではなく、どうでもいいことに目を向けるのだ。このときのぼくがまさにそうだった。

「イギリスへ行く前、最後にみんなでぼくの家にあつまったときのことを覚えているかい?」

モルガンは覚えていた。

「ぼくが心配しているのに気づいて、君は寝室までパウリーナを探しにいってくれたよね。あのとき、モンテーロは何をしていたかな?」

「べつに何も」とモルガンは明るい声で答えた。「何もしてなかったよ。でもそういえば、鏡を見ていたかな」

ぼくは家へもどった。入口で管理人とすれ違ったとき、顔色を変えないようにして尋ねた。

「パウリーナが死んだって、聞いていますか?」

「もちろんですよ。どの新聞もあの事件でもちきりだったし、私は警察で証言までしたんですから」

　管理人がけげんそうな顔でぼくを見た。

「何かあったんですか」そう言って、手をさしのべた。「部屋まで一緒に行きましょうか」

　ぼくは礼を言い、足早に自分の部屋へあがった。はっきりと覚えていないが、うまく鍵を開けられなかったり、ドアの下に入れられた手紙をひろったり、ベッドでうつぶせになり、目を閉じたことはなんとなく記憶にある。

　そのあと、鏡の前で考えた。パウリーナは昨夜たしかにここへきた。パウリーナは、死んだときにモンテーロとの結婚が間違いだったと悟り――ひどい間違いだ――ぼくらの愛こそ真実だと気づいた。だから自分の運命、ぼくら二人の運命を完結させるために、死の世界からもどってきたのだ。「私たちの魂はもう結びついている」と本の余白に記された彼女の言葉がよみがえる。あれから随分と時間がたち、ようやくパウリーナに愛を誓うことができた。そんな感慨とともに、ぼくはつぶやいた。「でも、ぼくにはそんな資格はない。パウリーナをうたがって嫉妬したりして。それなのに、パウリーナは死の世界からもどってきてくれたんだ」

　パウリーナはぼくを許してくれた。あんなにおたがいを求めたことはなかった。あんなに近く寄りそえたのもはじめてだった。

　悲しみと高揚感の混じった、愛の歓喜に酔いしれる。ふと――いつも別の視点を用意しておこうと頭を働かせるくせがあるので――昨夜パウリーナがあらわれたことについて、ほかの解釈はできないだろうかと考える。その瞬間、雷のような衝撃とともに、ぼくは真実を悟った。

できることならそれを否定する真実を見つけたい。しかし隠された事実が明らかになるときと同じく、謎と思われていた出来事はおそろしい仮説によって説明され、それは同時に仮説を裏づけていた。

パウリーナは、ぼくらの不幸な愛の力で墓からよみがえったわけではなかった。パウリーナの亡霊など存在しない。ぼくが抱きしめたのは、恋敵の嫉妬心が生んだ、怪物じみた幻影だったのだ。すべての鍵は、ぼくがイギリスへ行く前の、あの日の出来事だ。パウリーナを追ってきたモンテーロは庭園で待ちぶせ、そのあと一晩じゅうパウリーナを責め、彼女の話を聞こうともせず――あんな男にパウリーナの純真さを理解できるはずがない――夜明けに彼女を殺した。

ぼくは刑務所のモンテーロを想像する。あの男は、ぼくとパウリーナが会った場面を、ひたすら考え、嫉妬心に駆られながら、すさまじい執念で思い描いたのだろう。

昨日あらわれたパウリーナも、ここでの出来事も、すべてはモンテーロのおぞましい幻想が生んだ影だったのだ。ぼくは幸福のあまり冷静さを失い、ただパウリーナの言葉にしたがった。それでも気づくきっかけはあった。たとえば雨だ。実際にパウリーナがやってきたとき――イギリスへ出発する前夜――ぼくは雨の音を聞かなかったが、モンテーロは庭にいたので雨粒を感じていた。だからぼくらのことを想像したとき、雨音が聞こえていると思いこんだ。昨夜ぼくが雨の音を聞いて、そのあと通りへ出ても路面が濡れていなかったのは、そのためだ。

あの石像もそうだ。あれが家にあったのはみんなであつまったあの日だけで、しかしモンテーロにはこの家の象徴のごとく思われたので、昨夜もあらわれた。

ぼくが鏡の中の自分に気づかなかったのは、モンテーロがきちんと想像しなかったからだ。寝室の様子も正確さを欠いていた。パウリーナのことさえあいまいだった。モンテーロの幻想が生んだパウリーナは、本人とは似ても似つかず、話し方などもまるでモンテーロのようだった。

モンテーロは自分の幻想とともに苦しんだが、ぼくは拷問のような現実を受けいれなければならない。パウリーナは、自分自身の愛に幻滅して戻ってきたわけではなかった。ぼくは彼女に愛されたことなどなかった。それだけではない。ぼくがモンテーロを介して知りえたパウリーナの一面を、あの男は実際に見ていたことになる。あのとき――二人の魂がむすばれたと思った瞬間――ぼくはパウリーナが求めるままに愛を誓った。しかし彼女の言葉は、ぼくに向けられたものではなかった。あれはモンテーロが何度も聞いていた言葉だったのだ。

二人の側から

De los dos lados

少女はカルロータ、子守はセリアという名前だった。エル・ポルトン農場のアルバムをひらくと、手をつないだ二人の写真がある。セリアは髪が長く――まとめておらず、背中の半分ぐらいまでのびている――、布地を重ねたようなスカートをはき、長い毛糸のベストを着ている。白と黒の太いストライプ柄のベストで、低い位置にポケットがある。空いている左手で、首に白いぶちのある黒猫をなでている。隣のカルロータは右手で弓を持ち、膝をついている。セリアが彫像のごとく堂々としているせいか、とても小さくて貧弱に見えた。

窓の外で茂っている楡の木に夕陽があたり、その影が模様になってティーテーブルのクロスで揺れていた。それを見つめながら、セリアとカルロータが話している。そこはエル・ポルトン農場の、武道場と呼ばれている部屋だった。屋敷や部屋について少し説明しておこう。長年、この屋敷では増築が繰り返され、煉瓦職人や徒弟が世代をまたいで部屋を建てつづけてきた。必要にせまられたり、単なる思いつきで作られることもあったが、いずれにしても時間をおいては次々と新しい部屋が建てられた。計画性などなく、やがて混沌とした広大な屋敷ができあがった。このあたりの農場主は、しばしば壮大な夢にとりつかれる（たとえば、州で一番大きなオーストラリア製の貯水槽を持っていることを自慢したり——ただし水を調達することができず、からっぽだった——、ブーローニュの森の小道にちなんで農場のポプラ並木に名称の標識を立てるものもいた。一番嘆かわしかったのは、競売で幌つきの馬車を手に入れた農場主だった。妻と一緒に、あるいはひとりでそれに乗り、畑と搾乳所に寄りながら農場と倉庫の周回コースをぐるぐると散歩していた）。武道場もそうした夢から生まれたものだった。エル・ポルトン農場の主人は、キャロムやフルーレの腕前を披露する機会もないのに、ビリヤード室と武道場が必要だと考えた。ビリヤード室はまだ計画段階だったが、武道場は完成していた。そこは広くて、雨漏りのする部屋だった。巨大なフードが天井から床上一メートル五十センチのところまでのびていて（カルロータはそれを家の中のもうひとつの家と呼んだ）、その下に暖炉が設置されていた。壁は白く、黒っぽい床板が敷かれている。部屋の前にはアンティークの火打ち石式銃が二挺と、やはり火打ち石式の長銃身のピストルが飾られ、ピストルには火打ち石もついている。暖炉用のフードは巨大ではあったが、大きすぎるわけではない。火を焚くと暖炉からもうもうと煙が立ちこめ、おかげで壁や天井のかなりの部分がきつね色に焼けていた。農場の主人によれば薪がしめっているせいだという。壁には虫食いだらけの赤いビロード地の武具飾りがあり、フェンシング用の錆びた剣とマスクが乗っている。部屋にはテーブルがあり、そこでお茶を飲んだり、カルロータが勉強することもあった。四、五脚の椅子と、色あせた緑色のカバーの長椅子、巨大な金色の揺りかご。揺りかごはカルロータのために購入されたもので、マヌエル様式と思われる彫刻が施されていた。これも壮大さにあこがれる農場の主人の思いつきだったが、縁起をかつぎ(アロンソ・カノの絵で、こうした揺りかごで寝ている子供の横に死の象徴が描かれていたらしい)両親はそれを使わなかった。そのほかアップライトピアノとか、灰色の衣装タンスもあり、そこを開けるとテニスボールのいい匂いがして、中にはネットと四本のラケットが収められていた(そのうち二本は白と赤のガット、残りは白と緑のガットだった)。

カルロータがセリアにたずねる。

「猫の名前はモニョでしょ、なのにどうしてジムって呼ぶの?」

「それはジムが猫みたいな人だからよ」とセリアは答え、犬と猫の違いについて説明した。「餌をもらった犬は律儀に仕えるって言うけど、それは犬が自由に生きられないからなの。主人と一緒じゃないとだめなのね。なんだか男にしがみついている女みたいで、つまらないでしょ。でも猫は違うの。人間で言えば、ちょっと変わった人ね。猫は結婚しないのよ、知ってる? 奴隷みたいな生き方はできないの。必要なときか一緒にいたいときだけ影みたいにあらわれる。飽きたらまた影のようにいなくなる。ジムもそう。変わった人なのよ」

カルロータは犬の話に納得できず、言い返そうとした。しかしセリアが猫について話すのを聞いてなるほどと思い、結局は何も言わなかった。

カルロータは年齢のわりに背が高かった。青白い顔の物静かな少女で、水色かピンクのリボンで栗色の髪をまとめていた。目は大きく、瞳は青みがかった鉛色で、いつも何か考えているように見える。鼻は低く（父親はできそこないと言った）口はとんがっている（これも父親の言葉だ）。セリアは二十三、四歳で、イギリス人の娘だった。そばかすがあり、金髪で、瞳は水色だった。健康的で気どらない印象が彼女をいっそう魅力的にしていた。もっとも、セリアをよく知る人の話では、時々その目にかすかな苦悩が浮かび、そうした印象の裏にはたくましい不屈の魂が秘められているという。

　セリアはよく物思いに耽り、最近ではフォーレのバラードの一節を口笛で吹きながら、考えこむことが多い。

「噂をすれば」とセリアが嬉しそうに叫んだ。「ジムよ、わかる？　きてくれたんだわ。ほら、ここよ」

　セリアがティーテーブルのクロスに落ちた影を指さした。料理女のテオが入ってきて、セリアに声をかけた。

「ミス、入浴の準備ができましたよ」

　セリアは「それじゃ、あとでね。すぐ戻るから」とカルロータに言い、しつけでもするような口調でつけ加えた。「それまでエリヤの物語を読んでおくこと。それと、この部屋から出ちゃだめよ」

　セリアと料理女が行ってしまうと、カルロータは椅子から降りて、別のドアから部屋を出た。かつて祖父の書斎だった部屋へ入り、そこから母親が息をひきとった部屋、客間、床がふかふかの食堂、居間を通り抜け、頼りない赤い階段をのぼって、屋根裏の食料貯蔵室へたどりついた。青いガラスの採光窓が一ヶ所割れていて、台所のテーブルに集まっている使用人たち（料理女、洗濯女、小間使い、屋敷の管理人）の様子をのぞいたり、こっそり話を聞くことができた。それがカルロータの習慣になっていて、やったら叱られることはわかっていたが、どうしてだめなのだろうと思っていた。いずれにしても、自分にとって有益なことは理解できた。おかげで農場で働いている一人ひとりについて誰よりも詳しくなったし、自分では慕われていると思っても、実はあまり良い印象をもたれていないことを学んだのだ。使用人たちのおしゃべりを聞いて、みんな目の前の相手にいらだち、裏で陰口をたたいていることを知った。だからその夜、自分と父親のことが話題になっていても驚かなかった。

料理女のテオが声を荒らげた。

「かわいそうだって？　どうしてカルロータお嬢さまがかわいそうなんだい」

「かわいそうじゃないか、なにしろ」と、管理人は慇懃な口調でつづけた。「たった一人の母親を亡くされたんだ。奥様は素晴らしい方だったよ」

「話にならないね」と料理女が答えた。「かわいそうなのはこのあたしと、ここにいる女たちさ。貧乏で働かなくちゃならない人間こそ同情されるべきなんだ」

足をなでられて、カルロータはぎくっとした。いつの間にか猫のモニョがそこにいた。

管理人が言い返す。

「金がないぐらい、どうってことないだろう、テオ。アスール銀行で借りればいいんだ。カルロータお嬢さまが不幸だってことは、あんたにもわかっているはずだよ。あのとおり少し変わっているから、ピラールみたいに理解してあげる人間が必要なんだ。でもピラールはスペインに行っちまったからな」

「あたしの知ってる女の子はね」と小間使いが口をはさんだ。「子守の女がいなくなったとたんに、まるで餌を食べなくなったひな鳥みたいに死んじゃったよ。その子守の女はあたしの友だちでね。クビにした雇い主がプライドを曲げて頼んでも戻らなかったんだ。なにしろ一本気な性格だったからね」

「子守と言えば、あのミスはどういうつもりなんだろうね」とテオが言う。「良家のご令嬢でもないのに、なんであたしが風呂の用意をしなきゃならないんだい。そう思わないかい？　まるで奥様気どりで、何様だと思ってるんだろうね。外国人なら、あたしたちに命令できるとでも言うの？」

「私が言いたいのは、あの父親のせいだってこと」と管理人が言った。「それで不安になって、お嬢さまはおかしくなってしまうんだ。お気の毒に」

「お気の毒だね」と料理女は皮肉っぽい口調でくり返した。「なにしろあの父親はこの世で一番まじめでケチだから、しっかりと貯めこんで金を残してくれるよ。どこかに持ちだしたという話も聞かないしね」

以前、それもずいぶんと昔だが、カルロータは父親がそばへきて遊んでくれたことをかすかに覚えていた。一緒に魚釣りの遊びをした。釣竿の先に針ではなくて磁石をつけ、金属のリングのついた厚紙の魚を釣るのだ。しかし父親はすぐに竿と魚を放りだし、荒々しくドアを開けて、部屋を出ていってしまった。父親の人柄については、ほかにもたくさんの逸話がある。アルマンソラ号で旅行をしていたとき、デッキテニスの点数を間違えたことに腹を立て、審判を海へつき落とそうとして止められたこともあった。カルロータの知っている父親は、人から敬われながらも孤独な人間だった。そんな気難しい父親も、ある女がやってくる数日前だけは、ひどく落ちつかない様子になる。そんな父親を見て、カルロータは「そろそろだわ」と思う。実際にしばらくすると、父親は栗毛馬を馬車につないで駅へ出かけた。カルロータは離れて様子をうかがう。相手の女は若くなかった。昼間は黄色いラシャの手袋とつば広の帽子を身につけ、夜になって食堂へ降りてくるときは暗赤色か黒のビロードのドレスを着ていた。ドレスの後ろが大きく開いていて、おしろいをはたいた豊満な背中が露わになっている。「あんな女にしがみつかれて、かわいそうね」とセリアが言った。それを聞いてカルロータは首をかしげた。女は大柄で、少なくとも父親より十センチは背が高かったからだ。そのことを言うとセリアは吹きだし、真顔になって答えた。「おぼえておきなさい。みんなが慣れたころ、あなたのお父さんはあの女を追いだすわよ」。女の滞在中、父親は気を使い過ぎるせいか、血の気が失せたように見えた。女が朝の列車で帰るので、駅まで見送ってもどってくるとき、父親は目をぎらつかせ、上気した顔で舌打ちをしながら、御者台から鞭を振り下ろして栗毛馬を急きたてた。カルロータはそんな父親をこわいとは思わなかった。むしろ父親が自分を嫌っているのではないかと考えていた。いつだったか、温室のガラス戸越しに自分を見て、父親の顔色が変わったことにカルロータは気づいた。

母親の記憶はほとんどなかったが、ピラールのことは覚えていた。ピラールはカルロータの最初の子守だった。ピラールと一緒に過ごした思い出は——たとえば連れだって野原を散歩したり、タゲリの卵を見つけたり（誰かがセリアの顔に似ていると言いだしてから、その卵は彼女を意味するようになった）、まばゆい朝日がさしこむ寝室で、白いビスケットや動物の形のスポンジケーキで早めの朝食をとったことなど――すべて、幸せだった遠い過去の出来事になってしまった。ピラールがいなくなったとき、カルロータはすべてのものに終わりがあり、理由もわからないまま突然誰かと別れることを学んだ。しかし今はセリアがいるのでつらくはない。セリアは初めてカルロータをひとりの人間として扱ってくれたのだ。

セリアは、湯に体を沈めながらジムのことを思い出し、あれこれと考えていた。ジムはとても変わった男だった。真っ先に思い浮かんだのは彼と出会ったときの、一番古い記憶だった。セリアはいつものようにカルロータと農場へ通じる道を散歩していた。秋の気配がただよい、葉も色づきはじめていた。その道の先に鉄製の門《ポルトン》がある。農場の名前の由来になった門には、後ろ脚で立つ二頭のライオンと王冠があしらわれ、その下にイニシャルを組みあわせた仰々しいブロンズ製の文字が刻まれていた。なかなか立派な美しい門だったが、（セリアの印象では）あらゆる骨董品と同じく、物悲しい雰囲気があった。その門はカルロータの祖父母がパリ近郊のルーヴシエンヌの城で買いつけたもので、悲しい逸話が伝えられている――フランス革命の夜、群衆が雪崩を打って城に押し寄せた。ライオンも鉄の門もその勢いを止めることはできず、庭園へ入りこんだ群衆は城に火を放ち、そこで暮らしていた人々の首をはねたという。「まるで夢の世界への門みたいね」セリアはそうつぶやいて身を震わせた。そのとき、フォーレのバラードを陽気に口笛で吹きながら、ラス・フローレス通りを歩いてきたのがジムだった。ジムはイギリス人の良家の次男なのに、路上生活をする浮浪者のようだった！　帽子もかぶらず、肘当てのついたツイードのジャケットを着て、くたびれたフランネルのズボンをはき、手に小さな旅行鞄を持っていた。セリアに気づくと、ジムは口笛をやめて門から入ってきた。そして農場の財産管理の助手として雇ってもらえないかと尋ねた。

「ご主人と話してみるのね。言っておくけど気難しい方よ」とセリアは言った。

「かまわないよ」とジムは答え、ふたたび口笛を吹きながら、足早に農場へ向かった。

主人との交渉はうまくいったらしく、その日の夜、ジムはセリアのもとを訪れた。セリアはカルロータの寝室で寝ていた。その部屋には鎧戸のついた小さな四角い窓がひとつあり、ときどき猫が入ってきたり、月明かりがさしこみ、ベッドのあいだに置かれた衣装タンスの鏡を照らすこともあった。タンスは濃い色をしたヒマラヤスギ製で、天板の真ん中に小さな木彫りの騎士像が飾られている。騎士は竿立ちをした馬にまたがり、槍で竜を突いていた。セリアは聖ゲオルギウスだと思っていたが、髪が長いのでタラスクを殺す聖女マルタだ、とジムが教えてくれた。身体を制する魂の寓意像だという。二人はカルロータを起こさないように気をつかい、そんな自分たちのことがおかしくなって、笑みを浮かべた。艶っぽい雰囲気になり、突然ジムがセリアの手をとって言った。

「心から愛している。君を不安にさせたり、嘘をついたり、裏切ったりはしないよ」

しかし最初の一週間、セリアの気持ちは必ずしも穏やかではなかった。ジムから誓いの言葉を聞くことはできなかったし、それどころか、またきてくれるのかもわからなかった。夜、眠らずに待っていようとしても、つい眠りこんでしまい、ふと目を覚ますとジムがいて、彼女を見つめ、やさしく髪をなでてくれることもあった。しかし、窓から入りこんできた猫のせいで起きることもあれば、朝を告げる鐘が鳴って、むなしい夜の終わりとともに目を覚ますこともあった。ついにたえられなくなって、セリアはジムに尋ねた。

「ジム、人生について真剣に考えたりすることはないの?」

「いや、実はもうひとつの人生のことを考えている」とジムは答え、セリアをじっと見つめた。

ある日、ジムが言った。「こうして生きている世界は通過点にすぎないんだ」。ジムの生き方はつかみどころがなく、とても軽やかで何事にも縛られず、それでも周りの人間を魅了した。堅苦しい話題は性に合わないのだろう、一ヶ月が過ぎたころ、ようやく自分の信仰について語りはじめた。

「魂が死なないようにしないといけない」とジムは説明した。

「どうやったら、もうひとつの人生があるってわかるの?」むろんセリアもあると信じていた。

「夢をとおして、わかるんだ」

「それなら、たぶん楽しくないところね」とセリアは言った。「夢なんてこわいだけだし」

「そんなひどいところじゃないよ。たしかに夢はこわいかもしれない。でもそれは永遠の世界でどうしたらいいか、知らないからだ。毎晩夢を見ても、当てずっぽうだとうまくゆかない。夢遊病のように魂をさまよわせるというか、そういう訓練が必要なんだ」

セリアはジムの訓練を手伝うことになった。もっとも、すぐに承知したわけではなく、最初はおびえていたが、夜ごと愛を交わしながら(結局はいつもジムの思惑どおりになる)、少しずつ、確実に導かれていった。ジムがあおむけでベッドに横たわる。彼は驚くほど寝つきがよく、セリアは眠ったジムの手を、正確には手首をおさえて、脈をみる。そしてかすかな風の音に耳をそばだて、月が出ていれば鏡を見つめる。ジムの言う夢遊病とは、魂がしばらく身体から離れ、ふたたび戻ってくることだった。魂のない状態でも身体が死なないように――人間という動物はひどく不器用なので――訓練しなくてはならない、とジムは説明した。

「魂が出たのかどうか、どうやったらわかるの？」とセリアが尋ねる。

ジムによると、身体を離れた魂はわずかな変化を物質世界へもたらすという。たとえば、風の音に混じって不意に口笛が聞こえ、そのメロディがフォーレのバラードのようだったら、それはジムの合図だった。あるいは鏡に反射する月の光がゆれるかもしれないし、どこかに落ちる葉の影が一瞬その形を変えるかもしれない。

「でも脈はしっかり見ていてくれ」とジムは念を押した。「もし脈が弱くなったら呼びかけてほしいんだ。身体を離れている時間が長すぎると、戻れなくなってしまうから」

実際に脈が弱くなると、セリアは必死でジムを呼び戻そうとした。そのたびに何度もキスをして、ジムを起こした。しかし戻ってくるまでの時間は段々と長くなった。ある日、ジムが言った。

「ようやくもうひとつの世界に慣れることができたよ。もう大丈夫だ。身体が死んでも、ぼくの魂は死んだりしない」

その夜、セリアはジムの手首をおさえ、脈がとまるまでじっと待った。

「もういい？」と、震える声でセリアが尋ねた。

鏡を照らす光が明るくまたたき、彼女に答えた。しかしそのあとは何も起こらず、孤独と悲しみだけが残った。最初は死んでしまいたいと思うほどつらかった。ジムはかすかな気配とともに、セリアをはげました。もっともジムのことだから、あらわれるのはセリアの望んだときではなく、自分がそうしたいと思ったときだけだった。誠実さに欠け、気持ちを満たしてくれないジムを責めることもできただろうが、セリアはジムがあらわれるまで待つことを、じっとたえることを選んだ。彼を見つければ、幸福を感じて不満など忘れてしまうのだ。きっかけは覚えていないが、ジムの教えてくれた方法で彼のところへ行こうと考えた。女は男よりも思いきったことをするものだ！　問題は、ジムの訓練は最初から最後までセリアと一緒だったが、彼の去った今、セリアには頼るべき相手がいないことだった。夜、鏡に映る光を見つめていたときだった。耳を澄ますと、穏やかに眠るカルロータの寝室の窓越しに木々のざわめきが聞こえて、まるでゆっくりと訪れる啓示のごとく、自分の孤独の深さを実感した。ジムがいなくなると同時に、彼のところへ行く橋も失われてしまったのだ。おそらくジムは――セリアのようにぼんやりとしていない、頭のいい男なので――こうなることを予見し、肩をすくめてこう思っただろう。またひとつ自由になれる、と。冷淡とも言える態度も、変わり者のジムの性格を考えればありそうなことだった。セリアがもがき苦しんでいても、からかうような笑みを浮かべ、同情しながらも明るい顔で、もうひとつの世界から何も言わず彼女を見つめている。そんなジムが目に浮かぶようだった。しかしジムにはセリアの強さがわかっていなかった！　自分で思っているほど遠くへ逃れたわけではなかったのだ！　もうひとつの世界をカルロータにのぞかせるとは、まさか思わなかっただろう。おとぎ話の鏡ではないが、のぞいたらすべてが変わってしまい、カルロータでなくてもおかしくなってしまう。それでも農場の住人を一人ひとり思い浮かべたとき、ほかに手伝ってくれそうな人間は思い当たらない。セリアはナイトテーブルに手をのばし、燭台をとろうとして倒してしまった。その音でカルロータが目を覚まし、セリアに訊いた。

「どうしたの?」

「猫のジムが燭台を倒しちゃって」とセリアは嘘をついた。

「眠れない?」

「そうね」

「何を考えてたの?」

「ジムのことよ」

「猫の?」

「違うわ、人間のジムよ」

セリアは起きあがるとカルロータのベッドの端にすわった。

「生きていると、みんな出会うものなの……」と語りはじめて「かけがえのない愛に」と言いかけたとき、なぜかカルロータに笑われそうな気がして、たまたま思いついたどうでもいい言葉を口にした。「黄金を探す冒険にね」

勘のよいカルロータはセリアに尋ねる。

「セリアの探している黄金ってジムのことなの?」

「そうよ」とセリアは答えた。「ジムは夢を通り抜けて、もうひとつの世界へ行ってしまったの。でもそこから合図を送ってくるのよ」

セリアが合図について説明する。

カルロータは熱心に聞き、鏡を照らす月の光をうっとりと見つめた。

なにげなくセリアがつぶやいた。

「もし手伝ってくれたら、ジムに会えるんだけど」

カルロータがいやだと言わないことを、セリアはわかっていた。カルロータもジムが好きだったからだ。

「もうひとつの世界って、どんなところ？」とカルロータは尋ねた。

「素晴らしいところよ」とセリアが答える。

「あとであたしも行ける？」

セリアはカルロータの質問にすべて答えた。そして訓練の手順を一つひとつ説明すると、ベッドで横になり、手首をカルロータにあずけて目を閉じた。しかしその夜は一睡もできなかった。身体を離れ、もうひとつの世界へ踏みだすまで何日もかかった。ようやくそれを成し遂げてもどってきたとき、セリアはおびえていた。

「夜、門のところへ行くよりもこわい？」とカルロータが訊いた。

「もっとこわいわ」とセリアはにこりともせず答えた。「それに、もう少しでたどりつくと思ったのに、まだずっと向こうにあるの」

「ジムはいた？」

「いなかったわ」セリアがぽつりと言った。

何度失敗しても、恐怖を感じても、セリアはあきらめずに毎夜訓練をつづけた。カルロータに脈をみてもらいながら永遠の世界にいどみ、ジムをもとめて、おそろしい悪夢のような世界をあてもなくさまよった。しかしジムはそんなセリアをからかうように、彼女の手をすり抜けてしまう。

セリアは湯舟につかりながら、自らに語りかける。ようやくそのときがきた、と。ここ数日、もうひとつの世界で迷うこともない。ジムを探す旅をこれ以上遅らせるわけにはいかない。浴槽を出て、鼻歌を口ずさみながらタオルで体をふき、服を着た。食卓につき、カルロータと楽しくおしゃべりをしながら食事をした。たぶん特別な日だからだろう、普段は飲まないワインに口をつけた。そのあとカルロータと寝室に向かった。そして手首をあずけて、脈がとまるまで待つように頼んで目を閉じた。寝言のように、セリアが言った。

「約束どおり、向こうで待っているわ」

セリアは恋人を探すために旅立った。少し間をおいて、カルロータがつぶやく。

「もういい?」

衣装タンスの鏡に目を向けると、月の光がまたたいた。それを見て、カルロータはおもむろに自分の部屋へ戻った。ベッドの上で膝立ちになって鎧戸を閉めた。それから朗読でもするように話しはじめたが、その声はだんだんと眠たげになってゆく。

「ごめんねセリア!　しばらく行けないわ。だってやらなきゃならないことがたくさんあるんだもの。あの女を追いだして、お父様と仲直りして、あたしの黄金を探すの。でも今日はもう寝るわ」一呼吸おいて、つづけた。「ジムもセリアも大好きだけど、もうひとつの世界なんて行きたくない

（怒らないでね）。あたしはここが楽しいの」
突然、部屋が静かになった。少女は眠りに落ち、穏やかな寝息だけが聞こえてきた。

愛のからくり

Clave para un amor

I

ジョンソンは情熱的でまじめな、まさしく芸術家肌の男だった。はつらつとして、じっと見ているだけでその内面を理解できるほど裏表がなかった。純粋というか、絵に描いたような素朴さの奥にあったのは、未熟な心ではなく若さだったと思う。不定形で曖昧な、変化のはげしい思春期はすぎて、いまや成人と呼べる年齢になっていたが、そこにつきものの疲労や人生のせわしなさは、まだほとんど知らなかった。そうした若さに加えて一途なところもあり、自分の芸を磨くことに精魂をかたむけていた。彼の仕事を芸と言ったのは、カフカの短篇の題名が頭にあるからではない。どんなものでも何かをなしとげようとする気持ちがあれば芸は生まれ、すばらしい成果によって輝きを放つ。既成の価値観に合致しているかどうかはあまり重要ではない。そんなジョンソンと比べて、たとえばアルゼンチン人は残念ながらアマチュアだ。紳士然として気どっている、つまり芸人ではないのだ。自分はもっと高い地位に就くべき人間だと考えて、不本意ながらその場しのぎで仕事をしているように見える。もっとも、あえて非難されるべきことではないのかもしれない。たぶんそうした態度はとても冷静であることの裏返しであり、熱意へのある種の軽視と、卑しからざる生来の自尊心からきているのだろう。いずれにしても、ブエノスアイレスへやってきたばかりの外国人であるジョンソンは手を抜くことなど考えなかった。

グリフィン・ジョンソンは、イングランドとウェールズの境にあるチェスターという町で生まれた。代々空中ブランコ乗りの家系は、はるか昔からアクロバット芸人を輩出してきた。初代と称される人物は、一七六〇年ごろ、一度に三頭の馬を操ってロンドン市民をおどろかせたという。

空中ブランコはその特異さゆえに家族でおこなわれる。まず生まれたときからブランコに親しんでいなければならない。ほかの職種、たとえば軍人や聖職者、法律家をめざすのとは異なり、空中ブランコに乗ろうと決心するのは簡単なことではない。幼いときから技を学ぶ必要があり、先生もいないので親や兄弟から習うしかない。実際におこなうときは、一心同体のごとく相手を理解しているのがのぞましい。少しでも息があわないと落下事故や災難につながる。もっとも、不幸は遅かれ早かれやってくる。つまり家族をひとつにする空中ブランコが絶え間なく彼らを傷つけるのだ。

想像の域を出ないので多くを語ることはできないものの、ジョンソンの家族——彼と両親と兄弟——は痛ましい不幸に見舞われ、五人のアクロバット芸人を必要とする大きな演目ができなくなったらしい。空中ブランコ乗りは、みんな落下事故や災難の記憶を頭に書きとめており、もしなければ、いずれ書きとめることになる。それはパランプセストのごとく以前の記憶をぼかしてから追記される。危険をともなう職業をえらんだものは誰でもそうだが、空中ブランコ乗りも迷信深く、事故のことを語らず、また思いだそうとしない。何か問われたとしても、実は危険ではなく――広々とした地面と同じで危ないことはない――ただ観客からはそう見えるようにしているだけだと主張する。あるいは、虚栄心の強い高慢な空中ブランコ乗り(かなり多い)は逆にこの上なく危険であることを認め、しかし腕前がたしかであれば落ちることはないと言いきる。いずれにしても、空中ブランコの歴史において事故はほとんどないとする点は全員が一致している。

のちほど述べる会話の中で、クラウディア・バルセーラは前年におきた二件の事故のことを語ってくれた。彼女は周知の事実だと思っていたようだが、私ははじめて聞く話だった。ひとつはメドラーノ・サーカス団のパリ公演での事故、もうひとつは、ほぼ同じ時期におきた別の一座のエディンバラ公演での事故だ。このエディンバラの事故によって、ジョンソンは親を失い、家族の中でひとりだけ生き残ったらしい。

事故について述べておこう。まずメドラーノ・サーカス団の公演で、ジム・バルセーラがネットをはらず三回転ジャンプにいどんで、墜落死した。その四、五日後、エディンバラでの事故がおこった。それからほどなくして、ジョンソンのもとに弔意をあらわす手紙がとどけられた。ジムの父親のガブリエルからだった。バルセーラ一家の長として知られるガブリエルは、一緒にやらないかという寛大な申し出を書きそえていた。息子をうしなったガブリエルが、他家の息子でたったひとり残されたジョンソンをなぐさめ、守ってやらなければと考えたのだ。ジョンソンにとっても空中ブランコのない暮らしは考えられなかったので、その申し出を受けいれた。必要な書類をそろえてパリへ向かい、バルセーラ一家とともにローマ、ナポリ、ジュネーヴ、エク＝サン＝プロヴァンス、ポー、ロンドン、バース、マドリード、リスボンで公演した。ジョンソンは、演目ではジムのうけもっていた役割をすぐにこなし、ガブリエルの心の中でも少しずつジムの代わりをつとめるようになった。そして一九五一年ごろ、一座とともにブエノスアイレスへやってきた。

ジョンソンの加入まで、一座の団員はガブリエルと彼の子供たちだけだった。子供は、死んでしまったジムのほかに三人いた。娘のクラウディアは三十歳になろうかという女性で、柔軟な身体をもち、姿勢が美しかった。日によって異なる色のかつらをかぶり、好調のときは赤、不調のときはくすんだねずみ色、良くも悪くもなければ栗色だった。生真面目そうな丸い目に低い鼻。表現力に富んだ白くてなめらかな手。ひどく夢見がちで、しかし気立てはよく（私の見たところ）男に弱かった。息子のベトは博識で礼儀正しく、容姿は悪くなかったものの、舌っ足らずで、欲深いところがあった。父親のガブリエルとクラウディアにばれるまで、一座の会計係をしながらみんなの給料を自分の名義で口座にあずけたり、株を買ったりしていた。そんなベトをガブリエルもクラウディアもしかったりせず、よくあることだが、愛すべき人間の性癖として愉快に思っていた。もうひとりの息子のオラシオは、二人とは腹違いの子供だった。小柄で、髪は黒く、赤みがかった色白の肌をしていた。洒落者っぽいところもあったが、嫉妬深くてひねくれた性格と言ってもよかった。そんなバルセーラ一家に、ジョンソンはあたたかく迎えられた。クラウディアの心にはひそかな愛情と尊敬の念があり、オラシオの心には嫉妬もあったが、いずれにしても、バルセーラ一家全員がジョンソンを誠実で愛想も良く、しかし他人行儀で孤独な男だと感じたに違いない。ジョンソンにとっては、たぶん人間関係など二の次だったのだろう。彼は聖人か芸術家のごとく、自分の天職のことだけを考えて生きていた。ひとつ言いそえておくと、オラシオの恥ずべき嫉妬心は（わかる人にはわかったそうだ）死んだジムに対していだいていたのとまったく同じ感情で、つまり兄弟のあいだで生じるたぐいのものだった。

ブエノスアイレスで、ジョンソンは熱心に芸を磨いた。アクロバット芸の究極の大技であり、死の危険があるのでめったにやらない三回転ジャンプを完成させるため、なんとか時間を見つけつつ——午前中や公演のあいまとか、観客が帰ってほかの座員もみんな寝たあとの深夜など——ひたすら練習した。芸人としてのジョンソンの優雅な技は詩人のクレメンテ・マルコンによって称えられた。マルコンはそこそこ名の知れた人物だった。ただしそれは詩人としてよりも、心の韻律に耳をふさいで新聞の夕刊に連載していた「都市のバルコニー」というエッセイのおかげだった。マルコンは、意図したわけではないだろうが、印象的な言葉でジョンソンについてこう記している。「その青年は宙を泳ぐ魚のように、ブランコから跳躍し、回転した」

死と隣りあわせの三回転ジャンプができるようになると、ジョンソンは四回転ジャンプの研究にとりかかった。もっとも、事実上それは不可能な技であり、東洋の雑伎団が唯一成功させたと言われていたものの、どう考えても眉唾ものだった。そのころから、ジョンソンの技におよそ考えられないミスがつづいた。それほどむずかしくない技でも、目線や手の動き、あるいはリズムがくるって度々ブランコから落ちそうになった。

「疲れているんだ。しばらく休んだほうがいい」とガブリエルが助言した。

しかしジョンソンは聞きいれず、まもなくある夜の公演で落下事故をおこした。観客には事故なのかアクロバットの演技なのかわからず、しばらく沈黙がつづいた。ようやくネットの上で――運よくその演目のためにはられていた――ジョンソンが立ちあがったとき、会釈をしたように見えたので熱烈な拍手がおくられたのだった。

翌日ガブリエルが医者をつれてきた。医者は落下事故へいたる経緯を尋ねた。診察の結果、過労と判断されたジョンソンは、二十日間の山での静養を指示されて、九月初旬、アンデス山脈のチリ側にあるプエンテ・デル・インカから少し離れた場所を目指して出発した。一座は九月二十三日にチリのサンティアゴで総出の公演を予定していたので、そこへ向かう途中でジョンソンと合流することになった。

II

山へ到着したときのことについて、ジョンソンから聞いたわけではないが、私の場合とおそらく大差はないと思う。列車を降り、駅からトンネルをとおってホテルの地下へ出て、エレベーターに乗る。扉が開くと「受付」と書かれたカウンターがあり、書類を提出し、渡された用紙を記入した。隣の広間を慣れた様子でぶらついているセーター姿の宿泊客たちが目に入り、私はうんざりした気持ちになった。「大して時間もたたないうちにお互いが顔見知りになって、相手を寸評したり、他人の生活へ入りこんだりするなんて、考えただけで面倒だし、まったく信じられない」と心の中でつぶやいた。係の男が鍵を持って案内をはじめたので、考えるのをやめてあとについて行った。エレベーターへ向かい、二階の廊下を歩き、部屋に入る。係の男は窓を開け、何か入用なものはないか尋ねてから出ていった。窓から顔をだしてみた。空までとどきそうなまわりの山々をながめ(太陽は十時までのぼらず四時には沈んでしまうと聞いたのは、そのすぐあとだった)、私は手のふるえを抑えながら襟のボタンをはずした。「井戸の底に落ちたようなもんだ。ブエノスアイレスを離れるなんて正気の沙汰じゃないし、まったくどうかしていたんだ」とつぶやき、電話に目を向けた。私が意志の強い人間なら、ブエノスアイレスへもどる一番早い列車の時刻をすぐに尋ねただろう。そのとき荷物を持って従業員があらわれて、私のスーツケースのベルトをはずしてしまった。

ジョンソンと同じように、私も医者から過労と言われ、その地で静養するよう指示されていた。もっとも、自分が病気だとは思っていなかった。体はかなり丈夫で、そもそも静養しなければならないほど働いていたわけでもない。しかし、手に違和感があり、熱くなったり冷たくなったりを少しずつ繰り返し、多少汗ばむようになっていた。そこへ到着した日、症状は変わらなかったものの、棚に本をならべながら、ぼんやりと、それでもたしかにそれまで感じたことのないやすらぎが心の底からわきあがった。

私はその幸福感を自分なりに説明しようとした。転地療養の場所には、何か特別な魅力に加えて、心地よい退屈さのようなものが必要だ。普通ひとりの人間の中では二つの性向があらそっている——ひとつは無為に惹かれる生来の性向、もうひとつは幼児期におしえこまれた、暇を罪とみなす性向である。転地療養を終えると、その場所から離れても心の平静を保つことができるようになる。医師のゆるぎない権威が閑暇に対してお墨つきを与えているからだ。その結果、責任感というか、少なくとも何かに縛られ、義務をはたし、結果をだすという三つの苦難は等閑視されることになる。それは、人生の中でもまれな旅の小休止のような時間で、栄養をとり、心配事を忘れ、息抜きをし、日を浴びることが果たすべきつとめとなる。そういう時間も必要だと世間が認めているからこそ、このようなホテルが存在するのであり、それは同時に、現実が苦労の多い複雑で深刻なものだという人々の認識を示している。かくしてホテルのあらゆる事物がかすかな穏やかさと退屈さをかもしだし、まるでガラス玉に入れられたミニチュアの家のごとく、すべてのものが怠惰さという淡い光につつまれているのだ。

窓からそよ風が入りこんできて、クレトン地のカーテンをゆらした。私の中の何かがふるえた。「風立ちぬ、いざ生きめやも (le vent se lève, il faut tenter de vivre)」弱気な自分を奮い立たせようとしてそうつぶやき、窓があいていると不安なので閉めておいた。私は部屋を出てホテルの内部を見てまわった。石とニス塗りの木でできた、巨大すぎる小屋といった感じの、奇妙な建物である。特に忘れがたいのは、建物の内壁がなめし革で、しかも総革張りだったことだ。そのあまりの過剰さと豪華さにあてられて、今でも匂いのきつい革製のケースが机の上に置いてあったりすると身がすくむ。豪華なものは、つねに低俗さの鼓動をひびかせている。もちろん、きちんと模倣したり、何らかの形式――ルイ十五世様式やルイ十六世様式など――に適合していればそれほどおかしくない場合もある。しかし大金持ちやホテルの経営者が好む野暮ったい装飾は、すさまじいほどの低俗さに満ちていた。

シーズンは過ぎていたので閑散としていたが、ホテルのいたるところで人の気配のようなものを感じた。広くて寒々しい部屋がいくつもあり、そうした部屋へ入るたびに、何かが見えそうな気もした。まるで少し前までいた人々が亡霊となってとどまり、耳をそばだてればにぎやかな声が聞きとれるのではないかと思えるほどだった。ふと、そこにただようもうひとつの魅力に気づいた。シーズンが終わった時期には、去りゆくものへの郷愁、失われたものをとどめておこうとする焦燥がにじみ、せつないような思いを駆り立てるのだ。

ホテルの地下には、本屋、煙草屋、ナイトクラブ《ボワト》、ロッカー、スキーの工房、医務室、美容室、遊戯場があった。遊戯場では、税関の職員たちがいつ終わるともなくピンポンで遊んでいた。一階には広間、食堂、雑貨店、祭壇、上映室があり、二階より上には客室とサンルームつきのテラスがあった。一番おどろいたのは祭壇で、なめし革に覆われた田舎っぽい建物の中では異質な空間だった。純白の優美な祭壇を見た瞬間、私は心地よさを感じた。様式はギリシャ・ローマ風の異教的なもので、あとから聞いた話だが、あまりに度を越していたためリオ・ブランコからきた神父はそこを使おうとせず、上映室でミサをとりおこなったそうだ。

建物の構造がわからず、苦労して受付へたどりついた。そこで応対している人間はみんな同じ服装で（まわりの客が人間のあらゆる醜さを称えるかのような、伝統的な様式をすべて排除した格好だったので、黒いジャケットを完璧に着こなしている姿は、紳士という絶滅危惧種の最後の生き残りに見えた）、私はカウンターにもたれ、声をひそめて、そのひとりに話しかけた。

「あの祭壇はずいぶんと異教っぽくて、ほかの施設と違っているけど何か理由でもあるのかな?」

その男は、長年培ってきた丁重な物腰でとりつくろっていたものの、警戒心といらだちを浮かべながらこちらを見た。苦情を言いにきたと思ったのだろう。そんな話をきっかけに、電話が通じにくいとか、浴室の水回りがおかしいと言って、急に怒りだすと思いこんでいるのだ。幸い別の従業員がすぐに機転をきかせて、コンシェルジュなら何か知っているかもしれないと言った。コンシェルジュというのは——恰幅のいい男で、短気そうだが、少なくとも受付の従業員たちとくらべれば相当さばけていた——要するに守衛だが、彼によると祭壇は以前あったホテルからすべて受け継いだもので、マルティン・ベジョッキオ・カンポスという男が建てたものだった。

「ベジョッキオ氏は、なぜギリシャ・ローマ風にしたんだろう?」私は質問をつづけた。

「それは知りませんが」と守衛は答えた。「彼はバルパライソにも古代風の野外劇場を建てたんですよ。夏場の夜には、そこで野外オペラが上演されるんです。もうひとつ、プンタ・アレーナスにも建てはじめたけれど、完成しないまま廃墟になってしまった。これは聞いた話ですが、一時期ベジョッキオ氏は悪趣味なトーガに身をつつんでいたそうです。もっともシーツを着ているみたいで、亡霊のようだったとか言われていますがね。とても信心深い人でしたが、あの真っ白な祭壇に子羊をささげたり、残酷なところもあった。どんなことになるか想像できるでしょう。観光客たちは文句を言ってホテルを出てゆき、二度ともどってこなかった。無理もない。鼻をつくような血の匂いがただよい、首をはねられた羊の血にまみれて、祭壇だけでなく、建物のほかの施設も目をそむけたくなるような、ひどいありさまだったそうですから」

ピンポンをしていた税関職員たちからも同じ話を聞いた。彼らの何人かはベジョッキオ氏のことを知っていた。物腰がやわらかく、美しい空色の瞳に聡明そうなまなざしをたたえて、名士然とした人物だったそうだ。若いころ、ギリシャとローマを旅したり、ヴィクトル・デュルュイの著したギリシャ人に関する本を読んだのがきっかけで古代の世界へのめりこんだ。それが高じて、財産をつぎこんで円形劇場をつくったり、異教的な神話を信仰していた。特に心酔していたのがバッカス神（ローマ神話の酒神で、ギリシャ神話ではディオニュソスと呼ばれる）で、ホテルの祭壇はこの神をまつったものだった。こうした話や、さらに多くのことを左利きの税関職員から聞きだすことができた。彼はベジョッキオ氏やバッカス神の話、村に伝わる迷信など少しずつ語ってくれた。本当に少しずつ、というのも、ピンポンの試合が終わるたびに水を向けたが、すぐに次の試合をやろうと言ってくるので、話を聞きたければ応じないわけにいかないのだ。彼のサーブは強烈だった！　見ているだけなら楽しいが、結局一五〇〇チリ・ペソほどせしめられた。もっとも、こちらも知りたい情報を文字どおりしぼれるだけしぼりとった。税関職員としばらく話しているうちに、ベジョッキオ氏が毎年リベラリアという祭りをおこなっていたことを知った。バッカス神を称える祭りで（神の到来を待つだけでなく）そこへ招くことができ、精霊たちもつどう。人々は普段と異なる精神状態になり、山肌の奇妙な影を見ては、それぞれに空想をふくらませたそうだ。そのほか、このあたりの人間は迷信深いという話だとか（組織化された集団も例外ではなく、そのためホテルの主が変わっても、バッカス神をまつった祭壇はとりこわされなかった）、プエンテ・デル・インカにはフートゥレと呼ばれるイギリス人の亡霊がいるとか、ホテルの前に小さな湖があって、時折、湖底から四人のインディオの皇女があらわれるといった話も聞いた。彼女たちのまっすぐな黒髪はきっちりとくしけずられて、着ている服は乾いたままだという。

ホテルの図書室――雑多な本を集めただけで数も多くない――で『イスパノアメリカ百科事典』を見つけ、バッカス神とリベラリア祭の項目をさがした。「それは解放の日であった。何も禁じられることなく、奴隷たちは自由に話すことが許された」と記されていた。祝祭についてもいろいろと書かれていたが、もともと知っていたり、予想できる内容だったことしかおぼえていない。

ホテルへ到着した日、建物を出て湖へおりていったときに何かぞっとするものを感じた。最初は理由がわからず、あとで技師のアリアーガの話を聞いて、ようやく気づいた。鳥がいない。それゆえ物音一つせず、その静けさにぞっとしたのだ。

鳥だけでなく、国境警備兵の飼っている犬をのぞいて動物がいなかった。国境警備兵はそりをひかせるために犬を飼っていた。彼らはホテルから三キロほど離れたところの、税関を兼ねた避難小屋で暮らしていて、その避難小屋と鉄道駅とホテル以外の場所に人は住んでいなかった。高く険しいまわりの山々は、ところどころ白い雪で覆われていたが、ここに着いた日の午後に見たときは黒い影をおびている気がした。なんだか囲まれているようで、逃げだしたい衝動に駆られ、ホテルへもどるまで気持ちが落ちつかなかった。

広間へ行くと、午前中よりもたくさんの人を見かけた。あとで知ったが、みんなが起きてくるのは午後三時ごろで、一時前に姿を見せるものはまれだった。まるで船旅を思わせる暮らしだった。私は船旅がはじまるときと同じく、まわりの人々をながめた。「これから知りあいになるんだな」

と、その気もないまま、けだるい気分で考えた。やがて予期したとおり、船旅と同じ運命が待っていた。最初の三、四日はひとりですごしたものの、やはり落ちつかず、あまり楽しくもないので、みんなと知りあいになったのだ。もっとも、そうしたつきあいが刺激的だったわけではない。「暇つぶしが必要だから、カナスタやブリッジのやり方をおぼえるべきですよ。さもないと、午後の時間がとても長く感じられますから」オレリャーナ将軍、イレーネ・ゴンサーレス・サロモン夫人、そのほかの連中からもそう忠告された。しかし結局したがわず、別に後悔もしなかった。ベニート・オレリャーナという老将軍は、そこで退屈な時間をやりすごすときに中心的な役割を果たす人物のひとりだった。額が後退して禿げていて、髭はなく、目は小さいのに耳は大きくて、ウサギを思わせる顔だった。私は「言うなれば将軍は技術者で、実践的なことに長けていて、たぶん何か学ぶこともあるだろう。ご婦人方は、哲学者みたいに人生とか魂とか結論の出ない問題を考えているものだし、それよりも将軍が大きな闘いでどんな指揮をとったのか訊くほうがましだろう」と判断して、エル・アラメインの戦いについて意見をきかせてほしいとたのんだ。

「では、専門家としての見地から述べよう」

将軍は即座に「ドイツ軍上層部、およびその戦略の優位性」を評価して、ほめたたえた。しかし、そこで言及されたのは第一次世界大戦の軍人の名前であることにすぐ気づいた。将軍が唐突に語りはじめた。

「私は八十二歳になるが、これまで一度も病気をしたことはない。健康で長生きなのは祖先からの遺伝だが、自分でも体のことをよく考えている。たとえば、木枯らしが吹きはじめたら、ブエノスアイレスを出てラ・ファルダへ行くんだ。そして暑い時期がきたら、ここへ避難する。そう決めてから、もう三十年間つづけている。三十年だよ！　ほとんど一生と言ってもいいだろう！　ただし今回はしかるべき時期がくる前にここへきてしまい、それが心配でね」

つづいて将軍が愛国心について、たとえば国を代表する作家となった場合の義務について述べたいと言いだしたところで、私はアリアーガという技師に話を向けた。アリアーガは太っていて、髭はなく、小さいあごの下で肉が三重にたるんでいて（将軍によれば、「随分と昔だが、若いころは魅力的な男で、王冠こそかぶっていなかったものの、ブエノスアイレスの夜の帝王として君臨し、裸の踊り子たちの一座とともにバガテル号と名づけたヨットへ乗りこんで、お祭りさわぎをしていた」そうだ）、私の言葉に応じて話しはじめた。

「知りあいの医者から聞いたとおり、ほかの土地とは空気も違うし外を歩きたいところだが、あいにくステッキを忘れてね。ホテルの廊下だけを歩くようにしている。ステッキをもつと、姿勢が不自然になり、関節を正しく曲げることはできないが、ステッキなしだと、外で犬におそわれたとき困るのでね」

ホテルにいるのは——建物の規模を考えれば少ないかもしれないが、それでもかなりの人数だ——年老いた将軍や太った技師ばかりではなかった。とても若い女の子たちもいて、ぴっちりしたスキーズボンをはき、セーターを着た姿がまるで彫像のようだった。うっとうしい若者たちもいた。その連中が彼女たちの関心をひくために四六時中やかましくさわぎ、部屋を走りまわるのを見ていると、女の子たちを守ってやらなければという気になった。美人ではなかったけれど、朝食の代わりに飲んでいたアポリナリスのミネラルウォーターのようにさわやかで、小悪魔的な魅力《ボテ・ドウ・デイアブル》に満ちあふれていた。四十歳はこえていると思しきチリ人の女性もいて、金髪で、肌がきれいで愛嬌もあった。湖をのぞむ大きな窓のひとつの前で、私は彼女に話しかけられた。

「雪が降っているわ」

「そうですね」

「もう春だと言ってもいい時期なのに、今ごろめずらしいわね」

ホテルに滞在している人間の中で、彼女はもっとも感じがよかった。だから私も親しくなりたいと思ったはずだが、どういうわけか急にひどい倦怠感をおぼえて、気持ちを奮い立たせたものの、長い沈黙をはさんで三つの質問をするのがやっとだった。

「チリからこられたんですよね？……しばらく滞在されるんですか？……ブエノスアイレスへいらしたことは？」

バルにいたサンダースという赤ら顔の老人が冷やかすようにこちらを見ていた。サンダースはずっとジンを飲んでいた。先祖の財産のおかげで、のうのうとぜいたくな暮らしをする男にあざけられたと感じて、私はいらだちをおぼえた。「ご先祖さまを忘れないように」という言葉を投げつけてやりたくなった。プードルを飼っていた女友達が、後足で立って踊る芸を犬に仕こみながら、よくそう言っていた。犬の先祖がサーカスに出演していたのだ。しかしサンダースに言っても無駄なことはわかっていた。休業中のドン・フアンのごとく、いつも海辺とか山で暮らしていそうな男で、派手な色の服を着て、気どり屋っぽいところがあり、海の男を思わせる雰囲気もあった。

技師のアリアーガ、ジョンソン、そしてイレーネ・ゴンサーレス・サロモン夫人（彼女には「イレーネとお名前で呼んでもいいですか?」と話しかけて機嫌をうかがった）とお茶を飲んでいるときのことだ。夫人の首はヒトコブラクダを思わせるほど長く、小さな丸い頭が揺れて、操り人形のようだった。しわのおかげで、むしろ人間らしいとさえ言えた。

「わたしが若かったころ、ここへくるのは顔見知りだけだったわ」夫人は強い口調で言い、声を低めてまわりを見わたした。「それが今はこのとおりよ。こういうおかしな人たちはどんな家柄で、どこの出身なのかしらね」

夫人の言葉を祈るような気持ちで聞いていた。せめて私が席をたつまでは、ジョンソンが空中ブランコ乗りだと夫人に気づかれないことを願った。

ジョンソンとは随分と親しくなっていた。あの日の午後、夫人がいなくなったのを見計らって、私は彼の職業のことを話題にした。ジョンソンは口数こそ少なかったが、知的で、自分の仕事を熟知し、また愛していた。彼と話をしていると、いつもいろいろなことを学んだ。サーカスに関する私の知識は、すべて彼が教えてくれたことだ。

なぜジョンソンがスキーを習おうと思ったのか、理由はわからない。雪が降りつづき、ふたたびゲレンデの状態は良好になったとアリアーガか誰かが騒いでいた。私はジョンソンを思いとどまらせようとした。

「わざわざ習慣を変える必要はないんじゃないかな? 退屈かもしれないけれど、静養が目的なんだし。それに何か習うことができるのは子供のときだけだ。ストックやスキー板のあつかいは面倒だぜ。痛い思いをしながら、自分にはバランス感覚がないとか、歩くのだってままならないことを納得するだけじゃないか」

そうジョンソンに忠告をした。聞き入れてもらえなかったが、何か行動をはじめようとしている相手に対して、たとえ馬鹿げたことでも真っ向から反対したり、無為な生活を勧めるのは望ましくないと考え直して、私は彼につきあった。スキーを教えているヒンターヘッファーという男が地下の一角に陣取っていたので、私たちはそこまで降りていった。ヒンターヘッファーは尊大で短気な男だったが、戦時に活躍した英雄であり、いくつもの惨禍をくぐりぬけて軍功をあげていたので誰も文句を言わなかった。私たちを迎えたときの態度もひどいものだった。ジョンソンがスキーを習いたいと言ったところ、もうシーズンは終わったとか――おしまい《ダス・エンデ》、閉店《フィニ》、もう終わりだ《アルトゥ・ラ》！――彼以外の講師はみんな無能で、とっとと自分の家へ帰ってしまい、おかげで仕事が山積みだとか――つかれて《ミューデ》、体調も悪い《クランク》し、おかしくなりそうだ《フェリュクト》――まるでこちらを批判するような口ぶりだった。私はかっとなって言い返した。

「そういうことなら結構ですよ。別にやりたいわけでもなかったし興味もないんでね」

しかしヒンターヘッファーは聞いていなかった。ジョンソンも冷静なままで、二人は翌週の何曜日の何時に初レッスンをするかを相談していた。

夜は上映室で『郵便配達は二度ベルを鳴らす』と『仮面舞踏会』が上映されていた。『仮面舞踏会』は、よくある話を描いた映画だ。昔、十五世紀イタリアのある都市でペストが流行しはじめた。宮廷の人々は山の上の城に閉じこもり、庶民が下界で死んでゆくあいだも放蕩ざんまいの生活をおくっていた。夢のような舞踏会が――もちろん城の中で――ひらかれ、そこに華麗な仮面をつけた人物があらわれた。「あれは誰？」と貴婦人たちはささやきあう。やがてその正体が明らかになる。仮面の人物は、実はペストだった。

バルセーラ一家の到来は、気難しいイレーネ・ゴンサーレス・サロモン夫人の神経を逆なでしたと思う。夫人にとって、彼らのような連中が押し寄せてくるのは耐えがたかったからだ。それでも文句を言わなかったのは、ジョンソンに対して母親のような愛情を秘めていたからだろう。彼女がベトやオラシオを愛想よくもてなしたり、長ったらしいお茶の時間のあとも、ガブリエルとおしゃべりしているのを一度ならず見かけたことがあった。ガブリエルは――痩身で、寡黙で、灰色の短い髭を生やし、そのまなざしだけで博識で穏和な人物だとわかった――ホテルにいるほかの人間とくらべて明らかに際立っていた。たとえるなら、イギリスの喜劇で大佐や判事の役をあてがわれるような人物だ。しかし娘のクラウディアは夫人からそっけなく扱われていた。

その様子を見て、年老いたサンダースは夫人のことを女帝のごとく気まぐれだと評し、驚いていた。いずれにしても、クラウディアについてのサンダースの見解には私も賛成だった。あれほど繊細で愛嬌のある、魅力的な女性には会ったことがない。夫人は――実を言うと、私は彼女にあまり目を向けないようにしていたし、つまらない余談は無用かもしれないが――クラウディアには冷淡だったものの、例のぴっちりとしたセーターを着ている女の子たちや、うっとうしい若者たちとは親しくしていた。ある朝、その若者たちの姿が（たまたまそのとき）見えなかったので、私は女の子たちのところへ行ってスキー講師とのやりとりを語った。面白おかしく話したつもりだったが、彼女たちは笑ってくれなかった。みんなヒンターヘッファーのことを英雄とか名誉ある軍人《ミレス・グロリオスス》などと呼んで慕っていたのだ。私は彼女たちの機嫌をうかがいながらスキーを教えてほしいと頼んだが、翌日から山登りへ出かけるという理由で断られた。もちろん、あの若者たちと一緒だった。断られたのはやむを得ないが、まだ幼さが残るとはいえ、彼女たちが私のことを世代という不可解な壁に隔てられた親しくなることのできない相手として見ていたのは納得できない。わざわざ敬称までつけてくるのだ。「なにか誤解して私が若いことを知らないだけなんだし、大目に見てやらなければ」と心の中でつぶやき、冷静に受けとめた。ただ、彼女たちと話したあとで自分がひどく年をとったように感じられたのも事実だった。「そう思うのは、ブエノスアイレスを離れて、こんな遠くまできたからだろう。ブエノスアイレスなら知りあいも多いし、みんな人への接し方をわきまえているから、こんなことはおきないな」

翌日の九月十三日は大雪だった。それでも若者たち《シュバリエ・セルヴァン》は朝早くからにぎやかに山登りへ出かけていった。私は、世間知らずの女の子たちやそのとり巻きの連中のことも忘れて、しばらく有意義な時間を過ごせるだろうと考えた。たしかに数時間は忘れていられたものの、そのあとで面倒な問題が持ちあがった……。

彼らの当初の計画では、十三日は往路にあて、十四日は山のどこかにある避難小屋で過ごし、十五日の夕刻までにホテルへもどるという話だった。しかしイレーネ・ゴンサーレス・サロモン夫人がいみじくも言ったように、どうやら私たちの心配など彼らの眼中にはないらしい。オレリャーナ将軍の見解も正鵠を射ていた。

「今どきの人間、特に若者たちは自分の発言を冗談にしてしまう。よろしいかな、約束ごとに対する鈍感さこそ、共和国をむしばむ元凶なのだ」

「そのとおり」とアリアーガが同意した。「車の修理を頼んだとき、受け渡しの日を指定されたので当然終わってると思って行ったら、まだ作業にとりかかってもいない。たまたまあのときステッキなしだったからよかったものの、持っていたら頭をかち割ってたね」

「それにしても」イレーネ・ゴンサーレス・サロモン夫人がつぶやいた。「一体いつから妙な連中がくるようになったのかしら。気づいたらこんな落ちつかない場所になってしまって。もちろん、あの子たちがもどってこないのは心配ですけれど」

迷惑な若者たちのせいで、われわれは不安な一夜をすごすことになった。多くの人が一晩じゅう起きていて（私は四日間で二度目となる『仮面舞踏会』を観てから、寝るために部屋へひきあげた）、救助へ向かおうとするものもいたが、数メートルも進まないところで風雪にまかれてしまい、大あわてでもどらなければならず、むだ足におわった。

翌十六日、雪はまだ降っていたが前日ほどの大雪ではなく、おだやかと言っていいくらいだった。若者たちを捜索するため、スキーのできるもので救助隊を編制するべきだという話になった。誰かがヒンターヘッファーを呼びに行ったが、見つからなかった。結局、サンダースとジョンソンが国境警備兵のいる避難小屋へ向かい、二時間後にもどってきて憂慮すべき事態を告げた。避難小屋からの救援はのぞめない。当直の兵士がひとりいるだけで、あとの兵士と税関職員たちは、雪のために山の中で立ち往生した列車の救助へ向かっていたのだ。雪崩に巻きこまれた兵士たちの話も出た。

兵舎のそばで道を失い、石のように固まって、しかも裸で死んでいたそうだ。恐怖のためか、風雪の中でひどく暑いと感じて服を脱いでしまったのだ。あっという間に立ったまま死んで、その姿が白い石像の群れに見えたという。もちろん、私たちが遭遇していたのとは別の、数年前の雪嵐のときにおきたことで、しかし直面していた状況ゆえに、その話を聞いて不安がつのった。かつての出来事と比べれば、現状はそれほど劇的でも悲壮でもなかったものの、悪い話ばかりという点は同じだった。前日まで運行していた鉄道の上には数メートルの雪がつもっていた。電信や電話の線も死んで、外界から遮断されてしまった。サンダースは、自分の話を聞いている人々の気をまぎらわせようとしたのだろう――私たちは見るからに憔悴しきった顔で彼を見つめていた――避難小屋へ向からとき、ジョンソンはまだストックの使い方を尋ねていたが、すぐに自分よりもうまくすべれるようになったと言った。彼の話は嘘ではなかっただろうが、誇張された部分もかなりあったと思う。

完全に閉じこめられてしまい、静養どころではなくなり、理性的な判断を逸脱したまま、大雪になる数日前のことを考えた。ここから出られるうちに逃げださなかった自分を、いつまでも責めつづけた。ホテルに閉じこめられたまま窒息しそうな気がして、何度も窓のそばへ行っては、奇跡がおきて救いだされないかと考えたりした。みんなでゲームでもやろうという話になって、紙と鉛筆がくばられた。ルールは、まずひとりが秘密の質問を三つ書き、ほかの人はその内容を知らないまま紙に回答を書く。そして質問と回答を大きな声で読みあげ、意外な結果を楽しむのだ。私は猥雑な趣味やら、ろくでもない答えやらを紙に書いた。もっとも詩的なことを書いたのはクラウディアだった。それから宝探しのゲームをやったりもした。午後四時、積もった雪は二階の高さにまで達していた。燃料不足のため、暗くなっても照明は制限された。意識がぼうっとして、失神しないように強心剤《コラミナ》を服用しなければならないと思うほどだった。数日前、二度目となる『郵便配達は二度ベルを鳴らす』の上映会に参加したとき、誰かがおどけて三、四回なら鳴らしてもいいだろうと言った。くだらない軽口だ！　あのときの自分たちを思いだすと、今でも情けなくなる。

「すべての元凶は『仮面舞踏会』だな」とサンダースが言った。「私はすぐに気づいたよ。あの映画はよくないことの前兆なんだ。そのうち我々のまえにも不可解な人物があらわれるだろう。それが何者かわかったとき、全員死ぬことになる。なにしろ相手は雪の精だからね」

みんなで悪趣味な冗談に興じていた。私はサンダースの軽口を聞いてクラウディアが気を悪くしないように、何か言っておこうと考えた。

「この人は船乗りで、いやむしろ時代おくれのドン・ファアンと呼ぶべきかな……」しかしクラウディアは、私の言葉をさえぎって話しはじめた。

「そうね。船乗りが海の孤独をかかえているように、この人の瞳はこれまで彼を愛したすべての女性たちの愛情と孤独をやどしている。かわいそうな人、アルレッキーノみたいな格好をしながら、老いに抵抗しようとして戦っているんだわ。でも憐れむ必要なんてないの。勇敢に戦っている姿を見て、わたしたち女はうっとりとするんだから」

クラウディア自身は熱をあげていなかったものの、チリ人の女性にはそんな様子がうかがえた。クラウディアも恋していたが、相手はサンダースではなかった。

真夜中に起きた変化について、どう説明したらいいだろうか。心の変容とでも言ったらいいのか。

たとえば、何かおそろしい状況に直面したため、一人ひとりが自分の本質にかかわる不可欠なもの以外は切りすててしまったといおうか。外で降り積もる雪のかすかな冷気が、私たちのいる場所にまで伝わっている気がした。しかしそれは手足を凍えさせるようなものではなかった。むしろ気持ちが高揚して、目もさえてきた。まさしく活気あふれる夜で、ベッドへ入るものはほとんどいなかった。翌日、その夜の出来事についてクラウディアが語ってくれた。彼女の話にうっとりと耳をかたむけていると、個人的な感情が雲散してゆくのに気づいて、はっきりと悟った。この世で自分に与えられているのは、おそらく記録作家の役割なのだ、と。つまり観客であり、けっして役者にはならない。だからクラウディアのような魅力的な女性が自分以外の男に対する不安や喜びを語っていても、気持ちを乱すことはなかったのだ！

受付の明かりに照らされた時計が真夜中をつげたときだった。夜が明けたら若者たちを探しにゆくというサンダースの決意を聞いて、居あわせた人々は心を震わせた。ジョンソンが一緒に行くと言った。ガブリエルも名乗りをあげたが、サンダースは彼に尋ねた。

「最後にスキーをしたのは？」

「一九二七年、インターラーケンで」

「それだと力を貸してもらうより足手まといになるかもしれん」と言って、サンダースはガブリエルの申し出をことわった。

オレリャーナ将軍が威厳に満ちた冷ややかな態度で口を開いた。

「すでに出発している救助隊のことをお話ししよう。ヒンターヘッファー先生があのいまいましい若者たちを探しているはずだ。それゆえ、わざわざ命を危険にさらす必要はないと思いますな」

サンダースもジョンソンも聞いていなかったが、将軍はつづけた。

「考えてもみたまえ。我々はこうして閉じこめられて、つまり特定可能な場所にいる。しかし相手は特定できない場所をさまよっているのだ。ここから出るのでさえ難しいのに、彼らを見つけることなど不可能だよ。ホテルへかえってくるまで放っておきたまえ。思慮分別に基づくなら、動くべきではない。ここから出ないようにと賢明なる自然が命じているんだ。神の計らいだよ。我々一同、このような事態にまきこまれてしまったが、食糧のたくわえは——私の承知しているかぎり——じゅうぶんにあるので、心配することはない。では、ごきげんよう」

オレリャーナ将軍は椅子から立ちあがり、自分の部屋へもどるために一礼した。第一次世界大戦の開戦当時、ドイツ軍が電撃的に攻めこんできても一時間の睡眠を確保した有名な将軍がいたという。オレリャーナ将軍も休息をみずからの権利と考えていた。将軍がひきあげるのとほぼ同時に、チリ人の女性と受付の従業員が話しはじめた。

「ヒンターヘッファー先生が若者たちを探しに行ったとは思えませんけれど」

「その件については何とも申しあげられませんが」と従業員は答えた。「さきほど連絡があって、誰かが食糧貯蔵室へ忍びこんだそうです。おかげで我々のたくわえは、もうじゅうぶんとは言えない状況なんです」

そのあたりの山に詳しいサンダースは地図を確認していた。

「手分けして、泥棒を探すべきじゃないかしら」とクラウディアが提案した。

チリ人の女性とオラシオ、クラウディアとジョンソンが手をとりあい、ホテル内を捜索するために走っていった。ベトもひとりで出ていった。クラウディアの話では、全員が集まっている図書室から出ようとしたとき、イレーネ・ゴンサーレス・サロモン夫人が憎悪に満ちたまなざしで彼女をにらんでいたそうだ。捜索の結果は思いがけないものだった。チリ人の女性とオラシオは、六階（基本的に使われていない階だった）のある部屋の前で、ベトを見つけた。ベトは扉の前に立って、二人がその部屋へ入るのを邪魔した。しかしクラウディアとジョンソンがきて、ベトを押しのけた。中へ入ると、部屋の棚や椅子やベッドの上に貯蔵室の食糧が半分ほど積まれていた。ベトは盗まれた食料を発見しただけだと言いはり、騒ぎがおこるのを避けるため、誰にも話すべきでないと主張した。四人はベトがとんでもない泥棒であることを知った。あとでオラシオがクラウディアにこう言ったそうだ。人を呼びたい気持ちはなんとかおさえたものの、自分の兄弟が狂っているという事実をつきつけられたようで急におそろしくなった、と。オラシオにはそうではないことはわかっていた。しかし盗癖として片づけるにはあまりに愚かで嘆かわしく、常軌を逸しており、正気の沙汰とは思えなかった。それゆえ悪い夢で、忘れてしまうべきだと考えた。実際、その夜におきたことはすべてが夢のようだった。

それぞれが心を痛める出来事を隠そうとしたのだろう、そのあとも彼らは屋根裏の階の捜索をつづけた。最後にたどりついた部屋で、自ら戦争の英雄だと吹聴していたヒンターヘッファーを見つけた。若者たちを探しにいけと言われるのがいやで隠れていたのだ。オラシオとチリ人の女性の足音を聞きつけたヒンターヘッファーは、部屋のすみで小さくなっていたので、見つかって出てきたあともしばらく体を起こすことができず、不機嫌な小人のように身をかがめていた。そのときヒンターヘッファーの口から、はじめてあの曲の話が出た。誇りを打ち砕かれながらも、あの曲を聞いて不安に駆られていなければ、たとえオラシオとチリ人の女性が十人いても見つかることはなかったし、捕まらなかっただろうと言った。ヒンターヘッファーの話を聞きながら、私は彼が耳にした、あるいはでっちあげた曲について思いつきで寸評を加えた。少しは笑ってもらえるだろうと思って言ってみたが、皆けげんそうにこちらを見て、考えごとでもしているようなうつろな表情のまま、申し訳程度の笑みを浮かべただけだった。気のきいた冗談で笑う雰囲気ではなかった。

同じくその夜、クラウディアとジョンソンはお互いを愛していることに気づいた。見つめあったとたん、それを悟った。すべての恋人たちと同じく、二人は自分たちの運命を決定した出来事に思いを巡らせた。初めて会ったときは気づかなかったこと、かつて話したことや感じたことの中に、その結末へいたる予兆を見いだした。それは意識の表面にあらわれてなくとも、もっと深い潜在的な部分ですでに理解していたことを示す証拠であり、ずっと前からそこへ導かれていたことをはっきりと示していた……。

哀れなクラウディアは、自分に嘘をつけるような人間ではなかった。私と話しながら、恋をしたと思った経験は何度かあると告白した。しかし、いずれもすてきな出会いへの期待、あるいは好奇心からそんな気持ちになっただけであり、愛を誓ったことは一度もないという。

「いやむしろ」私はクラウディアの人柄を考えながら、別の理由をあげた。「あふれるほどのつつしみと、自分を誇ることへのためらいのせいじゃないかな」

クラウディアは肯定も否定もせず、ただ疲れて惨めな気持ちになったり、苦い思いだけが残ったと言った。

「でも、今は」しっかりとした口調で、クラウディアはつづけた。「本当に恋しているのがわかるから……」

「今こそ愛を誓えるってことだね」私はじれったくなって、彼女が言う前に結論を告げた。そのあと、大して面白くもなかったと思うが、うやうやしくおじぎをしながら、クラウディアをからかった。「私はこの瞬間を待っていたんだ、君と出会うためにね！」

クラウディアはふっとほほえんで、前夜の話をつづけた。クラウディアとジョンソンは翌朝の救助のことを考えないようにした。無謀な行為であり、もしかしたら二度と会えないかもしれないのだ。それでもクラウディアは、行かないでほしいとは一度も言わず、ジョンソンもやめようとしなかったことは言いそえておくべきだろう。幸いその夜は二人にとって長く、神秘的なほど長い夜だった。その長い夜が明けたとき、風は弱まって、雪も十時前にはやんだ。サンダースが姿を見せたので、ジョンソンはクラウディアの手にキスをして（世界じゅうの誰よりもその手を愛していると思ったことだろう）出発した。白一色の山の中で、二人の英雄の姿はとても小さく、それでもはっきりと確認することができた。みんなで静かに見送っていたとき、イレーネ・ゴンサーレス・サロモン夫人が泣きだして、両手で顔をおおいながら自分の部屋へ走っていった。老いた女の泣き声を聞くのは縁起の良いことではなかった。

そのあとは大した出来事もなく、時間がゆっくりと過ぎていった。ガブリエルはホテルの近くでスキーを練習していた。ほかの連中は本を読んだり、おしゃべりしていたものの、心のどこかで救助へ向かった二人の帰りを待ちわびていた。クラウディアは、自分とジョンソンの人生、メドラーノ・サーカス団とエディンバラでの事故、そしてジョンソンとすごした前夜のことを語ってくれた。ジョンソンの話をしなければ気がすまなかったのだろう、クラウディアは何か話す理由を見つけたり、さもなければ偶然を装うとか、何気ない感じで彼の名前を口にした。

午後、全員がバルにあつまった。ときおり誰かが立ちあがって窓をのぞいた。クラウディアから楽隊と踊り子の一団についての話を聞こうとしたときのこと、突然イレーネ・ゴンサーレス・サロモン夫人が泣きだした。私は誰も反応しないことを祈った！　忌まわしい泣き声は不吉な前兆になるのだ！　しかし愚かにもクラウディアは身をかがめて夫人をなぐさめようとした。私は心の中でその行為を疎ましく感じていた。夫人は何も答えず、クラウディアの言葉でかえって興奮したのか、ますますはげしく泣きじゃくった。みんなで見ていたその光景が、一瞬にして修羅場と化した。金属のようなものがぎらりと光った。目の前の出来事を理解するのに、しばらく時間がかかった。チリ人の女性の腕ですすり泣いている夫人が、ほんの一瞬前、たけり狂った雌猫のごとくクラウディアにおそいかかったのだ。割ってはいったチリ人の女性が手をはらいのけていなければ、夫人は刃をひろげたハサミをクラウディアの胸につきたてていたかもしれない。

やがてあたりは闇に包まれ、部屋にろうそくが運ばれてきた。燃料切れということだった。

「どこか高いところに目印の明かりをともさなければ、ホテルを見つけられないだろう」とガブリエルが意見した。

ベトが灯油ランプを持ってサンルームへ向かった。しばらくして、私がそこへのぼった。どこからか入るすきま風を感じて、ランプの火を強くしたものの、あまりあたたかくはなかった。オラシオがやってきたので、すぐに交代して下へ降り、熱いお茶を飲みほした。

「みんなとテラスまで行ってくるわね」とクラウディアが言った。「オラシオの様子が見たいから」

クラウディアたちは信じられない光景を目にしてすぐにもどってきた。サンルームが真っ暗だったのだ。ベトは、オラシオがランプを消した理由をたしかめるために階段を駆けあがった。あとで聞いたところでは、二人は殴りあったらしい。結局ベトがそこに残って合図をおくり、オラシオはバルへもどって、あの曲のことを語った。オラシオが言うには、それを聞いてランプを消してしまおうと思ったそうだ。

「消してしまおうって」私はオラシオの言葉を繰り返した。「なぜそんなことを？」

「ジョンソンやほかの連中を迷子にして凍死させるためさ。きらいなんだ。虫唾が走るよ」

芝居がかったオラシオの物言いはともかく、わからないのは一体どこから曲が聞こえたのか、だった。ヒンターヘッファーだけが聞いたのなら作り話だと言ってしまえばいいが、オラシオも聞いたとなると、考えてみる必要がある。しかもオラシオの場合、ヒンターヘッファーよりも状況が不可解だった。ホテルの多くの部屋には無線電話の装置が置かれていた。ヒンターヘッファーが見つかったとき、オラシオとチリ人の女性か、ジョンソンとクラウディアか、あるいはそれ以外の人間がそのスイッチを入れたと仮定すれば、ヒンターヘッファーが曲を聞いた仕組みについて一応の説明はつく（一応というのは、実はその前日からホテルの無線電話は使えなくなっていたからだが、私は装置のことをよく知らないし、聞こえなくなっていた原因が解消されていた可能性もある)。しかしひとりでサンルームへあがっていたオラシオの場合は、そうしたことはあり得ない。それとも、オラシオの話で曲の存在が裏づけられたと考えること自体が間違っているのだろうか。彼は暗示にでもかかって曲が聞こえたと思いこんだだけなのだろうか。

ガブリエルの姿が見えないと言いだしたのは、チリ人の女性だった。「意を尽くしていさめたものの」と将軍が答えた。「スキーを持ちだしてきて、そろそろ救助へ向かった二人がもどってくるだろうし、迎えにいくと言って出ていってしまった! 立派な方だが、私の見たところ、かなり直情的な性格のようですな」

たしかに無謀ではあったが、ガブリエルの判断は正しかった。何か予感のようなものがあったのかもしれない。というのも、彼がホテルを出てすぐに、疲れきって山を下りてくる一団を見つけたからだ。彼らにとって最後の難関となるホテルまでの道を歩ませるため、ガブリエルは手を貸し、魔法瓶に入れてきたあたたかいコーヒーで元気づけたりした。ホテルにつくと、若い女の子たちは病気の子犬のように肩で息をしたり、笑いだしたり、倒れこんで起き上がることのできないものもいた。彼女たちのとり巻きの若者たちも似たような状態で、若気のいたりというところだろう。サンダースとジョンソンは、みんなと抱擁を交わしていた。

その夜はいつもより早く夕食の準備が整えられ、豪勢な食事とともに、ワインも気前よくふるまわれた。数日間しずんでいた広間の雰囲気が一変し、お祭りのような騒ぎになった。もっとも、そうした歓喜も疲労には勝てなかった。十時を待たずに全員が寝室へひきあげた。

私はすぐ眠りに落ちて、予感していたとおり例の曲の夢を見た。よくあることだが、幻なのにまるで現実のような夢だった。部屋のベッドのそばに、曲というか、その音源を感じて、おどろいて飛びおきた。もう眠れそうにない。まるで不思議な力を授けられたように、かつてないほど頭がさえて、数日来の、どこか現実離れした出来事についてあれこれと考えた。ふと税関職員の話と『イスパノアメリカ百科事典』の記述を思いだした。それぞれの人物を駆り立てる動機が不思議なほど鮮明に浮かびあがった。オラシオの怒り、ヒンターヘッファーの不安、ベトの強欲、サンダースの勇気……そして自分自身のことを考えて、期待と不安で落ちつかない気分になった。ローマでリベラリア祭がおこなわれていた日付は、いつだったか。たしか十七日だ。その数字を見た百科事典のページもおぼえていたが、何月だったか思いだせない。急いで調べなければと思い、毛布から片方の腕をだしたものの、一瞬でかじかんでしまった。スイッチを押しても明かりはつかず——まだ電気が通じていなかった——もう片方の腕をだしてマッチでろうそくに火をつけた。弱々しくてたよりない小さな光のせいで、かえって自分をつつむ闇の深さを実感した。寒さで体がふるえた。暖房の入っていないホテルは、しんしんと冷えていた。私はベッドから出てポンチョを着こみ、燭台をつかんで自分の姿を鏡で見た。「おじさんだと思われたうえに、こんな恰好を女の子たちに見られたら目も当てられないな」とつぶやいた。部屋を出て、さきの見えない廊下をすすみ階段にたどりついた。階下へ行くにつれて、感じられないほどかすかな風でろうそくの火がゆれた。消えそうになったので、立ちどまって炎が安定するのを待った。いきおいよく燃えはじめたのを見て、ふたたび図書室へ向かって歩きだした。右手の奥で、弱い光のようなものがかすかに動いた。足音も聞こえてきた。

「そこにいるのは誰だ？」と私は尋ねた。

「夜警です」と、聞き覚えのない声が答えた。

そしてランタン（かつて読んだ本では強盗提灯というおそろしい名前で呼ばれていた）をかざしながら、男があらわれた。

「眠れなくてね」と、私は事情を説明した。「昼間、図書室で読んだ本の内容で、たしかめたいことがあって。それに目を通さないと落ちつかない。つまり不眠症ってやつさ！」

夜警の男はしげしげとこちらをながめ、しばらく間をおいて言った。

「ふるえていますよ」

「寒いからね」

「あたたかいお茶でも用意してあげましょう」と男は申し出た。

まるで子供をあやすような話し方だった。お茶と用意の発音の仕方で、ドイツ人だとわかった。

「それはうれしいが」と私は答えて、「その前に図書室までつれていってくれないかな。ろうそくが消えたら、永遠にたどりつけない」

図書室まで案内してもらい、ろうそくを机の上に置いて、棚から事典を二、三冊ひっぱりだした。夜警は紅茶を入れるために行ってしまった。できればランタンを持ってそばにいてほしかった。ページをめくるたびにろうそくの炎がゆれて消えてしまいそうだった。気持ちばかりあせり、なかなか探している項目を見つけることができず、読むべき段落へたどりつくのに苦労した。ようやくその箇所を確認できた。「ローマでは、この祝祭は三月十七日におこなわれていた」わざわざ読み返すまでもなかった。自分の仮説が裏づけられると思っていた箇所で、それとは相いれない記述を最初に見つけたのだ。日付が一致しない。すべてが否定されたわけではないものの、大きな差異だった。

　落胆する自分をなぐさめるため、記憶と忘却をつかさどる人間の能力について考えた。十七日は仮説をたてるのに好都合なので記憶されていたが、三月はまずいので忘却の働きによって消されて……もっとも、そんなことを考えても無意味なので、すぐにやめてしまった。

　そのとき、心の中で何かを感じた。どう表現すればいいのか、とにかく最初はそれだけで、まだ聞こえていない音に反応したといおうか。やさしく、そして心地よく、知的な喜びが胸に迫り、まるで覚醒作用のある薬を飲んで、判断力や理解力がおどろくほど鋭敏になったかのようだった。知力が一新されたかと思える愉楽の中で――大仰な表現であることは承知している――私は不思議な感覚におそわれ、その瞬間から虚栄心も見栄も身の危険も、自分にかかわることは忘れてしまった。すべてはよくわからない形ではじまった。まるで庭を歩いていて、灌木の香りをかいだときのような（その香りを見失い、あともどりして探したりとか）、あるいは夏の草原で、クローバーから立ちのぼる熱気の中を歩いているとき、足もとの悪そうなところに出てしまい、引き返しても同じような場所があって、そこで地下水のかすかな冷たさを感じたときのようだった。ざわめきが聞こえ、それは次第に大きくなり、自分のそばを群衆が通りすぎているかのごとき、にぎやかな喧噪となった。知らないうちにろうそくの火は消えていた。楽器（笛やシンバル）の音色がひとつになり、歓声や踊りの音も加わって、その響きにうっとりと聞き惚れた。突然あらわれたその一団、あるいは行列が図書室から動きだした。私はあとを追い、暗い広間を抜けて、灯りもないままあちこち歩き回った。ホテルの入口に戻り、扉をあけた。聞こえていた素敵な音楽が、夜気にまぎれてどこかへ行ってしまうのを感じた。戸口のところで立ちつくして、目に見えない一団を探しながら、私はすべてを理解することができた。

「冷えてしまいますよ」と隣で声がした。

夜警が紅茶を持ってきていた。二人で扉を閉めようとしたとき、私は手をとめて夜警に尋ねた。

「雪の中に何か見えないかい?」

いえ何も、と彼は答えた。私は去ってゆく巨人の足跡のようなものを見た気がした。ひどい疲労を感じて椅子に倒れこみ、黙って紅茶を飲んだ。夜警は扉を閉じて、満足そうな顔でこちらを見ていた。私は二杯目をそそぎながら、彼に尋ねた。

「出身はヨーロッパ?」

「ええ、そうです」と夜警が答えた。「故郷の村はシュバルツバルトとライン川のあいだにあります」

「教えてくれないか。この国の九月は、あなたの村では何月にあたるかな?」

夜警は口を開いたまま、何も言わなかった。

「つまり、こちらが冬なら、あちらは夏で」と私は質問の意図を説明した。「こちらの秋は春だよね?」

夜警は、ぽんと自分の尻をたたき、嬉しそうに声をあげた。

「ええ、そうです！　ヨーロッパでは三月二十一日に春がはじまって、あちらの三月は、こちらの……」

「今日は何月何日？」

「九月十七日です」

私と夜警は受付の明かりに照らされた時計に目を向けた。午前零時三分を指していた。「いや十八日、十八日ですね」と夜警は繰り返し、柔和な笑みをうかべながら訂正した。九月十七日が北半球の三月十七日ならば、日付が一致する。私たちはリベラリア祭、バッカス神を称えるローマの祭りの日の終わりに立ち会っていたのだ。

紅茶を飲みおえて、自分の部屋へもどり、眠りについた。翌朝目をさましたとき、早く自分の考えを語りたいと気持ちがはやった。「しかしそのためには」と私はつぶやいた。「理解してくれる相手を探す必要がある。さもないと、何も起こっていないのと同じだ。クラウディアか、もし見つからなければジョンソンだな」

玄関ホールは、まるで入港直前の船のサロンのような黒山の人だかりだった。宿泊客たちが二、三個のスーツケースと何枚ものコート、マント、ポンチョをかかえていた。チリの国境警備兵たちが外へ出るための扉はひとつだけだと告げていた。人々がそこへ集まると、持っていけるのは一番小さなスーツケースとコート一着だけで、あとは置いていくようにと指示が出た。みんな我先に外へ出ようとした。

「何があったんですか?」と私は将軍に尋ねた。

「列車がこられる場所まで、国境警備兵がそりでつれていってくれるそうだ。第一陣の出発は十分後で、第二陣は一時間後だよ。午後にはサンティアゴへつく。残りの荷物は三、四日後に届けられるそうだ」

扉の近くにジョンソンの姿を見つけた。人波をかきわけて、彼の腕をつかんだ。

「今朝はまだクラウディアと顔をあわせていないんだ」ジョンソンの声に焦燥感がにじんでいた。

「もうそりに乗っているから、彼女と一緒に出発するよ」

「それはまずいよ」と私は声をあげた。強い口調で彼に言った。「第一陣には女と老人と子供が乗るべきだ!」

国境警備兵が私の主張を追認した。扉へ殺到していた連中は不満そうで、あやうく袋叩きにされるところだった。ジョンソンは何も言わなかったが、納得していない、悲しそうな目で私を見ていた。彼も精一杯耐えていたものの、愛する女性と一緒にいることが許されず、泣きだしたい気持ちだったに違いない。私は哀れなジョンソンを苦しめていた! 前夜の午前零時にあたえられた鋭敏な判断力と感受性はすでに失われて、にぶい判断力と、あきれるほど愚鈍な感受性しかない、いつもの自分にもどっていたのだ。

そんなことを考えつつも、気落ちしたわけではない。むしろ行動をおこしたくてうずうずして(一時的な衝動とはいえ、私にしてはめずらしいことだった)、その勢いのまま、イレーネ・ゴンサーレス・サロモン夫人のところへ行ってあることを尋ねた。彼女は恥ずかしい出来事を思いだしたかのように顔を赤らめ、年寄りをからかわないでほしいと言い（その言葉をあの女の子たちに聞かせたいと思って周囲を見わたしたが、ひとりもいなかった）、ぶしつけな質問を非難しながら、そのとおりだと認めた。それからすぐに将軍を見つけて同じ問いをぶつけると、同じ答えが返ってきた。将軍がまた長々しい講釈をはじめたので――自分の仮説が裏づけられれば彼の意見など聞く必要はない――放っておいた。最後にベトと話すと（もったいをつける必要もないだろう、あの曲を聞いたかと尋ねていたのだ）、やはり予想したとおりの答えだった。

第二陣のそりが出るまで、長く待たねばならなかった。予定は大幅に遅れて、第一陣の出発から三時間以上もかかった。待っているとき、バルにいるジョンソンを見つけた。「まだここにいたのかい？」と声をかけ、テーブルへ誘った。ジョンソンの酒と自分の紅茶を頼んで、飲みものがきてから、私は前夜の出来事について考えたことを語りはじめた。前置きやいきさつは、できるだけはぶいた。

「十七日は、みんな自分の役を演じていたんだ」と私はジョンソンに告げた。「たとえば、どこかに作者がいて、私たちの行動を描写していたような……台詞を読んでいて、それが自然だと感じられるほど役に入りこんでいたというのかな。そのせいで、臆病な人間はまさに完璧な臆病者を演じ、度胸のあるものはこのうえない勇気を示した。恥知らずなやつはとんでもない背信行為をして、恋をしているやつは人目をはばかることなく愛を語った。良くも悪くも、その人間の本質的な部分が解きはなたれたのさ。明らかに普通の状態ではなく、何もかもが奇妙だった。特におかしいと思ったのはあの曲だ。あの曲を聞いたせいで、驚いて身がすくんでしまったというヒンターヘッファーの話を聞いて、私が茶化すようなことを言ったじゃないか。あまりにもばかばかしいと思ったからね。でもみんなは気乗りのしない笑みを浮かべただけだった。実は笑えるような心境じゃなかったんだ。私はまだ知らなかったけれど、ほかの人たちはすでにあの曲を聞いていたんだ。それぞれの人間が自分の役柄を演じるときに聞こえるんだよ。オラシオの場合は衝動的に目印のランプを消したとき、イレーネ・ゴンサーレス・サロモン夫人（あれほどの残忍さを心に秘めているとは思わなかった）はクラウディアを傷つけようとしたとき、ベトは食料を盗んだとき……」

「ぼくも聞いたよ……」とジョンソンが口をはさんだ。

「まあ、そうだろうね」私は話の腰をおられて、むっとしながら答えた。「私も聞いた。みんなと同じようにね。話をつづけていいかな。この土地の伝承や歴史にくわしい、左利きの税関職員がいてね……」

「うれしいことを言ってくれますね」という声が聞こえた。

視線をあげると、その税関職員がいた。私は彼に椅子をすすめて、話をつづけてよいかと尋ねた。第三者として（厳格な態度で）会話に加わってくれるだろう税関職員の了承を得て、ふたたび語りはじめた。

「この人から聞いたんだが、ホテルのもともとの所有者はベジョッキオという男だった。ベジョッキオはバッカス神を信奉し、毎年リベラリア祭――バッカス神をたたえる祭りだ――を祝って、その日はかならずバッカス神があらわれたそうだ。ここまではいいとして、問題は祭りの日付だ。図書室の百科事典によると、ローマのリベラリア祭は三月十七日におこなわれていた」

「ベジョッキオさんは九月十七日にやっていましたよ」税関職員が請けあった。「それは季節がずれるからなんだ」私は得意顔でつづけた。「ヨーロッパの三月十七日は、こっちの南半球では九月十七日だ。つまりここでは九月十七日にバッカス神がやってくる。そして実際にバッカス神があらわれた」

「見た人でもいるんですか？」税関職員は驚いた顔で尋ねた。「さきほども言ってもらったように、私はこの土地の伝説が好きでしてね。ユートピアみたいな高貴な世界にあこがれていて、そんな話を探して集めたり調べたりしています。でも、この目で見たわけじゃありません。もし古代のバッカス神や、湖の皇女たち、幽霊ということならプエンテ・デル・インカの亡霊フートゥレも同じですが、一度でも見ることができるのなら、どんな犠牲もいとわなかったでしょう。しかし嘘でもつかないかぎり、そんなことはあり得ない、絶対にあり得ないことです」

「バッカス神の姿を見たわけではなくて」そう言って、私はつづけた。「でもその存在を感じたんだ……それもはっきりとね」

税関職員にも同じ説明を繰り返した。

「注目すべきなのは、十七日に、みんな信じられないくらい純粋に整然と自分の役どころを演じていたことだ。ベト、オラシオ、イレーネ・ゴンサーレス・サロモン夫人、誰に尋ねても同じことを言うだろう。何か神秘的な変化を感じて、笛の奏でる曲とにぎやかな群衆の足音が聞こえた。一人ひとりに超自然的な力がそそがれ、憎しみ、愛情、勇気といった心の奥底にあったものが揺り動かされた。これこそバッカス神の到来という驚異であり、それぞれの人間に神が宿った瞬間、つまり顕現だったんだ」

「十七日に感じたことは、すべて神のせいなのかい？」今から思えば、ジョンソンの声には不安がにじんでいた。

「神がやったのは、みんなの気持ちを高ぶらせることとさ」と私は答えた。「百科事典でリベラリアの項目をあたれば、手がかりになる一節がみつかるよ。『それは解放の日であった。何も禁じられることなく、奴隷たちは自由に話すことが許された』と書いてある。知ってのとおり、古代の宗教では、すべてのものが何かを象徴している。何事も偶然ではないと言うべきかな。レリーフのエンブレムも、司祭の着るチュニカの色も、祈りの言葉も、祭祀のやり方もそうだ。精神分析医みたいなおおげさな解釈をしなくても、百科事典の記述が何を意味しているか読み解くことはできる。解放の日とは、バッカス神に支配されて、誰も本当の感情をかくせなくなることなんだ。奴隷が自由に話すというのは、情熱とか、それぞれの人間の中で押さえつけられていたものが、とめどなくあふれ出てくることとさ。古代の象徴について、プルタルコスの本にとても興味深い一節がある」

　そこで口をつぐんだのは、打ちひしがれて憂鬱そうなジョンソンの顔を見たからではなく、税関職員が恍惚とした表情をうかべ、まるで白痴のようだったからだ。

「体調でも悪いんですか？」と私は税関職員に尋ねた。

「とんでもない、最高の気分です」彼は硬貨のようにつぶらな瞳で前を見据えたまま答えた。「しかしこんなことなら、救助隊と雪で立ち往生した列車のところへ行くんじゃなかった。来年は、たとえ神に命じられても、ここを動きません。バッカス神があらわれたんだ。間違いない。そして、きっとまたやってくるでしょう。なぜこんなに興奮しているのか、わかりますか？　そう、あなたの話してくれた曲ですよ。私にも聞こえる気がします。プルタルコスと言えば、『英雄伝』――図書室にあります――にあなたの言った曲のことが記されている。どこかの軍勢がアレキサンドリアにいたとき、ある曲とにぎやかな騒ぎを耳にした。それは、彼らのもとを去ってゆくバッカス神だったんです」

「あの曲を聞いたのは」と私はつづけた。「九月十七日の真夜中、バッカス神が去ってゆくときだった。あの瞬間が失われてしまったのが残念でならない。神がやどっているあいだ、私はまさしく知的な人間だった。しかし今は、いつもと同じく貧弱な知性しか残されていない……まるで若いころにもどったような感覚だった。なんでもできる気がして、広大無辺の人生と比べれば、すべてがとるにたりないと思えたあのころに」

そのあとも長々としゃべったが、気恥ずかしいので最後まで語るのはやめておこう。要するに、自分が単調な生活をおくっていて、もしそれを放棄したら苦労しなければならないことなど、くどくどと話しただけだ。換言すれば、みずからの失われた可能性をおしんで、泣いていたのだ。実際、自分が哀れむべき存在に思われた。

ジョンソンのことは、ほとんど頭になかった。最初は驚くべき出来事を解き明かすのに酔いしれ、そのあとは運に見放されたかのごとく感傷的な気持ちになって、自分の話を聞いたジョンソンが疑念と不安でうちのめされていることまで頭が回らなかった。知力に満ちた短い時間は、たしかに過ぎ去っていた。それでも彼を悲しませていることには気づくべきだったのだ。ジョンソンに対して、彼の愛情は神の到来がもたらした一時的な高揚にすぎないとほのめかしていたのだから。おそらくジョンソンは、ふたたびクラウディアと顔をあわせたとき、以前と変わらぬ輝きや魅力を見ることができるのか、また（およそ考えにくいことだが）もうほかの男たちに思いやりを見せることはないのかと自問していたのだろう。ジョンソンは思いつめる性格で、しかしあのときなら、まだ諭すこともできたはずだ。彼らの愛はバッカス神が授けただけの、つかのまの恋なんかではない、と……しかし私は自分のことで頭がいっぱいで、ほかの人を気づかう余裕はなかった。

しばらくして、第二陣が出発した。ただし列車の速度は遅く、何度も停車した。走りだしてはすぐ停まり、遅延は長びき、そんなことを繰り返していた。どこかの人気のない駅で待たされて、その時間が無限に長く感じられた。第一陣との合流地点はあらかじめ決めてあるという話で（どこだったか、おぼえていない）しかしその場所へ到着してみると——何時間も遅れていた——すでに第一陣は出発したあとだった。なぜクラウディアは待ってくれなかったのだろうとジョンソンに訊かれたものの、どう答えていいのか、わからなかった。私たちがサンティアゴ市内へ入ったときは夜になっていた。

今から思えば、ホテルを出発した直後、ジョンソンは早く到着してほしいとあせっていたが、長い旅を終えるころはそんな気持ちもなくなっていたのではないだろうか。物思いに沈み、悲しみのあまり青ざめた、哀れな彼の表情をおぼえている。たぶんクラウディアと会って、自分の愛情が幻想にすぎなかったと悟るのをおそれていたのだろう。どこに泊るつもりかとジョンソンに尋ねられたが、私はあいまいな返事をした。陰気な犬のごとく、苦悩をたたえた目をしてついてこられたら、とても耐えられそうになかった。悩みを聞かされるなら死んだほうがましだと思った。私は疲れきっていたのだ！　一人になりたかった。ホテルの部屋で早く眠りたかった。

翌日はジョンソンと顔をあわせることもなかった。イレーネ・ゴンサーレス・サロモン夫人、オレリャーナ将軍、技師のアリアーガが同じホテルに滞在していた。しかしアンデス山中でともに時間をすごした友人たちも、アクロバット芸人の一家も、それ以外の人々も——船旅の仲間を忘れてしまうのと同様——すでに遠い過去の存在となっていた。

ある朝、散髪屋で将軍に会った。ジョンソンたちのサーカスの公演がはじまるので、イレーネ・ゴンサーレス・サロモン夫人もまじえて行かないかと誘われた。

「いつですか？」と私は尋ねた。

「今夜だ」

将軍の誘いはことわった。その夜、自分の部屋にいると、泣きながら廊下を歩いてくる夫人の声が聞こえて、私は結末を知った。サーカスで何が起こったのか、部屋を出てたしかめることもなく、目をとじて毛布にくるまり、眠れぬまま夜が明けるのを待った。老婆の子供のような鳴き声を耳にするのは、やはり忌むべきことで不吉なのだ。ジョンソンが四回転ジャンプを試みて死亡事故をおこしたことは新聞を読まなくてもわかった。

午後、死者に花をたむけるため、クラウディアのもとへ行って話をしようかと思った。しかし、わざわざむし返すべきではない、と思いなおした。もはや終わったことなのだ。私にできるのは、ジョンソンの思い出を汚さぬことだけだった。クラウディアと会ったところで、彼女が何を言い、私がどう答えるのかもわかっていたし、皮肉な結末を付すのは避けたほうが無難に思えた。今でもクラウディアというすばらしい女性のことを、そして自分の中に神を感じて、みずからの能力がとてつもなく高められたあの夜を懐かしく思いだす。その力は失われてしまい、つたない筆で語ることしかできないものの、この世で私に与えられている役目は物語を伝えることらしいので、それを果たさなければならない。

墓穴掘り

Cavar un foso

ラウル・アレバロは窓をしめてブラインドをおろし、一つひとつ掛け金をかけていった。入口の両開きのドアも閉じた。掛け金をかけ、鍵をしめて、鉄製の重いかんぬきをさした。

彼の妻がカウンターにひじをついたまま声をひそめて言った。

「静かね！　波の音も聞こえない」

アレバロは答えた。

「でもフリア、戸締りなんてしたことないし、他の客がきたら、変だと思うんじゃないかな」

「他の客？　こんな夜中に？」フリアが問い返した。「なに言ってるのよ。そんなに客がきてくれれば、こんな貧乏じゃないでしょ。シャンデリアも消して」

アレバロは言われたとおりにした。カウンターのランプが灯るだけで部屋は薄暗くなった。

「これでいいかい？」アレバロはテーブルの席に身をあずけた。テーブルにはチェック柄のクロスがかかっていた。「でも、ほかに方法はないのかな」

アレバロとフリアは外見がよく似ていて、若いせいか宿主には見えなかった。金髪でショートカットのフリアがすべるようにアレバロのテーブルへ近づいて、片手をついた。正面からじっと夫を見おろし、声をひそめながらも強い口調で答えた。

「ないわ」

「でも」とアレバロが言い返した。「稼げなくても幸せだったじゃないか」

「声が大きいわよ」

フリアはアレバロを黙らせ、階段に目をやって聞き耳を立てた。

「まだうろうろしてる」フリアがあきれたように言った。「なかなかベッドへ入らない。このまま寝ないかもしれない」

「どうなんだろう」アレバロは自問をつづけていた。「良心の呵責を感じながら、幸せになれるんだろうか」

彼らが出会ったのは二年前の夏——フリアは両親と一緒で、アレバロは一人だった——休暇で訪れたネコチェーアの安ホテルだった。二人は結婚の約束をして、ブエノスアイレスでの単調なデスクワークにもどるのではなく、田舎の、海をのぞむ崖で宿屋でも経営して暮らそうと夢をふくらませた。しかし結婚も含めて、何をするにも金がなかった。ある日の午後、二人は崖ぞいを走るバスに乗っているとき、道路のわきにぽつんと立っている家を見つけた。スレート葺きの赤レンガの家で、正面に海が広がり、松の木が周囲をおおっていた。『売家、宿屋に最適』と書かれた立札が、イボタノキのあいだから、ちらっと見えた。自分たちの夢にふさわしい場所だと話していたところ、まるで夢の世界へ入りこんだかのごとく、諸々の問題が解決しはじめた。その日の夜、安ホテルの入口の、小道に置かれた二つのベンチのひとつで、彼らは温和な紳士と出会った。紳士に自分たちの夢を語ると、彼の知人から抵当権と利益の一部を条件に金を貸してもらえることになった。二人は結婚し、宿を開いた。家の屋号に記されていたエル・カンディル（カンテラ）の文字を消し、ラ・ソニャーダ（夢）と書きかえた。

不幸をまねくので屋号は変えるべきでないというが、もともと人里離れた場所にあり、商売よりも、小説に出てくるような――二人の思い描いていた――宿の名前としてはよかったのだろう。いずれにしろ、税金などもあって、借金を返せるほどの金はたまらないことがわかった。利子もあっという間にふえていった。しかし、まぶしいほど情熱的な若い二人にとって、夢《ラ・ソニャーダ》を捨ててブエノスアイレスへもどり、それぞれのオフィスにしばられて暮らすことなど、もはや考えられなかった。それまでが順調だったので、上手くいかなくなったとたん、運命に裏切られた気がした。生活は日ごとに苦しくなったものの、愛はむしろ深まった。二人はそこでの暮らしに満足して、それがうしなわれることに不安をつのらせていった。そんなとき、カバンに万能薬を入れた天才医師、あるいは神が二人をためそうと送りこんだ天使の化身のごとく、ひとりの婦人があらわれたのだ。彼女はいま上階にいて、お湯が勢いよく注がれ、湯気の立ちのぼる浴槽の横で服を脱いでいた。

婦人があらわれる少し前まで、フリアとアレバロは客を迎える当てもないテーブルに座り、ひっそりとした広間で顔をつきあわせて、気のめいる話をしながら本のページのあいだを調べていた。

「いくらやっても無駄だよ。探したって金なんか出てこない」アレバロはすぐに飽きて、ぼやきはじめた。「それにもうすぐ支払い期限なんだ」

「あきらめちゃだめ」フリアがたしなめた。

「あきらめるとか、そういう問題じゃない。話しあっても奇跡なんておきないし、どうしようもないんだ。それとも、またネコチェーアやミラマールへ行って宣伝用のチラシでも置いてくるかい？あれにずいぶんと金をかけたけれど、結局どうなった？　ご婦人連中がきて、午後のお茶を飲んで、勘定にけちをつけただけじゃないか」

「それじゃどうするの？　あきらめてブエノスアイレスへもどる？」

「どこでだって幸せになれるさ」

気休めはうんざり、とフリアは言った。ブエノスアイレスへもどったら、週末をのぞいて二人で午後の時間をすごすことはできなくなる。そんな生活では幸せになれないし、外で働けば職場には必ず女がいる。

「そして一番ましな女に手をだすのね」とフリアが結論づけた。

「信用されてないな」

「信用するとかの問題じゃない。男と女がひとつ屋根の下にしばらくいたら、最後は必ず同じベッドへ入るのよ」

アレバロは面倒くさそうに黒いノートを閉じて答えた。

「おれだってもどりたいわけじゃない。ここで暮らしているのが一番いいけど、金のつまったスーツケースを持って天使でもあらわれないかぎり……」

「何かしら?」フリアが口をはさんだ。

二本の黄色い光が平行のまますばやく広間を照らし、車のエンジン音につづいて年輩の女性があらわれた。灰色の房飾りで覆われたつば広の帽子と、少しかしいだ旅行用のケープをまとい、右手でしっかりとスーツケースを握っていた。二人を見つめ、まるで知りあいのごとく微笑んだ。

「部屋を借りたいんです」婦人が言った。「空いているかしら。寝るだけだから、食事はいらないの。眠る場所と、できればあたたかいお湯の出る風呂があったら……」

部屋があると聞いて、婦人はほっとしたようだった。

「本当に助かります」

そのあと、彼女は長々と話しはじめた。社交的な集いで見かける上流階級の婦人にありがちな、語彙が単純で、どこか神経質そうな、少し浮世離れした話し方だった。

「どこかの村を通りすぎたとき、道を間違えてしまって。左にまがったけれど、本当はあそこで右へまがるべきだったのよ、きっとそうだわ。ここはミラマールの近くかしら、そうじゃない? 実はね、ネコチェーアのホテルで人と会うことになっていて、でもこんなことを言うのもなんですけど、わたし、これでよかったと思うの。こうしてお会いできて、お二人とも若いし、すてきだし(わたしみたいなお婆さんにとっては、とてもすてきなんですよ)、だから信用できる方たちだって思うの。気持ちが落ちつくまで少し話してもいいかしら。実を言うとこわかったの。だって夜だし、お金のたくさん入ったスーツケースを持ってるのに、道に迷ってしまって。最近すぐ人が殺されるじゃない。それでね、明日の昼食の時間にはネコチェーアへつきたいんだけれど、なんとかなるかしら？　午後三時に家の競売があって、見たときから欲しかった家なの。海岸ぞいの道に面していて、高台だから海も見えるし。夢なんです、わたしの人生の夢」

「上の部屋へご案内するから」フリアがアレバロに指示した。「ボイラーの準備をお願いね」

数分後、ふたたび広間で二人だけになった。アレバロが口をひらいた。

「あの婆さん、明日、家が買えるといいな。おれたちと同じ好みだよ」

「そんなこと、わたしの知ったことじゃない」フリアが笑いだした。「絶好の機会じゃない。逃がしちゃだめよ」

「絶好の機会？」わかっていないような口ぶりでアレバロが尋ねた。

「スーツケースを持った天使があらわれたのよ」フリアは答えた。突然二人は他人同士のような神妙な面もちで無言のまま見つめあった。上階から床のきしむ音が聞こえた。婦人は部屋を歩きまわっていた。フリアがつづけた。「あの人、ネコチェーアへ行くつもりで道を間違えたんでしょ。だから今どこにいてもおかしくない。ここにいるのを知っているのは、わたしとあなただけ」

「スーツケースに金がつまっていると言ってたな」アレバロは察してつづけた。「おれたちをだます理由はないし、つまりあの話は」

「そういうこと。わかってきた？」フリアが陰のある表情を浮かべてつぶやいた。

「おれに殺せって言うんじゃないだろうな」

「はじめて鶏の首をはねてもらったときも、そう言ったわよ。あれから何羽も殺してきたでしょ？」

「ナイフをつきたてて婆さんの血をあびるなんて……」

「鶏でもお婆さんでも血は同じでしょ。でも心配しなくても大丈夫。血はあびないわ。眠ってから棒で頭をなぐるのよ」

「なぐるなんて、無理だ」

「どうして無理なの？　机を叩くのと大して違わないわ。それにあの人とわたしたちと、どっちがだいじなの？　このまま行かせてしまったら……」

「わかってる。でも君がそんなことを言うなんて……」

不意に笑みを浮かべて、フリアが強い口調で言った。

「女は家を守らなくちゃならないの」

「残酷だな。まるで狼だ」

「家を守るためなら狼にだってなるわ。あなたの友だちで幸せな夫婦はいる？　わたしの友だちにはいないわ。理由を教えてあげましょうか。環境が悪いのよ。ブエノスアイレスみたいな都会だとみんないらいらして、誘惑も多い。お金がなければ何をやってもうまくいかない。でもここならそんな危険はない。わたしたちはずっと一緒でも飽きたりしない、そうでしょ？　それで、やる手順だけれど」

一台の車がうなりをあげて通りすぎた。上階の婦人はいそがしく歩きまわっている。

「言わなくていい」アレバロが答えた。「考えたくないんだ。さもないと気の毒になって何もできなくなる……指示してくれたら、そのとおりにするよ」

「わかった。それじゃ、まず戸締りをして。ドアも窓もブラインドも全部ね」

ラウル・アレバロは窓をしめてブラインドをおろし、一つひとつ掛け金をかけていった。入口の両開きのドアも閉じた。掛け金をかけ、鍵をしめて、鉄製の重いかんぬきをさした。

そのあと、アレバロは家の中が急に静かになったと話したり、別の客がくる心配をしたり、ほかに方法はないのかと問いかけ、罪の意識を背負ったまま幸せになれるだろうかと自問した。

「熊手はどこ?」フリアが尋ねた。

「地下室だ。工具と一緒に置いてある」

「それじゃ地下室へ行きましょう。しばらく時間をおけばあの人も寝るだろうし。あなたには大工仕事をしてもらわないと。まず熊手の柄をつくってちょうだい。ただし普通のよりも短めのをね」

アレバロは気まじめな職人のごとく指示にしたがい、しばらくして尋ねた。

「これ、何に使うんだい?」

「考えたくないんでしょ、質問はなしよ。できあがったら、熊手の刃より長めの横木をその柄にとりつけて」

アレバロが作っているあいだ、フリアは薪置き場をうろうろしたり、ボイラーをたいたりしていた。

「婆さんはもう風呂からあがったんじゃないか」アレバロが尋ねた。

棍棒のような薪をつかみながら、フリアは答えた。

「いいのよ、けちけちしないで。もうすぐ大金も手に入るし、こうしておいたほうがいいの」少し間をおいて、つづけた。「ちょっと部屋へ行ってくるけど、すぐにもどるから、やっておいてね」

アレバロは作業に没頭しているようだった。フリアが革手袋とアルコールの入った小瓶を持って、もどってきた。

「どうして手袋を買っておかないのよ」フリアは訊くともなく声をかけ、薪置き場の入口に小瓶を置き、手袋をはめて、アレバロの答えを待たずにつづけた。「手袋は必ず役立つのよ。新しい鉈手はできた? じゃあ一本ずつ持って上へもどりましょう。そうだ、薪を忘れるところだった」

フリアは棍棒のごとき薪をひろいあげた。広間へもどり、二本の鉈手をドアに立てかけた。カウンターの奥からコップと水さしと鉄製のトレイをとりだし、水さしに水を入れた。

「あの歳だと眠りが浅くて(子供みたいに深く眠れないから)起きるかもしれないわ。トレイを持ってさきに入るから、後ろにかくれてついてくるのよ。あれを持ってね」そう言ってテーブルの薪を指した。

アレバロがためらっているのを見て、フリアは薪をひろいあげて手渡した。

「わたしのためにがんばってくれるわよね?」

フリアは、微笑みながら夫の頰にキスをした。

「何か飲まないか?」不意にアレバロが言いだした。

「頭をすっきりさせておきたいの。あなたをはげまさなくちゃならないでしょ」

「わかった、さっさと終わらせよう」

「あせることはないわ」

二人は階段をのぼりはじめた。

「よく音を立てずにのぼれるな」アレバロが言った。「だめだ、うまくできない」

「階段をきしませないで。部屋へ入ったときあの人が起きていたら、まずいでしょ」フリアは答えた。

「また車だ。今夜はなんでこんなに多いんだ?」

「いつも走っているじゃない」

「通り過ぎてくれればいいが、前に停まったんじゃないか」

「大丈夫よ。もう行っちゃったわ」

「それじゃ、あの音は?」

「配水管よ」

二階の廊下の明かりをつけて部屋の前に立った。フリアは慎重にノブをまわして、ドアを開けた。アレバロは妻のうなじだけを見つめ、そこから目をそらさなかった。ふと頭をかしげると、半開きのドア越しに部屋の一部が見えた。がらんとして、いつもと変わった様子はない。窓にかかるクレトン地のカーテン、刳形の縁のあるベッドの足板、プロヴァンス風の椅子。フリアはゆっくりとだがためらうことなくドアを開けていった。あちこちから聞こえていた物音がやんだかのごとく、異様なくらい静かだった。聞こえてくるのは時計の音だけで、ベッドの婦人は呼吸をしていないのかと思うほどだった。あるいは、息を殺して二人の様子をうかがい、待ち受けているのかもしれない。

あおむけで横たわるその体は、意外なくらい分厚く、黒くて丸い、巨大なかたまりのようだった。奥の暗がりに頭と枕らしきものが見えて、いびきが聞こえた。アレバロの気持ちが揺らぐのを心配したのか、フリアは夫の腕をぎゅっとつかんで、ささやいた。

「今よ」

アレバロはベッドと壁のあいだに体を入れ、薪を振りあげて、力いっぱい頭をなぐった。婦人が牛の悲鳴を思わせる小さなうめき声をあげた。もう一度なぐった。

「もういい」とフリアが声をかけた。「死んだかしら」

ナイトテーブルの明かりをつけた。フリアがひざまずいて傷の具合をたしかめ、婦人の胸に耳をあててから、立ちあがった。

「うまくいったわ」

フリアは夫の肩に手をのせ、顔を見つめてからキスをしようとひきよせた。しりごみする気持ちを抑えて、アレバロが応じた。

「上出来よ」フリアは慰撫するような声でささやき、夫の手から薪を受けとった。

「木くずがついていたら、まずいわね」手袋をはめた指で薪の表面をなでた。「傷口に残っていないか、たしかめないと」

フリアはテーブルに薪を置いてから婦人のそばへもどった。大声で話しながら、自分のするべきことを考えた。

「傷口を洗わなくちゃ」

椅子の上にたたまれた婦人の下着とハンガーの上着を指して、アレバロに頼んだ。

「それ、とって」

フリアは死体に服を着せながら、そっけなく言った。

「いやなら見ないのね」

フリアは婦人の上着のポケットを探ってキーホルダーをとりだしたあと、死体の腕のしたに手を入れて、ベッドからひきずりだそうとした。アレバロが手伝うつもりで近づいた。

「わたしがやるから」そう言ってアレバロを制した。「あなたはさわらないで。手袋をはめてないでしょ。指紋でばれるなんて思っていないけど、あとで気にするのがいやなの」

「ずいぶんと力持ちだな」

「重いわ」

あまりの重さで二人の緊張はすっかりゆるんでしまった。アレバロに手伝わせずフリアがひとりで階段をおろしたので、どたばたを演じるパントマイムのようだった。一段降りるたびに死体のかかとが大きな音を立てた。

「まるで太鼓だ」

「そうね、サーカスで宙返りがはじまる前の太鼓みたい」

フリアが手すりにもたれて休みながら笑った。彼女を見てアレバロが言った。

「とても素敵だよ」

「ふざけている場合じゃないわ」フリアは両手で顔をおおった。「邪魔の入らないうちに終わらせるのよ」

あちこちの物音、特に配水管の音が聞こえはじめた。

階段の下まで死体を運び、床に寝かせて二階へもどった。キーホルダーの鍵をいくつか試して、フリアはスーツケースを開けた。中を探って、左右の手でひとつずつ、ふくらんだ封筒をつかみ、アレバロにさしだした。それをあずけたあと、婦人の帽子、スーツケース、薪をひろいあげた。

「お金をどこにしまうか考えなくちゃ。しばらくかくしておくのよ」

二人は一階へ降りた。フリアはおどけたしぐさで、死体に深々と帽子をかぶせた。薪を持って急いで地下室へ行き、小瓶のアルコールをかけて火にくべたあと、広間へもどってきた。

「ドアを開けて、外をのぞいてみて」

言われたとおり外を見て、アレバロはつぶやいた。

「誰もいない」

二人は手をつないで外へ出た。月夜で肌寒く、波の音が聞こえる。フリアは中へもどり、婦人のスーツケースを持ってふたたび出てきた。年代物の、大きいパッカードのオープンカーのドアを開けると、スーツケースを車内にほうりこんだ。

「死体を運ばないと」つぶやいたあと、フリアが声をあげた。「あなたも手伝って。もうあんな重たいのはこりごり。指紋なんてどうでもいいわ」

宿の明かりをすべて消して、死体を車へ運び、二人の座席のあいだに座らせた。フリアが運転して、ヘッドライトをつけずにラ・ソニャーダから二百メートルほど離れたところへ向かった。そこは切りたった崖ぞいの道で、左の前輪が崖からはみ出たところでフリアは車をとめた。夫の座っているほうのドアを開けて指示をだした。

「降りて」

「こっちもぎりぎりだぞ」文句を言いながら、アレバロは車と断崖の隙間に降り立った。

フリアも車から降りて死体を運転席へ押しやった。車が少し傾いたように感じた。

「気をつけろ！」アレバロが叫んだ。

フリアはドアをしめて崖下をのぞきこんだ。地面を蹴って、土くれの落ちる様子をたしかめた。泡と闇のうねりで、海がはげしく波立っているのがわかった。

「これから満ちてくるのね。あと一押しでけりがつくわ！」

二人は車の背後へまわった。

「合図をしたら、力いっぱい押すのよ」フリアが指示した。「そおれ！」

パッカードは人間のごとき悲哀をただよわせながら、おごそかに落ちていった。二人は抱きあい、崖のそばの草地にへたりこんだ。フリアは、癒しえぬ悲しみで泣いているようだったが、濡れた頰にアレバロがキスをすると微笑みを浮かべた。しばらくして二人は立ちあがり、崖下をのぞいた。

「あそこだ」とアレバロが言った。「あのままでも大丈夫だろうけれど、沖へ流されたほうがいいな」

宿へひき返して、敷石と中庭の土のあいだに残っていたタイヤの跡を熊手で消した。すべての痕跡を消し去り、宿を完璧な状態へ整えて、気がついたら翌朝になっていた。

「いくらあるか、数えてみよう」アレバロが提案した。

封筒から札をとりだして、数えた。

「二十万七千ペソね」とフリアが言った。

手つけ金として二十万ペソ以上持参しているので、二百万ペソ以上の家を買うつもりだったのだろう。ここ数年のペソの暴落で、その手つけ金だけで借金をしている相手に利子を払い、宿を買いとれるだけの金額になる。

フリアは上機嫌だった。

「ちょうどお湯の準備もできているし、一緒に汗を流して美味しい朝食でも食べましょうよ」

しかし、なかなか気持ちが落ちつかなかった。フリアは、あとは時間が過ぎるのを待つだけだし、冷静にならなければと言ったが、二人とも車は沖へ流されたのか、それとも浜辺へ押しもどされたのかわからず気になっていた。

「見てきたほうがいいかしら?」フリアは尋ねた。

「冗談じゃない」アレバロが答えた。「誰かに見られたらどうするんだ」

その日から毎日午後になると、アレバロは新聞を運ぶバスがくるのをいらいらしながら待った。しかし新聞もラジオも一向に婦人の失踪を伝えることはなく、殺人を犯した二人でさえ夢だったのではないかと思うこともあった。

ある夜、アレバロは妻に言った。

「できることなら、自然の力を超えた何かに祈りたい気分だよ。車が沖へ流されてしまえば、おれたちとあの婆さんをむすびつけるものはないし、不安も消えるだろうし」

「大丈夫」とフリアが答えた。「最悪でも尋問されるぐらいで大したことない。少しのあいだ警察へ行くだけ。わたしもあなたも、それにたえられないほどやわじゃないでしょ。あとは一生幸せに暮らせるの。証拠だってないし、あの人の災難がわたしたちのせいだなんて、わかりっこない」

アレバロは話しながら考えた。

「あの夜、遅くまで起きていたことは認めざるを得ない。前の道をとおった人間がいたら、宿の明かりを見ているはずだ」

「そうね。でも車の落ちる音は聞いていない、そうでしょ」

「ああ、何も聞いていない。で、何をしていたことにしよう?」

「ラジオを聴いていたとか」

「あの日どんな番組をやっていたのか知らない」

「二人で話していたのよ」

「話題はどうする? 本当のことを言ったら動機を教えるようなもんだ。借金で首がまわらない話をしていたら、金を持った婆さんが空から降ってきたんだからな」

「お金がないからって、すぐに人を殺すわけじゃないし……」

「借金はしばらく返さないほうがいい」

「そうすれば、うたがわれることもないし」フリアがいやみっぽくつづけた。「宿を手放さなきゃならなくなって、ブエノスアイレスでみじめに暮らすわけね。冗談じゃない。もし一銭も返さないほうがいいのなら、返済を待ってもらうようにかけあってみるわよ。なんとか説得するわ。少しだけ時間をもらえれば状況が好転して、全額返せるって約束するのよ。お金はあるんだもの、落ちついて話せばわかってもらえるわ」

ある朝、ラジオが婦人の失踪をつたえた。つづいて新聞もその話題でもちきりになった。アレバロが記事を読みあげた。

「書いてあるよ。『ガリボート署長へ取材した印象では、すでに警察は犯罪の可能性も否定できないと判断しうる、何らかの事実を確認している模様である』だって。犯罪の可能性だぜ」

「あれは事故だったのよ」フリアは動じなかった。「そのうちにそういう話でみんな納得するわ。警察はあの人が元気に生きていて、どこかをさまよっているのかもしれないと思っている。だからお金のことを言わない。言ったら棒でなぐって金を奪おうなんて考える人が出てくるから」

五月の明るい日ざしを浴びながら、二人は窓辺で話していた。

「それじゃ、何らかの事実ってのは?」アレバロが訊いた。

「お金よ。それ以外は考えられないわ。スーツケースに大金を入れて出かけたって、誰かが証言したのかも」

突然アレバロがさけんだ。

「あれは何だ?」

車の落ちていったあたりに人が群がっていた。

「見つかったな」

「わたしたちも行ったほうがいいわ。興味をしめさないと、変に思われるもの」

「おれはやめておくよ」

しかし、そのあと一日じゅうひっきりなしに客がきたので出かける時間はなかった。店の活気につられたのか、アレバロは客の話に興味を示して話を盛りあげた。何があったのかを尋ねてから、道には断崖すれすれを通っているところもあるし、残念ながらドライバーの軽率さは癒されることのない病みたいなものだと評したりした。そんなアレバロを、フリアは感心しながら少し不安そうな面持ちでながめていた。

道のわきに何台もの車が停まった。しばらくして、車と人だかりのあいだからクレーン車があらわれた。それを見て、アレバロとフリアは首をもたげた動物か、巨大な虫を連想した。もう暗いので翌朝クレーンでひきあげるという話だった。別の話題がもちあがった。

「落ちたのは大昔の豪華なパッカードだってさ。中には少なくとも二人の死体があるそうだ」

「カップルだな。巣の中の鳩みたいにキスをしようとして、急にガタッとパッカードが傾いて、そのまま海に落ちたわけか」

「車はキャデラックじゃないか」と声高に言うものもいた。

しばらくして緑色のコートを着た白髪の男が、警官を連れてラ・ソニャーダへ入ってきた。目深にかぶっていた山高帽をとり、あいさつをしてから、仲間同士の目配せを思わせる目つきでフリアに話しかけた。

「繁盛しているみたいだね」

「他所はもうかっているように見えたりしますけど」フリアは答えた。「毎日こんな調子じゃありませんからね」

「それでもこの生活に満足している?」

「まあ、そうです」

「宮仕えをやめてここで店でも開けば、良い稼ぎになるだろうが」男は警官に話しかけた。「そういうわけにもいかんか、なあマトーラス君」と言ってから、フリアのほうを向きなおって質問しはじめた。「ところで、車が落ちた日の夜、何か物音が聞こえたかな?」

「あの事故、いつあったんですか」フリアが訊いた。

「金曜の夜のはずだ」と警官が答えた。

「金曜の夜?」アルバロは繰り返した。「何も聞こえなかったと思います。おぼえてないな」

「わたしも」フリアが言いそえた。

コートの男は申しわけなさそうにつづけた。

「近いうちにミラマールの警察署へご足労をおかけするかもしれません。供述をとらないといけないのでね」

「そのあいだ、ここを切り盛りしてくれる人でも手配してもらえるのかしら?」フリアが尋ねた。

「それは無理でしょうな。なにしろお上はけちですから」男はそう言って微笑んだ。

その夜、アレバロとフリアはベッドへ入ったものの、ほとんど眠らなかった。警察の訪問、召喚されたときの想定問答、崖下にまだ車と死体があることなどを話しあっていた。夜明け近く、突然アレバロが聞こえてもいない強風と嵐についてしゃべりはじめ、車は沖へ流されてしまったと言いだした。しかし途中で、自分が眠りこんで夢をみていたことに気づき、フリアと一緒に笑った。

翌日の朝、クレーンが車と死体をひきあげた。

「ここに遺体を運ぶらしい」客のひとりがアニス酒を注文しながら言った。二人はずっと待ちかまえていたが、実際は救急車でミラマールへ運ばれて、そのことはあとで知った。

「鑑識室の最新機器で調べられたら」アレバロが不安を口にした。「婆さんの傷は崖から落ちたときのものじゃないって、ばれるんじゃないかな」

「本気でそんなこと考えてるの?」フリアは答えた。「鑑識室とか言ったって、プリムスの加熱器でマテ茶を飲んでいる程度の汚い部屋よ。海水でふやけて煮こみ料理みたいになった死体から何がわかるか、お手なみ拝見だわ」

一週間たっても宿の活気は絶えなかった。車が発見された午後にきていた客の中には、ふたたび夫婦で、あるいは子供連れで訪れるものもいた。その様子にフリアは気をよくした。

「わたしの言ったとおりでしょ? やっぱりこのラ・ソニャーダは特別な場所で、今まで誰もこなかったのがおかしいのよ。訪れたらもう一度きたくなる。これからは運が向いてくるわ」

やがて、捜査本部から召喚状がとどいた。

「迎えの警官でもよこせばいいんだ」アレバロが不満そうに言った。

二人は指定された日時に出頭した。まずフリアの供述がとられた。自分の順番になったとき、アレバロは落ちつかない気分だった。あの白髪の男が待っていた。ラ・ソニャーダではコート姿だったが、今回はコートは着ておらず、机の向こうで愛想のいい笑みをうかべていた。途中で二、三回、アレバロは気持ちが高ぶってハンカチで目頭を押さえた。しかし取り調べが終わるころには落ちつきをとりもどし（あとで否定するものの）コートの男を立派な紳士だと考えて、友人同士の集まりのようにすっかりくつろいでいた。男がアレバロに告げた。

「ご協力ありがとうございました。お帰りいただいてけっこうです。あなたは」少し間をおいて、見下すように言いそえた。「よい奥様をもっておられますな」

宿へもどってフリアが料理をしているあいだ、アレバロはテーブルの準備をしていた。

「まったく、いけすかない連中だ」アレバロが口を開いた。「強引に人を呼びつけて、容赦なく不幸な相手を痛めつけるんだ。こっちは早く解放されたいから、侮辱されてもがまんしなきゃならない。さもないとこづかれたり、自白を迫られたり、たえられなくなるまで監禁する口実を与えるからな。もし罰せられない保証があるなら、あのコートの男を殺してやる、誓ってもいい」

「まるで人喰い虎みたいな剣幕ね」フリアは笑いながら答えた。「もう終わったことじゃない」

「とりあえず終わったけれど、これから何度も同じような、もしかしたら、もっとひどいことだってあるかもしれない」

「大丈夫。あなたが思っているよりもずっと早く、みんな忘れてしまう」

「そうあってほしいけれど、ときどき考えるんだ。因果応報とか、本当にあるんだろうかって」

「因果応報？　ばかね。あまり考えすぎないほうが何事もうまくゆくのよ」

ふたたび警察の呼びだしがあり、コートの男の取り調べを受けた。しかし何事もなく終わり、胸をなでおろした。そのまま数ヶ月がすぎ、アレバロには意外だったが、フリアの言ったとおり婦人の件は忘れられたようだった。二人は金がないふりをして少しずつ支払い期日をひきのばしながら、慎重に借金を返していった。春になり、古いセダン型のピアス・アローを買った。大きい車で、燃費はひどく悪かったものの――だから安く買えた――食料品の買いだしとか何か理由を見つけては、ほとんど毎日ミラマールへ通いはじめた。夏場は午前九時ごろ出て、十時前にもどっていた。しかし四月になり、客を待っている時間が長くなると、午後からも海岸ぞいのドライブを楽しむようになった。

妙な男をはじめて見かけたのは、ドライブの帰りの、ある日の午後だった。二人が恋人同士のように仲むつまじく、海とその魅力について上機嫌で語りあっていたとき、ふと気づくと、小柄な男の運転するオペルがついてきていた。自分たちの世界に紛れこんだ――意図もわからない――男のせいで、楽しい気分は台なしになった。アレバロは車のミラーで相手を観察した。無神経な感じで、とりすまして、人好きのする顔ではなかった。バンパーが触れるぐらい車を寄せて、最初は運転の仕方を知らない不器用な人間かと思った。急ブレーキをかけたら追突されるので、アレバロは窓から手をだして道をゆずる意思表示を繰り返した。速度も落としたが、それでもついてきた。ひき離そうとしてアクセルを踏んだ。時速百キロまで加速し、ピアス・アローの車体がゆれた。しかし相手の車は新しいので時速百キロでも離れずについてきた。

「一体どうしたいんだ?」アレバロが怒鳴った。「頭がおかしいんじゃないのか? なぜつきまとうんだ。車から降りて叩きのめしてやろうか」

「喧嘩なんかして警察へ行くはめになったら、まずいわよ」とフリアがいさめた。

アレバロはどうしてまずいのかと言いそうになった。婦人のことをすっかり忘れていたのだ。

交通量がふえたのを見計らい、ピアス・アローをうまく操り車のあいだをすり抜けて、不可解な追跡者から逃れた。ラ・ソニャーダへもどったときは、二人の機嫌もすっかり良くなっていた。フリアはアレバロの腕前をほめ、彼は古い車の性能を称えた。

夜、ベッドに入ってから、オペルの男のことを思いだした。何をしたかったのだろうとアレバロがつぶやいた。

「たぶん」フリアが理由を考えた。「ついてくると思ったのはわたしたちの錯覚よ。あの人は世界でいちばんすてきな場所で、ただドライブを楽しんでいただけかも」

「いや」アレバロは反論した。「警官か変人か、もしかしたら、もっとやっかいな奴だ」

「お願いだから」とフリアが言った。「因果応報とか、祟りとか、あの小男は罪をとがめる悪魔だとか言いだすのはやめてよ」

アレバロは答えず、無表情で宙を見つめていた。

「あなたっていつもそうね！」フリアが責めても、アレバロは黙っていた。ようやく口をひらくと、懇願するように言った。

「フリア、おれたちは逃げるべきだ。わからないか？　追っ手がせまっているんだ。こんなところでつかまるのを待っていることはない」焦燥感をにじませながら、妻を見つめた。「今日はあの小男で、明日は別の奴があらわれる。そうなんだ。ずっと追いまわされて、正気を失って降参するまでそれがつづく。逃げよう。まだ間にあうはずだ」

「ばかばかしい」フリアは背を向け、明かりを消して眠ってしまった。

翌日の午後、二人が車で出かけたときは男を見かけなかった。しかし別の日にまた出くわした。

帰路の途中で、ミラーにその姿があらわれた。振り切ろうとしてアレバロはピアス・アローをめいっぱい走らせた。しかし距離はいっこうにひろがらず、ぴったりと、しかも一定の距離を保ってついてくるのがわかり、あきらめた。アレバロは車がとまるぐらいまで速度をおとし、手を振りまわしてさけんだ。

「さっさと行ってくれ！」

そこまでやれば相手も追い抜かざるを得ず、断崖ぞいの道で前へ出た。男の顔が見えた。禿頭で、べっ甲のいかつい眼鏡をかけ、耳が立っていて、きれいな口髭を少しはやしていた。ピアス・アローのヘッドライトに禿頭と耳が浮かびあがった。

「棒で頭を殴らなくていいの？」フリアが笑いながら言った。

「向こうのミラー、見えるかい？」アレバロが訊いた。「あのやろう、こっちの様子をじろじろとうかがっているんだ」

位置を入れ替えただけで、同じことが繰り返された。男は前を走りながら、後ろのピアス・アローの速度にあわせて、車を速く、あるいは遅く走らせた。

「一体どういうつもりなんだ？」アレバロの口調は半分やけになっていた。

「車をとめるのよ」フリアが答えた。「そうすれば行ってしまうから」

「おかしいだろう。なんでこっちがとまらなきゃならないんだ」アレバロは声を荒らげた。

「煩わされずに済む」

「そんなことをしても無駄さ」

「いいから、とめて！」

アレバロは言われたとおりにした。数メートル先で男も車をとめた。

「叩きのめしてやる」怒りで声をつまらせ、アレバロが叫んだ。

「だめよ」

アレバロは車を降りると、男の車のところまで走っていった。男は車を発進させ、ゆっくりと離れてゆき、カーブの向こうへ消えた。

「いなくなるまで、しばらく時間をおいたほうがいいわね」フリアはアレバロに言った。

「向こうにはそんな気はないよ」車に乗りこみながら、アレバロは答えた。

「それなら、ちがう道をとおって逃げるとか」

「逃げる？　冗談じゃない」

「お願いだから、十分間待って」

アレバロは時計をとりだした。二人とも押し黙る。しかし五分もたたないうちに、アレバロが口をひらいた。

「もう充分だ。きっとあの角の向こうで待ってるぞ」

そのとおりだった。角をまがると、とまっている車が見えた。アレバロはアクセルをつよく踏みこんだ。

「無茶しないで」フリアが小さい声で言った。

妻の不安そうな様子で誇りと気力を得たのか、アレバロは速度をあげた。オペルがどれほど急発進をしても、すでに百キロ以上で走っている彼らがはるかに有利で、追いつくのにそれほど時間はかからなかった。

「こっちが追いかける番だ」アレバロはさけんだ。

オペルに追いついた。さっきと同じく断崖ぞいの道で、数ヶ月前、車ごと婦人をつきおとした場所だった。アレバロは、左ではなく右からオペルに近づいた。男が左側の、海のほうへよけると、アレバロはそのまま右からあおり、相手を道路から押しださんばかりに追い立てた。しばらく意地のはりあいがつづくだろうと思われた。しかし男は怯えてすぐにひき下がり、道をそれて崖から飛びだし、フリアとアレバロの見ている前で虚空へと落ちていった。

「とまらないで」フリアの指示がとんだ。「こんなところを誰かに見られたら、まずいわ」

「死んだのかたしかめておきたいんだ。そうしないと、また会ったときに文句を言われるかもしれないとか考えて、ひと晩じゅう悶々としなきゃならない」

「追い落としたんだから」フリアは反論した。「気がすんだでしょう。今は考えてもしょうがないわ。心配してもはじまらない。もしあらわれたら、それだけのことよ。あきらめなきゃならないときだってあるの」

「そうだな、今は考えてもしょうがないか」アレバロは答えた。

最初の殺人のあと――金をうばうことが動機だったからか、婦人に信用されていたからか、警察に召喚されたからか、はじめて殺したからか――二人は苦しんでいた。二度目の殺人は、それを忘れるためだった。また運が向いてきたと言っても危ういところもあり、幸せをおびやかす忌まわしい相手につきまとわれ、思いがけず殺すことになって……二度目の殺人のあとで、ようやく幸せな暮らしがもどってきた。

そんな日々がしばらくつづいたあとの、月曜日だった。シエスタの時間に太った客があらわれた。たるんだ大きな肉がはみだして、こぼれおちるのではないかと心配になるほどだった。眼つきはうすぼんやりとして、顔色が悪く、みごとな二重あごだった。椅子やテーブル、注文したコーヒーとサトウキビ酒が妙に小さく見えた。

「どこかで見た顔なんだが、思いだせない」アレバロはフリアに告げた。

「本当に見たのなら覚えているんじゃない？　あんな風体だもの、一度見たら、まず忘れないわ」

「居すわる気かな」

「そのほうがいいじゃない。お金さえ払ってくれるなら、一日じゅうだっていいわ」

結局その男は終日居すわった。翌日もあらわれて、同じテーブルに座り、サトウキビ酒とコーヒーを注文した。

「言ったとおりだろ」アレバロがつぶやいた。

「何が？」フリアは訊き返した。

「あの小男がいなくなっても、別の奴につきまとわれるんだ」

「体格はずいぶんと違うけど……」フリアが笑った。

「よく笑っていられるな」アレバロが言った。「おれにはたえられない。もし警察なら、そう言ってもらったほうがよっぽどましだ。このままだと毎日午後にやってきて、何時間も黙ってこっちの様子をうかがってるぞ。そうなったら、おれたちの神経がまいってしまう。罠をしかけて待っているようなもんだ。何もしなくても、こっちが勝手にひっかかるんだからな。今度の男は何をするつもりだろうとか一晩じゅう考えたり、もううんざりだ。言っただろう、次々にあらわれるって……」

「何も考えていない、ただの太った哀れな男よ……」フリアが主張した。「放っておくのが一番。そのうち自分の肉汁にまみれて腐ってゆくんだから。ひとり遊びをやらせておけば、こっちが勝てるの。毎日くるなら、それでもいいじゃない。お金を払ってもらって終わりよ」

「そうかもしれないが」アレバロは答えた。「我慢比べになったら、勝つ自信がない」

夜になっても男は帰らなかった。フリアは自分とアレバロの食事を用意した。

「何かお作りしましょうか?」カウンターで食べながらフリアは男に尋ねた。

「ありがとう。でもけっこう」と男が答えた。

「せめて向こうまで行って訊いたらどうだい?」アレバロは男のほうを見ながら、うながした。

「わたしが?　こっちから話しかけるの?」

「話しかけても」アレバロが言った。「返事だけで会話にならないかもしれないけどな」

しかし会話はつづいた。男は、作物を育てるには乾燥しすぎていると天気のことを話題にしたあと、人々は見る目がないと話しはじめた。

「なぜみんなこの宿に気づかないのでしょう。この海岸でいちばん美しい場所なのに」

「あなたもそう思いますか」カウンターで聞き耳を立てていたアレバロが口をはさんだ。「この店を気に入ってもらえたのなら、おれたちと同じ趣味ってことだ。好きなものを頼んでくださいよ。お代はいりませんから」

「では、せっかくだから」男は答えた。「もう一杯、サトウキビ酒をもらいましょうか」

さらにもう一杯頼んだ。相手の出方をうかがおうとして二人がすすめたのだ。サトウキビ酒で舌がなめらかになったのか、男は語りだした。

「これほど美しい場所であんなおぞましい出来事が起こったとは皮肉な話ですな」

アレバロはフリアを見て、黙って肩をすくめた。

「おぞましい出来事?」フリアが不愉快そうに尋ねた。

「この店ではなくて」男は言いなおした。「すぐ近くの、あの断崖のあたりですよ。ご存じでしょう、車が海へ転落して、もう一台同じ場所で落ちた。実はまったくの偶然から、あることに気づきましてね」

「気づいたって、何を?」とフリアが尋ねた。

「誰が気づいたんです?」アレバロも口をはさんだ。

「我々ですよ」と男は答えた。「あの転落したオペルには、トレホという男が乗っていたんです。数年前、トレホは不幸に見舞われた。まだ若かった彼の娘がこのあたりで海水浴をしていて、おぼれた。波にさらわれて、死体はあがらなかった。娘を失い、妻も亡くしていたトレホは天涯孤独になり、娘が消えた海岸近くで暮らしはじめました。彼にとっては――無理もないが、少しおかしくなっていた――娘のいちばん近くにいられる場所だったからです。トレホは小柄で、やせていて、禿頭で、口髭をきれいにそろえて、眼鏡をかけて――見かけたことはないですかね――とても人のよい男だった。しかし娘のことがあってからは自分の殻に閉じこもり、誰とも会おうとしなくなった。唯一の例外は近所の医師のラボルデ先生でした。先生は、一度診察したのがきっかけで、毎晩、食事をすませてからトレホを訪ねるようになった。友人としてコーヒーを飲み、しばらくおしゃべりをしてから一局チェスを打つ。その繰り返しです。あなたがたみたいにどんな場合でも幸せを求めてゆける人にしてみれば、とても単調な暮らしだと思うかもしれません。他人の習慣などつまらないものです。しかしそのおかげで日々の暮らしを営むことができるんです。それでオペルに乗っていたトレホですが、つい最近、やはり夜にラボルデ先生とチェスをして、ひどい負け方をした」

太った男は、重要な、興味深い事実を伝えるかのごとく口をつぐみ、間をおいて尋ねた。

「どうしてだか、わかりますか?」

「占い師じゃあるまいし」フリアがとげのある口調で答えた。

「その日の午後、海岸ぞいの道で死んだはずの娘を見かけたからです。遺体が確認されていなかったこともあって、トレホにしてみれば、生きている娘があらわれたとしてもおかしくはなかった。少なくともトレホは娘を見たと信じた。まぼろしかもしれないが、そのまぼろしに心の底から魅了された。娘のまぼろしなら、近づいて話しかけたりしないほうがよいと考えた。まぼろしでもいいから消えてほしくなかったんです。その夜、トレホがラボルデ先生にそのことを話すと、厳しい口調でこう説諭された。まるで子供みたいなふるまいで、彼のような教養ある大人のすることではないし、聖なる哀悼を愚弄する、不敬にして危険な行為だ、と。トレホは友人の言葉にうなずきながらも、みずからの考えを話しました。子供の遊びのようなことをはじめたのはたしかに自分だが、その遊びはもっと大きな別次元の力、彼にはどうすることもできない運命とでも呼ぶべきものにゆだねられた、と。娘だと思った女が——若い男の運転する古い車に乗っていた——逃げようとしたのです。トレホにとっては信じられない出来事でした。『他人同士だとしたら、説明のつかない反応じゃないか。まるで娘が何かの理由で正体を知られたくないと思ったように、私を見て、逃げだしたんだ。突然、自分の足もとが崩れて、奇妙な世界を目の当たりにしている気がした。そんなことはありえない、と心のなかで繰り返したよ』。トレホは、自分の行動が異常であると知りつつ、二人を追った。若者たちはふたたびトレホから逃げた」

太った男はまばたきもせず、うるんだ目で二人を見つめた。少し間をおいてから、話をつづけた。

「ラボルデ先生は他人に迷惑をかけるべきでないとトレホに忠告しました。『その若者たちと出くわしても、あとをつけたりして不愉快な思いをさせるべきではない』と何度も諭した。しかしトレホは何も答えなかった」

「先生の言うとおりよ」フリアが声をあげた。「他人に迷惑をかけるべきじゃないわ。それにしても、よくわからないお話ですね」

「実はここからが本題なんです」と男は言った。「人間には他人の考えを知るすべはないし、相手が味方かどうかなんてわからない。逆に自分の考えは他人に透けて見えている気がする。むろん、そんなことはありません。もし相手が私たちについて何か考えているとしても、それはこちらの信号を解釈しているにすぎない。卜占官が鳥の飛び方や死んだ動物の内臓を吟味するみたいな、とてもいい加減なやり方です。そこからさまざまな誤解が生じる。たとえばトレホは、若者たちの逃げる理由について、女が自分の娘だからと考えた。若者たちは、もしかしたら何か罪をおかしていて、哀れなトレホの行動に自分たちのおそれていた意図を見たのかもしれない。トレホが死んだとき、私は別の件を追っていましてね。数ヶ月前、同じ現場の似たような事故で、婦人が命をおとしている。トレホの事故のあと、我々のところにラボルデ先生がやってきて、友人のことを語ってくれました。私はトレホの事故を、事件と言うべきかもしれませんが、自分の追っていた件とむすびつけてみようと思いました。ところでご主人、あなたとは以前お会いしたことがありましてね。供述をとるために捜査本部へおこしいただいたときですよ。落ちつかないご様子でしたから、私のことはおぼえていないかもしれない。しかし今回はお近づきになれたようで、つい長話をしてしまった」

男は時計を見てから、テーブルに手をついた。

「今日は失礼しないといけませんが、別に忙しいわけでもないのでまた明日きますよ」グラスとカップを指して尋ねた。「全部でいくらかな?」

太った男は立ちあがり、ゆっくりとあいさつをして出ていった。

アレバロが独り言のようにつぶやいた。

「どう思う?」

「証拠はつかんでいない」フリアは答えた。「もしつかんでいたら、いくら忙しくなくても逮捕するでしょ」

「じたばたしてもはじまらないよ。いずれ逮捕されるんだ」アレバロが疲れた声でつづけた。「あの男は慎重に調べを進めている。婆さんの死んだ前後でおれたちの金まわりがどうだったか調べれば、すぐにわかるはずだ」

「でも、証拠はないわ」フリアは繰り返した。

「どっちにしても大した違いはない。自分の罪からは逃げられないんだ。フリア、いいかげん現実と向きあったらどうだ？　もうおしまいなんだよ」

「逃げましょう」

「無理だ。追いつかれて、つかまるだけさ」

「一緒に戦うのよ」

「戦うとしても、ひとりでだ。別々の牢に入れられてね。自殺でもしないかぎり逃げ道はない」

「自殺ですって？」

「あきらめなきゃならないときもあるって言ったのはそっちだろう。そうすれば、おれたちは一緒に悪夢から解放されて、やすらぎを得ることができるんだ」

「明日また相談しましょう。あなたは疲れているのよ」

「二人とも休んだほうがいいかな」

「そうね」

「さきにあがってくれ。あとで行くから」

フリアは言われたとおりにした。

ラウル・アレバロは窓をしめてブラインドをおろし、一つひとつ掛け金をかけていった。入口の両開きのドアも閉じた。掛け金をかけ、鍵をしめて、鉄製の重いかんぬきをさした。

大空の陰謀

La trama celeste

十二月二十日、イレネオ・モリス大尉とホメオパシー医のカルロス・アルベルト・セルビアンがブエノスアイレスから姿を消した。新聞各社はこの件をほとんど報道しなかったが、二人にだまされたり、逃亡に加担した者がいるとして、委員会が調査中だと言われていた。逃亡に使用された飛行機は航続距離が短いので、二人はそれほど遠くへ行っていないだろうという話だった。そんなある日、ぼくはある小包を受けとった。その中には四つ折判の三冊の本（共産主義者ルイ・オーギュスト・ブランキの全集）、安物の指輪（アクアマリンのような透明な石の奥に馬頭の女神像が見える）、そして数十枚のタイプ原稿が入っていた。冒頭には『モリス大尉の冒険』と書かれ、最後にC・A・S・という署名がある。以下にその原稿を書き写しておこう。

モリス大尉の冒険

この話は、ひとりの英雄が泉底の国を目指したケルト伝説とともに、はじめてもいいかもしれない。しなやかな枝で出来た脱出不可能な牢獄、身につけると姿が見えなくなる指輪、魔法の雲。騎士が救いだすべき乙女は、彼の持つ鏡の奥に閉じこめられて、泣いている。アーサー王の墓を延々と希望もなく探しつづける話でもいいだろう。

あるいは、モリス大尉が背信行為で軍法会議にかけられるというニュースからはじめてもいい。聞いたときは驚いたが、私とは無関係だと思っていた。そのほか、天文学の否定とか、交霊術で霊を呼んだり退散させる所作、いわゆるパセの理論から書き起こしてもいいだろう。

しかし、あまり派手ではないはじまりを選ぶことにしよう。魔術的な味わいはないが、話の筋は追いやすい。だからといって、超自然的な現象を否定するつもりはないし、最初の段落で述べたことを否定するつもりもない。

私の名前はカルロス・アルベルト・セルビアン、ラウチ生まれのアルメニア人だ。祖国は八世紀前に消えてしまったが、アルメニア人はその血筋を誇りとしており、子々孫々にいたるまでトルコ人へのうらみを忘れないだろう。「アルメニア人に生まれた者は、死ぬまでアルメニア人」なのだ。たとえるなら、われわれは秘密結社であり、氏族だ。あちこちの大陸に離散しているが、血筋としか呼びようのないもの、つまり似通った目と鼻、どこかの土地に根をおろして楽しむときのやり方、ある種の能力と狡知、同族のしるしのごとき無骨さ、そしてアルメニア女の情熱的な美しさといったものが、われわれを結びつけている。

私は独身で、ドン・キホーテのごとく姪と暮らしている（というか、暮らしていた）。姪は若くて働き者で愛想のよい娘だ。もうひとつ形容詞――温厚な――をつけ加えたいところだが、最近の彼女には、残念ながら当てはまらない。姪の楽しみは、秘書としての仕事をこなすことだった。私は秘書を雇っておらず、彼女が電話番や清書といった仕事を請け負っていた。それからカルテを分類したり、患者の話（どれも一様に支離滅裂だった）を聞きながら私が書きとめた所見を的確に要領よく整理し、膨大な書類を管理してくれていた。もうひとつ、やはり他愛もないことだったが、姪は金曜日の午後、私と映画に行くのを楽しみにしていた。あのときも、ちょうど金曜日の午後だった。

診察室のドアを開けて、若い軍人が入ってきた。

姪は秘書として私の右側に立ち、表情を変えることなく机の後ろから問診用の大判の用紙を準備しようとした。若い軍人は逡巡なく自分の名を告げ――クラメール中尉だった――姪をじろじろ見て、はっきりとした口調で言った。

「話してもよろしいでしょうか？」

私がどうぞと答えると、彼はつづけた。

「イレネオ・モリス大尉があなたにお会いしたいとのことです。いま大尉は軍病院で身柄を拘束されています」

「了解」と私は答えた。いかにも軍人といった相手の話し方に影響されたのだろう。

「いつお越しいただけますか」とクラメールが言った。

「今日でも構いませんよ、遅い時間で許可が得られるなら」

「大丈夫です」と断言すると、クラメールはそそくさと出ていった。

ふと姪の顔を見ると、表情が一変していた。怒っているようで、どうしたんだと訊くと、逆に問い返してきた。

「叔父様はたったひとりの人間にしか興味がないの。誰だと思う?」

何も考えず、姪の指した場所を見ると、自分が鏡に映っていた。姪は部屋を小走りに出ていった。

最近の姪は、以前と比べてあまり温厚な性格とは言いがたく、私のことを自己中心的な人間だと批難するようになった。原因の一端は私の蔵書票だった。そこには三つの言語――ギリシャ語とラテン語とスペイン語――で「汝自身を知れ」という文言(この言葉が私にとって何を意味するのか考えたこともなかった)が記され、さらにルーペを持って自分の鏡像を見つめる私の姿が描かれていた。蔵書は幅広い分野に及び、その数は何千冊にものぼるため、姪は何千回もその蔵書票を貼りつけていたのだ。私が自己中心的と言われるもうひとつの理由、それはつねに系統立てて物事を進めることだった。傍目からはよくわからない作業に没頭する男は、女性の気まぐれを軽んじてしまうので、気が触れているとか、愚か者だとか、自己中心的だと思われてしまうというわけだ。

私はそのあと二人の患者の診察を終えてから、軍病院へ向かった。

ポソス通りの、その古い建物に着いたときは、六時を過ぎていた。しばらく待たされ、簡単な尋問のあとで、モリスのいる病室へ案内された。ドアには銃剣を持った哨兵が立っていた。中に入るとモリスのベッドがあり、すぐ近くに二人の男がいた。男たちは私を見ることもなく、ドミノ遊びをしていた。

私とモリスは幼い頃からの知りあいだったが、けっして親しい友人と呼べる間柄ではない。私はモリスの父が大好きだった。魅力的な老人で、丸い頭を覆っている白髪は短く刈りあげられ、聡明そうな青い目からは強い意志が感じられた。故郷のウェールズに対して抑えきれないほどの愛情を抱いていて、ケルト伝説を語ることにあふれるほどの情熱を傾けていた。モリスの父は長いあいだ私の先生だった（それは私の人生でもっとも幸福な月日でもあった）。毎日午後、私たちは少しだけ勉強した。モリスの父がマビノギオンの冒険を語り、私はそれを聞く。それからカラメル入りのマテ茶を飲み、一息つく。息子のイレネオは、中庭をぶらぶらしながら鳥やネズミを捕まえて、ナイフと糸と針を使って異なる動物の死体を合体させていた。老モリスはそんなイレネオを見て、いずれ医者にでもなるだろうと言っていた。私はイレネオのそうした実験にうんざりしながら、惑星間の気の遠くなるような移動を可能にするバネ式のロケットとか、永久にとまらない水力モーターの図案を描いたりしていた。発明家になるつもりだったのだ。私とイレネオはお互いのことに関心がなく、親しく交わることもなかった……しかし今、顔を見あわせたとたん、私たちは懐かしさと親しみと大きな喜びにつつまれた。もっとも、昔のつきあいを思いだして短い会話を交わすだけで、何を話したらよいか、すぐにわからなくなった。

ウェールズの国、そして脈々とつづいてきたケルトの血筋は、モリスの父親とともに終わりを告げた。モリスはアルゼンチン人としての自分に何の疑問も抱いておらず、外国人をことごとく無視し、また軽蔑していた。いかにもアルゼンチン人といった風貌で（南米出身だと思いこんでいる人もいたほどだ）背は低く、やせていた。体つきは華奢で、髪は――きれいに撫でつけられ、つやつやした――黒髪で、目つきが鋭かった。

私と会って、モリスは気持ちを高ぶらせているようだった（そんな姿は一度も見たことがない。父親が死んだ晩でさえ、落ちつきはらっていたものだ）。モリスは、ドミノ遊びをしている男たちに聞こえるように、はっきりとした声で言った。

「握手をしようじゃないか。ひどい目にあったが、おかげで誰が本当の友人かよくわかったよ」

そんな仰々しいセリフを口にしながら、モリスはつづけた。

「いろいろと話すべきことがあるが、こんな状況だから」そう言って、モリスは二人の男をにらんだ。「今は話すわけにはいかない。もうすぐここから出られるだろう。そうしたら、ぜひ家にきてほしいんだ」

その言葉を潮に、私は病室を出るべきだろうと考えた。しかしモリスは、もし時間があるのなら、しばらくいてほしいと言った。

「そうだ！　忘れるところだった」とモリスが叫んだ。「本をありがとう」

私はとまどい、適当な返事を返した。何の本について感謝されているのか、わからなかったのだ。つづいて飛行機事故のことが話題にのぼった。モリスは、気流によって事故が起こるとされる場所――たとえばブエノスアイレスのパロマール空軍基地やエジプトの王家の谷――を挙げてから、その存在を否定した。

彼の口から王家の谷などという言葉が出てくるのは、意外だった。私の気持ちに気づいたのか、モリスは説明した。

「気流が原因というのは、モロー神父の理論だ。しかし別の意見もある。訓練不足さ。この国の国民性が訓練に向いていないんだ。それから地元の飛行機乗りが素朴な機体を好むせいもある。たとえばミラが偉業を成しとげたあのゴロンドリーナ機だって、針金でつなげたブリキ缶みたいだったじゃないか」

私は彼の体調と、どんな治療を受けているのかを尋ね、モリスが適当な言葉を見つける前に、ドミノ遊びをしている男たちにも聞かせるため、大声で言った。

「注射はやめたほうがいい。あれは血液に毒を入れるようなものだから。まずデプラトゥム六、それからアルニカ一〇〇〇〇を飲むんだ。君のはアルニカが効く典型的な症状だからね。ただし忘れないでくれ。摂取するのは、極微量だよ」

私はささやかな勝利を収めたという満足感とともに、家へ戻った。それから三週間が過ぎ、家では特別目新しいことはなかったものの、今から考えると、姪の態度がいつになく慇懃で他人行儀だったことに気づくべきだったのかもしれない。最初の二週間は、いつものごとく金曜日に二人で映画を観た。しかし三週目の金曜日、姪の部屋へ入ると、姿が見えず、すでに出かけていた。二人で映画に行く日を忘れるとは合点がいかなかった。

その頃、モリスからの伝言を受けとった。すでに自宅へ戻っており、いつでもいいので、午後から会いにきてほしいということだった。

私は書斎に通された。モリスの体調は、結論から言えば、回復していた。アロパシーの医療では劇薬による治療法がほどこされる。しかしその毒性がどれほど強くても、それに抗して健康的なバランスをとり戻すことのできる人間もいるのだ。

書斎へ入ると、時間が逆戻りしたように感じられた。身だしなみを整えた柔和な老モリス（十年前に亡くなっていた）がのんびりとマテ茶の容器を用意している姿に出会えそうな気さえした。何ひとつ変わっていない。書庫には昔と同じ本があり、若い頃に眺めていたロイド・ジョージとウィリアム・モリスの胸像もあった。壁にかけられたおそろしい絵もそのままだった。そこにはグリフィズという伝説上の人物の死の場面が描かれている。

さっそくモリスが話そうと思っている話題に水を向けた。モリスが言うには、手紙で知らせたとおりで、いくつか細かい点を補足したいだけだという。しかしモリスから手紙など受けとったことはないので、どう答えるべきかわからなかった。私はもう一度最初から説明してくれと頼んだ。

モリスは、不思議な話を語りはじめた。

彼は六月二十三日まで軍用機のテストパイロットだった。ずっとパロマール基地で任務についていたが、ごく最近異動を命じられていた。配属先は新しく出来たコルドバの軍工場で、しかしそこへ赴任する前にある出来事がおこった。

モリスは、テストパイロットとしての自信のほどを語った。アメリカの人間で（南米でも中米でも）自分のように多くのテスト飛行をこなす者はいない、と。モリスは人並み外れた持久力を持っており、テスト飛行の回数が多すぎて、必然的にひとりで飛ぶことを余儀なくされていった。

モリスはポケットから手帳をとりだし、白い紙にジグザグの線を描き、そこに詳細な数字（距離、高度、角度）を書きこんで、ちぎって私にさしだした。あわてて礼を言うと、私が手にしているのは彼の「古典的とも言えるテスト飛行のルート」だと説明した。

六月十五日頃、モリスは数日中に新型のドボアチン（三〇九型）のテスト飛行をおこなうと言い渡された。三〇九型は単座の戦闘機で、前年にフランスで認可された特許をもとに製造され、テスト飛行は機密事項とされた。モリスは帰宅してすぐに――「今やったように」――手帳をとりだし――私が「ポケットに入れているのと同じ」――飛行ルートを描いた。

そのあとモリスは、ルートをより複雑にして楽しんだ。そして「われわれが親しく語りあっているこの書斎で」追記した部分をイメージし、それを頭に叩きこんだという。

六月二十三日、美しくもおそるべき冒険の朝、空は灰色で雨模様だった。モリスが飛行場に着いたとき、機体はまだ格納庫の中だった。出庫を待たなければならず、寒くて風邪をひきそうだったので歩き回ったところ、靴までずぶ濡れになってしまった。ようやくドボアチンが姿をあらわした。それは「一言でいえば、別に驚くほどのものでもない」低翼の単葉機だった。モリスはざっと機体を確認した。「座席が狭くてね。座り心地は最悪だったよ」と、私の目を見ながらモリスがぼそっと言った。燃料のインジケータは満タンを指し、翼章はついていなかった。モリスは敬礼し、五百メートルほど滑走してから、離陸した。そして彼が言うところの「新しいテスト飛行ルート」を飛びはじめた。

モリスはこの国でもっとも持久力のあるテストパイロットだった。純粋に体力的な面で優れていて、これはまぎれもない事実だとモリスは請けあった。だからこそ、突然眩暈《めまい》を感じたときは自分でも信じられなかったという。話がここまできたとき、モリスは興奮して饒舌になり、私も話にひきこまれていた。眩暈の中で、「情けない、失神しそうだ」という自分の声が聞こえたらしい。そして巨大な暗い塊（おそらく雲だろう）につっこんだかと思うと、まるで光に満ちた楽園のような素晴らしい光景が一瞬見えて……滑走路に墜落しそうになり、あわてて機体を立て直した。

意識が戻ったとき、モリスはひどい状態で白いベッドに横たわっていた。天井が高く、飾り気のない白っぽい壁の部屋だった。蠅がうるさく飛び回って、一瞬、野原で昼寝でもしていた気分になり、それから自分が怪我をしていて、軍病院で身柄を拘束されていることを理解した。しかしあまり動揺はしなかった。しばらくして事故のことを思いだし、初めて驚きをおぼえた。どうして失神したのか、さっぱりわからなかったのだ。実はそのあと、ふたたび同じような経験をするのだが……それはもう少し先で記すことにしよう。

ひとりの女がモリスにつきそっていた。看護婦だった。

モリスはみずからの女性観について語ったが、それは独断的で辛辣なものだった。モリスによると、すべての男は自分の中に獣を抱えており、その好みに応じて女の趣味が決まる。もしそれが誰にも似ていない特定の女であった場合、そういう女との出会いは不幸を呼びこむという。なぜなら、男はその出会いが自分の運命にとって大事なものだと考えて、ぎこちなく、おどおどしながらつきあっていくうちに、不安や退屈な失望に満ちた将来を準備することになるからだ。それ以外の女は、一人前の男にとって大した違いはないし、危険もない、と断言した。その看護婦は、君にとってそういう類の女だったのかと私が尋ねると、モリスはそうでもないと答えた。「温和で母性を感じさせる女だよ。かなり美人だったな」

モリスは続きを語った。数人の将校が入ってきて（モリスはそれぞれの階級も明らかにした）、さらにひとりの兵士が、机と椅子とタイプライターを持ってきた。兵士はタイプに向かい、黙ってキーを叩いた。兵士の動きがとまったところで、将校のひとりがモリスを尋問する。

「名前は？」

モリスはその質問に驚かなかった。単なるお約束だろうと思ったからだ。名前を告げたが、そのとき初めて自分に対する謎めいた陰謀の、最初の兆候を目にした。将校たちが笑ったのだ。自分の名前を奇妙だと思ったことはなかったので、モリスは腹を立てた。

「もっとそれらしい名前を思いつかなかったのかな」別の将校が言い、タイプ係の兵士に向かって指示した。「そのまま書いておけ」

「国籍は？」

「アルゼンチンだ」とモリスは即座に答えた。

「軍人かね？」

モリスは皮肉をこめて言った。

「事故を起こした飛行機に乗っていたんだ。どうやら、あんたたちの頭の上に落ちたようだな」

将校たちは（まるでモリスの存在を無視するように、彼らだけで）短く笑った。

モリスはつづけた。

「軍人で、階級は大尉。テストパイロットだ」

「所属はモンテビデオの基地かな」将校のひとりが嫌味たっぷりな調子で尋ねた。

「パロマールだ」とモリス。

モリスがボリーバル通り九七一という自宅の住所を告げると、将校たちはひきあげていった。翌日、今度は別の将校たちを連れてやってきた。モリスは、彼らが自分の国籍を疑っている、あるいは疑っているふりをしていることに気づいた。ベッドから起きあがって殴りつけたくなったが、怪我をしていたし、看護婦に優しくなだめられたので思いとどまった。将校たちは次の日の午後、さらにその次の日の午前もやってきた。ひどく暑くて、全身が痛み、そっとしておいてもらえるのなら、どんなことでも証言してしまいそうだった、とモリスは私に語った。

連中はどういうつもりなのか？　どうして自分のことを知らないのか？　なぜ自分を侮蔑し、まるでアルゼンチン人ではないかのように扱うのか？　モリスは当惑し、腹立たしく思っていた。ある夜、看護婦がモリスの手をとり、もっとうまくやらないと自分の身を守ることはできないと忠告した。モリスはそんな必要はないとつっぱねた。その夜、激しい怒りがこみあげてくる一方で、落ちついて状況に立ちむかおうと決心したり、そうかと思えば癇癪を起して、こんな馬鹿げた遊びにつきあうのはやめようと考えたりして、眠れなかった。朝になり、看護婦への態度を反省し、謝ろうと思った。自分のために言ってくれたことはわかっていたし、「それに顔立ちだって悪くなかったし、まあ、そういうことだよ」。しかし適当な言葉がみつからず、いらだつ気持ちのまま、何か方法はないかと助言を求めた。看護婦は、しかるべき地位の人間を証人として呼んではどうかと言った。

将校たちがやってくると、モリスは自分の友人として、クラメール中尉、ビエラ中尉、ファベリオ大尉、メンディサーバル中佐、そしてナバロ中佐の名前を挙げた。

五時頃、長年の知己であるクラメール中尉があらわれた。その姿を見たら、思わず泣けてきたという。「ショックを受けると、人間は変わるものなんだよ」モリスはばつが悪そうに言った。クラメールが部屋に入ってくるなり、モリスはベッドの上で体を起こし、両腕を広げて叫んだ。

「やあ、兄弟」

クラメールはその場で固まり、じっとモリスを見つめていた。ひとりの将校が尋ねた。

「クラメール中尉、この男を知っていますか?」

探るような口調だった。モリスとしては、クラメール中尉がだしぬけに親しげな声をあげて、よそよそしい態度も全部冗談だよ、と言ってくれることを期待していたが……クラメールは、まるで自分に嫌疑がかかることをおそれるかのように、語気を強めて答えた。

「いいえ、知りません。誓ってもいいですが、一度も会ったことはありません」

その言葉で、一瞬緊迫した雰囲気も解消され、将校たちはクラメールへの信頼をとり戻し、部屋を出ていった。将校たちが笑い、クラメールも屈託なく笑うのが聞こえた。「こんなことだろうと思ったんだ。それにしても厚かましいやつだよな!」将校のひとりが何度も叫んでいた。

ビエラ中尉やメンディサーバル中佐との面会でも、基本的に同じことが繰り返されて、より暴力的な場面もあった。ビエラ中尉が知りあいではないふりをしたとき、モリスはシーツの下に手を伸ばして、そこにあった本——私が送ったという本の一冊——をビエラの顔に向かって投げつけたのだ。モリスはそのときのことを詳細に話してくれたが、怒っていたとはいえ、怪我人とは思えない素早い反応だった。ファベリオ大尉については、配属先がメンドーサということもあり、呼ばなくてもいいと将校たちは判断した。モリスにある考えがひらめいた。若い友人たちは脅しをかけられて裏切ったのかもしれない。しかしわが家族と古くから親交があり、つねに父親のように接してくれるヒュート将軍なら大丈夫だろう、と。

だが将校たちの返事はそっけないものだった。アルゼンチン軍にそんな名前の将軍はいないし、以前もいなかったというのだ。

それでもモリスは不安を感じたりはしなかった。感じていれば、もっと上手く自分の身を守ることもできただろう。不幸中の幸いだったのはモリスが女好きであることで、「よく言われるが、女ってやつは危険や不安をやたらと誇張する」からだ。かねてから看護婦がモリスの手をとり、彼の身に危険が迫っていることを理解させようとしていた。モリスはじっと女の目を見つめて、一体どんな陰謀に巻きこまれているのか尋ねた。彼女は自分が聞いた話を語った。モリスは二十三日にパロマールでドボアチンのテスト飛行をしたと言っているが、それは事実と異なっている。というのも、その日の午後、パロマールでテスト飛行をした者はいないからだ。ドボアチンは最近アルゼンチン軍に導入された機体で、ただしモリスの言った型番に一致するものは一機も存在しない。「つまりスパイだと思われてるってことか?」信じられない思いでモリスは看護婦に尋ね、また激しい怒りがこみあげてきた。彼女は遠慮がちに答えた。「どこか近くの国からきた人間だと思われているのよ」。誓って自分はアルゼンチン人であり、スパイではない、とモリスがアルゼンチン人らしく宣言した。女も感じ入っていたようで、しかし声の調子は変えずにつづけた。「同じ制服だけど、縫製が違うって、わかったそうよ」そして最後につけ加えた。「細部も大事ってことね、そういうところを見逃さないのよ」。モリスは女からも信用されていないとわかり、はげしい憤りで息がつまりそうになった。それをごまかそうとして、彼女を抱きしめ、キスをした。

数日後、看護婦はモリスに、「嘘の住所を言ったのが確認された」むねを告げた。モリスは反論したものの、無駄だった。彼女はそれを裏づける書類を持っていたのだ。モリスの言った家には、カルロス・グリマルディという人物が住んでいた。その名前を聞いて、モリスは何かが記憶に蘇ったものの、うまく思いだせないような感覚におそわれた。男の名前は、モリスがかつて経験したことと結びついている気がして、しかしはっきりとはわからなかった。

看護婦は、モリスの処遇をめぐって相反する二つのグループがあることを教えてくれた。モリスは外国人だと主張するグループと、アルゼンチン人だと主張するグループで、要するにモリスをスパイとして国外に追放しようとする者と、国賊として銃殺しようとする者がいるわけだ。「このままアルゼンチン人だと言い張ったら」と女は諭した。「死刑を求めている人たちを後押しすることになるのよ」

モリスは、祖国にありながら「他国を旅するときの寄る辺なさ」を感じていると彼女に告げた。それでも相変わらず不安を感じたりはしなかった。

しかし女があまりに泣くので、結局モリスは言うとおりにすると約束した。「馬鹿げていると思われるかもしれないが、彼女の喜ぶ顔を見たかったんだ」とモリスは私に釈明した。女はモリスに、アルゼンチン人ではないと認めることを求めた。「もし他の女に言われたら、ひっぱたくところだが、そのとおりにすると約束した。もっとも、約束を守るつもりはさらさらなかったよ」

　モリスは女に反論してみた。「たとえば、どこかの国からきたと証言しても、翌日にはその国から証言を否定する回答が返ってくる」

「大丈夫よ」と看護婦は言った。「スパイを送りこんだことを認める国なんてないわ。でもあなたがそう供述して、わたしが裏で手を回せば、たぶん国外退去を要求してるグループの意見が通ると思うの。手遅れでなければね」

　翌日、ひとりの将校がモリスの供述をとりに出向いてきた。二人きりになったとき、男が告げた。

「この件は、もう結論は出ているんだ。一週間以内に処刑を確定する文書が署名されることになっている」

　モリスは私に言った。

「そうなると、失うものは何もなかったからね……」

　どうにでもなれと思って、将校に答えた。「ウルグアイ人であることを認めます」

　モリスは説明した。「ウルグアイ人なら、外国人とまで言えないんじゃないかと自分をなぐさめていたんだ」

　その日の午後、看護婦があらわれて、将校の話はすべて彼女の仕組んだことだと告白した。あの将校は彼女の友人で、モリスが約束を守らないのではないかと不安だったので、供述をひきだすように依頼していたのだ。

「他の女だったら、ひっぱたいていたよ」

しかし供述はすでに手遅れだった。状況は思わしくなく、それでも看護婦によれば、ひとつだけ可能性が残されていた。彼女の知りあいの男で、素性を明かすことはできないものの、モリスの力になれるという。ただし相手は事前にモリス本人と会うことを求めていた。

女はモリスにむかって率直に言った。

「悪い印象を与えないか心配だけど、その人、あなたに会ってみたいと言ってるの。お願いだから、かたくなにならないで。たぶんこれが最後のチャンスだと思うから」

「心配するな。その男がきたら、ちゃんと応対するよ」

「ここにはこないわ」

「それならどうしようもない」モリスは、ほっとしたように答えた。

女はつづけた。

「信頼できる哨兵が当直する夜を待って、こっちから会いに行くのよ。もう回復しているし、あなたひとりで大丈夫だわ」

女は薬指の指輪をはずして、彼に渡した。

モリスはそれを小指にはめた。ガラス玉かダイヤモンドのような透明な石がついていて、それをたなごころに向けてはめる。石の奥に馬の頭部が透けて見えた。これをはめれば、まるで姿が見えなくなったかのように、哨兵は黙ってモリスを通してくれるという。

十二時半に病室を出て、午前三時十五分までに戻ってくるよう看護婦は指示し、その人物の住所を書いた小さな紙を渡した。

「その紙、まだ持っているかい?」私はモリスに訊いてみた。

「ああ、あるはずだ」と言って、モリスは財布の中を探り、面倒くさそうにさしだした。

青い紙切れで、女性らしいはっきりとした文字で(聖心会っぽい字体だ、とモリスは意外な博識を披露した)住所の番地——マルケス通り六八九〇——が書いてあった。

「看護婦の名前は?」私は単なる好奇心から訊いてみた。

モリスは気が進まない様子で、ようやく口を開いた。

「イディバルと呼ばれていた。苗字か名前かは知らないな」

モリスは話をつづけた。

「決行日の夜になった。イディバルは姿を見せず、どうすればいいのかわからなかったが、十二時半になったので、とにかく病室を抜けだしてみることにしたんだ」

ドアに詰めていた哨兵が銃剣を構えた。役に立つなんて思えなかったが、指輪を見せると、制止されることなく病室から出ることができた。廊下の奥の離れた場所に伍長の姿を認めて、近くのドアを背にして隠れた。それから、イディバルの指示どおり裏階段を降りて、建物の出入口にたどり着いた。そこでも哨兵に指輪を見せて、外へ出た。

モリスはタクシーに乗った。「車種はビュイックで、ただしちゃんと見ないと、パッカードと見間違えるだろうな」と、どうでもいいことを説明してくれた。紙に書かれた住所を運転手に告げた。そこに着くまで三十分以上かかった。ファン・バウティスタ・フスト通りと、ガオーナ通りを経由して、西部鉄道の操車場のあたりを回り、郊外へ向かう並木道を進んだ。五、六ブロックほど行ったところで、車が停まった。教会の前だった。列柱と複数のドームをともなった建物が、背の低い家々に囲まれ、夜の闇の中で白く浮かびあがっていた。

住所を間違えたのではないかと思って紙片を確認したところ、確かに教会の番地だった。

「外で待つことになっていたのかい？　それとも中へ入ったのかい？」私はモリスに訊いた。細かい指示は受けていなかったそうだが、モリスは中に入った。誰もいない。どんな教会だったのか、私は尋ねた。

「他の教会と同じさ」

そのあとモリスの語ったところでは、近くに魚の泳ぐ噴水があり、三つの注ぎ口から水が流れこんでいた。

やがて神父が現れた。普通の服装で、まるで救世軍のようだった。誰かを訪ねてきたのかとモリスに尋ね、ちがうと答えると去っていったが、しばらくしてまたやってきた。それが三、四回繰り返された。モリスの話では、神父がやたらとしつこいので、逆にこちらから質問しようと思っていると、「聖餐の指輪をお持ちですか」と訊いてきたそうだ。

「何の指輪ですって……」とモリスは訊き返した。「イディバルに渡された指輪のことだなんて、気づくと思うかい？」と私に弁解した。

神父はモリスの手をじろじろ見てから言った。

「その指輪を見せてください」

最初は拒否しようとしたものの、結局は神父にしたがった。

モリスは聖具室に案内され、そこで経緯を説明するように求められた。神父は彼の話をうなずいていたが、モリスに言わせると「まるで良くできた作り話でも聞いているような態度だったよ。別にだますつもりはなかったし、結局のところ、告解のように本当のことを話したんだ」

神父は、モリスの話がそれだけだとわかると、あわただしく会話を切りあげた。そして、何か手を打ってみましょうと言った。

教会を出たモリスは、リバダビア通りへ向かった。城か古代都市の入口を思わせる二つの塔があらわれた。その奥には何もなく、ただ闇の空間が広がっていた。ブエノスアイレスの街がとても歪んだ超自然的なところに思われた。数ブロック歩いて疲労を感じ、リバダビア通りでタクシーを拾ったが、今度はやたらと大きいおんぼろのステュードベーカーだった。モリスは運転手にボリーバル通り九七一という自宅の番地を伝えた。

インデペンデンシア通りとボリーバル通りの交叉点でタクシーを降り、家まで歩いた。午前二時前だったので、まだ時間はあった。

扉を開けようとしたものの、鍵がうまく入らない。呼び鈴を鳴らして十分間待っても、誰も扉を開けなかった。モリスは、彼の留守を——つまり彼の不幸を——利用して女中が外泊していることに腹を立て、激しく呼び鈴を鳴らした。離れた場所のざわめきのような音が聞こえた。その音は徐々に大きくなり――鈍い音と軽い音の――連続する規則的な打撃音になった。そして扉の奥から巨大な人影があらわれた。

モリスは後ずさりし、玄関でも一番光が射さない場所に立った。男は叩き起こされて憤然としていた。モリスはすぐに誰だかわかり、寝ぼけているのは自分ではないかと思うほど驚いて、つぶやいた。「そうだ、びっこのグリマルディ、カルロス・グリマルディだ」。相手の名前を思いだし、信じられない思いでその男と対峙していた。かつてその家に住んでいた借家人で、ただしモリスの父がそこを購入する前だから、十五年以上も昔のことである。

だしぬけにグリマルディが口を開いた。

「何の用だ?」

モリスはその男がずる賢く、頑固に居座ろうとしたときのことを思いだした。モリスの父は憤慨して「当局に訴えるぞ」とおどしたが、効果はなく、物を贈ったりして、ようやく追いだしたのだ。「カルメン・ソアーレスはいますか?」とりあえず何か言わなければと思い、モリスは訊いてみた。

カルメン・ソアーレスというのは、女中の名前だった。グリマルディは悪態をつきながら勢いよく扉を閉め、明かりを消した。暗闇の中で、モリスは交互に響く左右の足音が小さくなっていくのを聞いていた。路面電車がガラスと鉄の音を響かせて通り過ぎ、また沈黙がおとずれる。「どうやら気づかれなかったようだ」。モリスは勝利を得たような気持ちになった。

しかしすぐに、恥ずかしさと驚きと憤りがこみあげてきた。扉を蹴破り、無断で入りこんだあの男を叩きだしてやろうと、酔っぱらいのごとく大声で叫んだ。「警察に訴えてやる!」モリスは、なぜこれほど幾重にも罠が仕かけられているのだろうと自問し、私に相談することにしたという。

私が家にいれば、一連の出来事を話すぐらいの時間の余裕はあると判断して、モリスはタクシーを拾った。「それがまたステュードベーカーでね、ただし状態としては前の車よりもましだったよ」。オーウェン通りへ行くように言うと、運転手《ショーファー》はその場所を知らなかった。モリスは、それでよくタクシー運転手の試験に受かったものだとなじり、それから手当たり次第に悪態をついた。警察は無断で家へ入りこんでいる奴をとり締まろうともしないし、外国人の連中はこの国を勝手に変えておいて、ろくに道も知らない、等々。たまりかねて運転手が別のタクシーに乗ってくれと言うと、モリスは、ベレス・サースフィールド通りの踏切のところまで行くように指示した。

しかし踏切では、灰色の車両が途切れることなく通過していたので、モリスはトル通り経由でソラー駅を迂回するように指示した。オーストラリア通りとルスリアガ通りの交叉点で車を降りた。運転手が料金を先に払ってほしいと言い、こんなところで待っているわけにはいかないし、そもそもモリスの言ったオーウェン通りなど存在しないと主張したが、モリスはその言葉を無視してルスリアガ通りを南へ進んでいった。運転手は車に乗ってついてきて、罵声を浴びせつづけた。もし警官が通りかかったら、二人は留置場で夜を明かすことになっただろう。

「それだけでは済まないぜ」と私は言った。「病院を抜けだしたことが露見して、看護婦や君を支援する人たちがまずい立場に立たされる」

「そんなことまで考える余裕があったと思うかい?」と言って、モリスは話をつづけた。

一ブロックほど歩いたものの、オーウェン通りはなかった。さらに一ブロック、もう一ブロック先まで進む。運転手は相変わらず文句を言いつづけていたが、さっきまでのように大声ではなく、口調には嫌味が感じられた。モリスは道をひき返して、アルバラード通りに入った。ペレイラ公園を見つけて、ロチャダーレ通りへと出たので、そこを進んでいった。半ブロックほど行ったところで、右手の家並みがとぎれて、オーウェン通りがあらわれるはずだった。モリスは眩暈に襲われそうな胸騒ぎを感じていた。どこまで行っても家並みがとぎれることはなく、そのままオーストラリア通りに出てしまった。視線をあげると、ルスリアガ通り沿いのインテルナシオナル社のタンクが、雲のかかった夜空の中に見えた。そのタンクに向かって延びるはずのオーウェン通りは、存在しなかった。

モリスは時計を見た。あと二十分しかない。

歩を早めたところで、どろっとしたぬかるみに足をとられて、立ちどまった。目の前には不気味なほど同じ構えの家々が並び、どちらに行くべきかわからなくなった。ペレイラ公園まで戻ろうとしたものの、見つからなかった。運転手には迷っていることを知られたくない。人がいたのでオーウェン通りはどこかと尋ねたが、相手はそのあたりの住人ではなかった。モリスはいらいらしながら歩きつづけた。また人影を見つけて近づいていくと、それを見た運転手が車を降りて、走り寄ってきた。モリスと運転手は、オーウェン通りを知らないかと同時に叫んだ。相手の男は、まるで暴漢にでも襲われたかのごとく怯えて、そんな通りは聞いたことがないと答えた。それから何か言いかけて、しかしモリスが睨んでいたので、口をつぐんだ。

時刻は約束の午前三時十五分になっていた。モリスは運転手に、カセーロス通りとエントレ・リオス通りの交叉点まで行くよう頼んだ。

病院の入口に、出たときとは別の哨兵が立っていた。どうするべきか迷い、扉の前を二、三回行ったりきたりした。意を決して指輪を見せたところ、制止されることなく中に入ることができた。

翌日、午後の遅い時間に看護婦がやってきて、モリスに告げた。

「教会の神父は、あまり良い印象を持っていないわ。あなたがとぼけようとしたことは理解できるし、あの人だって聖餐の席でいつもそれを勧めている。ただ最後まで彼を信用しようとしなかったんで、気分を害しているの」

はたして神父はモリスのために動いてくれるのか。

状況は悪化していた。すでに外国人として扱われる望みはなくなり、モリスの身に危険がせまっていた。

その頃モリスは一連の出来事について詳細な手紙を書き、私宛に送ったらしい。モリスは弁解するように、看護婦が気を揉んで、鬱陶しいので書いたというのだ。おそらく彼自身も不安を感じはじめていたのだろう。

今度はイディバルが神父を訪ねた。そして――「不愉快なスパイのためではなく」――彼女のために「より大きな影響力を積極的に行使し、計画を実現させる」という約束をとりつけた。計画とはモリスに事実を再現させる、つまり飛行機を用意して、彼が事故の日にやったと言っているテスト飛行をおこなわせることだった。

影響力が行使され、思惑どおりにことがはこんだ。ただしテスト飛行の再現に複座機が準備されたため、計画の第二段階で予定されているウルグアイへの逃亡は難しかった。同乗者なんてどうにでもなるとモリスは言ったが、事故のときと同じ単座機を用意させるため、さらなるはたらきかけがおこなわれた。

モリスは、期待と不安を口にするイディバルにいい加減うんざりしていた。一週間が過ぎた頃、彼女が顔を輝かせてやってきて、すべて計画どおりになったと告げた。テスト飛行は（五日後の）次の金曜日におこなわれ、モリスがひとりで飛ぶという。

イディバルは、不安そうにモリスの顔を見た。

「コロニアで待っているわ。離陸したら、すぐウルグアイに向かうのよ。約束してくれる？」

モリスは約束するよと言って、ベッドの上で寝返りをうち、眠ったふりをした。「そのまま結婚式でも挙げそうな勢いで、気に入らなかったんだ」それが別れの挨拶になるとは思っていなかった。

体調が回復していたので、翌朝モリスは兵舎に移された。

「あの時は良かったよ」と私に言った。「二メートル四方の部屋だったが、マテ茶を飲んだり、哨兵たちと愉快にトゥルーコをして過ごしたんだ」

「君はトゥルーコをしないんじゃなかったかい？」私はモリスに尋ねた。確信はなかったものの、そんな気がした。

「いや、トランプ・ゲームなら何だっていけるよ」モリスは平然と答えた。

モリスがブエノスアイレスっ子のようになったのは、偶然とか、いくつか状況が重なったからだと思っていたが、これほどなじんでいるとは知らず、意外だった。モリスは話をつづけた。

「哀れな奴だと思うかもしれないが、何時間もあの女のことを考えていた。のぼせて、どうかしていたんだろうな。何だか彼女のことを忘れてしまった気がしてね……」

「女の顔を思い浮かべようとしたのに、できなかった？」私はモリスの言葉を継いだ。

「そうなんだ、なぜわかった？」と訊き、私の言葉を待たず、話をつづけた。

ある雨の朝、モリスを移送するために、二列シートのオープンカーがやってきた。年代物のタルボだった。パロマール基地では、大勢の軍人や文官たちが彼の到着を待っていた。

「ものものしい雰囲気で、そのせいか、葬列のようだったよ」とモリスは言った。「葬列か、さもなければ処刑場だな」

格納庫から二、三人の整備士によって複葉の戦闘機のブリストルが運びだされた。それは「冗談抜きで、年代物の二列シートのオープンカーといい勝負」の機体だった。

モリスはエンジンをかけた。しかしタンクには十分間も飛べないぐらいの燃料しか入っておらず、ウルグアイまで行くのは無理だとわかって、どっと落ちこんだ。憂鬱な気分になり、奴隷として生きるよりも死んだほうがましだとつぶやいた。計画は失敗した。もう飛んでも無駄だ。集まっている連中を呼んで、「皆さん、これで終わりですよ」と言ってみたい気もした。すべてがどうでもよくなり、なるようになれと思って、ふたたび例の新しい飛行ルートを飛んでみることにした。

数メートル滑走して、離陸した。テスト飛行の最初の段階は順調だったが、新しい飛行ルートに入ると、また気分が悪くなり、意識が薄れていった。失神しそうな不様な自分を嘆いている声も聞こえた。滑走路の直前で、ようやく機体を立て直すことができた。

意識が戻ったとき、モリスはひどい状態で白いベッドに横たわっていた。天井が高く、飾り気のない白っぽい壁の部屋だった。モリスは自分が負傷し、軍病院で身柄を拘束されていることを理解した。すべてが幻のように思えた。

「目覚める直前に夢を見たような感じかな」私はモリスの考えを補足した。

モリスは、墜落したのが八月三十一日だったことを知った。時間の感覚がおかしくなっていた。そのまま三、四日が過ぎた。ふたたび事故を起こしたことで羞恥の念にかられた。イディバルは、なぜウルグアイまで飛ばなかったのかと責めるだろう。彼女がコロニアに行っているのは、ありがたかった。

「事故のことを知れば、戻ってくる。ほんの二、三日のことだ」とモリスは考えた。

新しい看護婦が彼の世話をしてくれた。午後になると、その女と手を握って過ごしていた。イディバルが姿を見せないので、モリスは心配になってきた。ある夜、どうしようもない不安に駆られた。「馬鹿だと思われるだろうな」とモリスが言った。「でも、どうしてもイディバルに会いたかった。新しい看護婦とのことがばれて、戻ってきているのに、顔をださないのではないかと思ったんだ」

モリスはインターンの男にイディバルを呼んでほしいと頼んだ。インターンはなかなか戻らず、かなり時間が経ってからあらわれた（といっても同日の夜で、しかしモリスには果てしなく長く感じられた）。上の人間に訊いたものの、そんな名前の人物は働いていないということだった。それなら、いつ辞めたのか調べてくれ、とモリスは言った。次にインターンが戻ってきたのは明け方で、人事部門の責任者が帰ってしまったことをモリスに伝えた。

モリスはイディバルの夢を見た。昼間も彼女の姿を思い浮かべていた。しかしそのうちにイディバルと会えない夢を見はじめて、やがて彼女の姿を思いだすことも、夢で見ることもできなくなってしまった。

モリスは、イディバルという人物はその病院で働いていないし、また働いていた記録もないことを知った。

新しい看護婦が何か読むことを勧めた。しかし新聞を持ってきてもらっても、「スポーツ・競馬番外編」の欄にすら興味がわかなかった。いらいらして、私からもらった本を頼んだところ、そんな本はないという返事が返ってきたそうだ（私はあやうくミスを犯すところだった。つまり、彼に何も送っていないと言いかけたのだ）。

モリスは、例の逃亡計画と、イディバルもその協力者だったことが露見し、それで彼女は姿を見せないのではないかと考えた。ふと手を見ると、指輪がなくなっていた。返してもらおうとしたものの、もう時間が遅いので管理部門の人間が帰ってしまったと言われた。指輪はもう返ってこないかもしれないと考えながら、モリスはおそろしく長い惨めな夜をすごした。

「つまり君は」と私が言いそえた。「指輪をとりもどせなかったら、イディバルを思いだせるものが何もなくなると考えていたわけだ」

「いや、そうは思わなかったよ」とモリスは正直に答えた。「とにかくあの夜は、本当に頭がおかしくなりそうだった。でも翌日には指輪を返してもらえたんだ」

「それじゃ、今、持っているのかい？」自分でも意外なほど驚いて、私は尋ねた。

「ああ、安全な場所にね」

モリスは机の横のひきだしを開け、指輪をとりだした。指輪の石は抜けるように透明だったが、輝きはそれほどでもない。石を通して多彩色のレリーフが透けて見える。馬の頭部を持った女の上半身が描かれ、古代の神のようだった。私は宝飾品について明るいわけではなかったが、それでも貴重なものであることはわかった。

翌朝、モリスの病室に二人の将校が入ってきた。彼らと一緒に兵士もひとりやってきて、机を運び、さらに椅子とタイプライターを持ちこんだ。兵士はタイプに向かい、キーを叩いて、将校のひとりが口述した言葉を打ちこんだ。イレネオ・モリス、アルゼンチン人、大尉、アルゼンチン軍、パロマール基地。

モリスにしてみれば、そうした形式的な質問が省略されるのは、当然だった。「何しろ二回目の供述だからね。いずれにせよ、状況は少し改善された。アルゼンチン人で、パロマール基地に所属する大尉であることが認められたんだ」。しかし、すぐに妙な具合になった。六月二十三日以降（つまり一回目のテスト飛行のあとで）どこにいたのかと質問されたのだ。それからドボアチン三〇四はどこに置いてきたのか（「あれは三〇四じゃない、三〇九なんだ」とモリスは主張した。なぜそんなくだらない間違いをするのか、彼には理解できなかった）、あの古いブリストルをどこから持ってきたのかを訊かれ、モリスは答えた。二十三日の事故はパロマール基地で起きたのだから、ドボアチンはあの辺にあるはずだ。それからブリストルだが、二十三日のテスト飛行を再現するためにそちらが用意したもので、訊かなくてもわかっているはずだ、と。だが彼らは、モリスの言うことを信じていないふりをしていた。

その一方で、モリスのことを見知らぬ人間か、あるいはスパイのように扱うふりはしなくなった。ただし六月二十三日以降に国を離れていた件で、告発されることになった。告発の理由は――それを知ってモリスは新たな怒りを覚えた――秘密兵器を他国に売ったことだった。不可解な陰謀はつづいており、モリスを貶めようとする連中は新たな策略を考えていた。

友人らしい大仰な身ぶりで、ビエラ中尉があらわれた。モリスは、それまでの不実な態度を責めた。しかしビエラは心外だという態度を崩さず、最後に、いずれ決着をつけようと宣言した。

「状況は好転していると思ったよ」とモリスは言った。「あの裏切り者たちが、また友人面をするようになっていたからね」

それからヒュート将軍が見舞いにきたり、あのクラメールもやってきた。モリスが虚を衝かれてうまく応対できずにいると、クラメールが大きな声で言った。「兄弟、あんな告発を信じるはずがないじゃないか」。彼らは固い抱擁を交わした。「なぜこんな目に遭うのか、いずれはっきりするはずだ」とモリスは考えた。そしてクラメールに、私と会ってほしいと頼んだ。

私はあえて尋ねてみた。

「一つ教えてくれないか。私が何の本を送ったか、覚えてるかい?」

「書名は覚えていない」モリスは宣誓のような重々しい口調で言った。「でも、君のメモに書いてあるよ」

私はそんなメモを書いたことはなかった。

モリスに手を貸してやり、二人で寝室に向かった。モリスはナイトテーブルのひきだしから一枚の便箋（私の知らない便箋だった）をとりだして、見せてくれた。

私の筆跡を下手に真似したような文字が書かれていた。たとえば大文字のTとEは、私なら活字体で書くが、その手紙では「イギリス式」で書かれていた。私は手紙を読んだ。

《十六日付貴信拝受いたしました。配達に少し遅れが生じており、ただし原因は、宛先に奇妙な誤記があったからに他なりません。私の住んでいるのは「オーウェン」通りではなく、ナスカ地区のミランダ通りなのです。あなたのお話ですが、非常に興味深く拝読したことを申しそえておきます。今は体調を崩しており、お見舞いに伺うことはできませんが、よく気のつく女性に看病してもらっているので、程なく回復するでしょう。それからでも伺いたいと思います。

共感のしるしとして、ブランキの本を同封しておきます。第三巻の二八一頁から始まる詩をお読みください》

私は、翌週またくると約束して、モリスに別れを告げた。興味深い話ではあったが、どう考えたらいいのかよくわからなかった。モリスの言葉に嘘があるとは思えず、しかし彼に手紙を書いたことは一度もない。本を送ったこともない。それにブランキの本も読んだことはない。

私の書いた手紙について、いくつか気づいた点を述べておく必要があるだろう。一、手紙を書いた人物は、モリスに対してひどく改まった口調で文章を書いている。幸いわが友人モリスはそうした表現の違いに疎く、また関心もないので、他人行儀な敬称に変わっていても気づかないし、気を悪くすることもなかった。私はモリスに対しては、つねにくだけた表現を用いている。二、誓ってもいいが、私はこれまで一度も「貴信拝受いたしました」というフレーズを使ったことはない。三、なぜオーウェンに括弧がついているのかわからなかった。この点に留意する必要があると言っておきたい。

ブランキの著作を読んでいないのは、おそらく私の読書計画に原因がある。私はかなり若い頃から、やたらと出版される本に振り回されず、底が浅くても百科全書的な教養を修得するために、一定の計画に則って読書をおこなうべきだと考えていた。私の人生は、この読書計画によって区切られている。ある時期は哲学に充てられ、またある時期はフランス文学に、そしてある時期は自然科学に、あるいは古代ケルト文学に、その中でも特に（モリスの父の影響で）キムリック人の国の文学に充てられた。途中でそこに医学が挿入されて、それでも計画そのものが中断されることはなかった。

クラメール中尉が診療所にあらわれる数日前、私の読書はオカルト学の分野を終えていた。特に惹かれたのは、召喚の呪文と、霊の出現および退散だった。最後の退散に関連して、私はいつもダニエル・スラッジ・ヒュームの事件を思いだす。彼はロンドンの心霊研究協会に招かれ、選ばれた聴衆の前で幽霊に対する退散の所作をしたところ、その場で死んでしまったのだ。世の中には予言者エリヤのごとく痕跡を残さずに消えてみせる連中もいるが、そういう新手のエリヤたちを、私は信用していない。

謎の手紙は、私にブランキの著作を読むようにうながした。とりあえず百科事典で調べたところ、ブランキの項があり、政治をテーマにした文章を書いていると知って、嬉しかった。私の読書計画では、オカルト学の次に政治学と社会学がくることになっていたのだ。

ある朝、くたびれた老人が店番をしているコリエンテス通りの書店で、束ねられて埃をかぶった数冊の本を見かけた。茶色い革の装丁で、装飾線と題名が金色で印刷されている。ブランキ全集だった。私はそれを十五ペソで買った。

その版の二八一頁には、詩は一篇も載っていない。隅から隅まで読んだわけではないが、手紙で指示されていたのは『天体による永遠』という散文詩だと思う。私の版では第二巻の三〇七頁からはじまっている。その詩というかエッセイの中で、モリスの冒険を説明する記述を見つけることができた。

私はナスカ地区へ行き、そこの商店主たちと話をした。ミランダ通りに面した二つのブロック内には、私と同名の人間はひとりも住んでいない。

次にマルケス通りへ行ってみたが、六八九〇という番地は存在せず、教会もなかった。そこで見たのは、荒地に広がる緑の草むらと、透けるような薄紫色の木々に、詩的な午後の日ざしが降り注いでいる光景だった。また、近くにあるのはノリア橋で、西部鉄道の操車場はなかった。

私は操車場へ向かった。しかしフアン・バウティスタ・フスト通りとガオーナ通りを経由してそこを迂回することは不可能だった。操車場の反対側へ出る道順を尋ねると、「まずリバダビア通りをまっすぐ進んでください」と教えられた。「クスコ通りにつき当たったら、その先で線路を渡るんです」。予想どおり、そこにマルケスという名前の通りはなかった。モリスが言っていたのはマルケス通りではなくて、ビノン通りにちがいない。ただしビノン通りの六八九〇番地にも、それ以外の番地にも、教会はない。近いところでは、クスコ通りにサン・カジェターノ教会があるものの、これは無視していいだろう。モリスの話に出てきた教会は、サン・カジェターノ教会ではない。ビノン通りに教会がなくても、私の仮説は否定されない。これについては、あとで詳述することにしよう。

モリスは、人気のないがらんとした場所に、二つの塔があったと言っている。これはフラゲイロ通りとバラガン通りが交叉するところにある、ベレス・サースフィールドのスタジアムゲートだった。

オーウェン通りは、私自身が住んでいるのだから、足を運ぶ必要はないと判断した。モリスが道に迷ったときの状況も考えた。労働者の集まるモンセニョール・エスピノーサ地区に、同じ構えの家が延々と並んでいるので、おそらくそうした家並みを見て、ペルドリエル通りの白っぽい泥に足をとられたのだろう。

私はふたたびモリスを訪ね、夜うろうろしたときにハミルカル通り、もしくはハンニバル通りというところを通らなかったかと訊いてみた。モリスはそんな名前の通りは知らないと即座に答え、それから、つけ加える必要があると思ったのか、言いそえた。

「ハミルカルといえば、そんなメーカーの自動車があったな。あんなのが一台欲しいものだ」

教会を訪れたとき、そこの十字架に何かシンボルはついていなかったかと訊くと、モリスは何も答えず、ただじっとこちらを見つめた。私が冗談交じりに話していると思ったらしく、おもむろに口を開いた。

「そんな細かいところまで全部見ていると思うかい?」

「それはそうだが……でもたぶん大事なことなんだ。もう一度思いだしてくれないか。十字架のところに図形みたいなものがついていたとか、覚えてないかな」

「言われてみれば」と彼はつぶやいた。「何かあったな……」

「台形じゃなかったかい?」と、私はほのめかした。

「うん、台形かな」自信なさそうにモリスが答えた。

「ただの台形だったかい? もしかしたら、そこに線が入っていたとか」

「そうだった!」とモリスは大きな声をだした。「よく知っているな。マルケス通りに行ったことがあるのかい? 最初はさっぱり思いだせなくて……急にはっきりと全体が浮かんできたよ。十字架と台形だ。台形に線が入っていて、線の両端は曲がっていた」

モリスが興奮気味に言った。

「あと、聖人像とか見なかったかな?」

「おいおい、まだやるのかい」いらだつ気持ちを抑えつつ、モリスが大声で言った。「いちいち確認しながら見ていたわけじゃないぜ」

私は機嫌を直すように言い、モリスが落ちつくのを待って、指輪を見せてほしいと頼み、もう一度看護婦の名前を確認した。

私は大いに満足して、家に帰った。姪の部屋から騒がしい音が聞こえて、片づけでもしている様子だった。邪魔されたくなかったので、帰宅したことを気づかれないようにして、ブランキの本を持ち、それを小脇に抱えたまま、外へ出た。

ペレイラ公園のベンチに腰を下ろすと、もう一度、次の一節を読んでみた。

《同一の世界が無数に、わずかに違う世界が無数に、異なる世界が無数に、存在するかもしれない。今、私がトーロー要塞で書いていることを、同じテーブルに向かい、同じペンを持ち、同じ土牢で、今とまったく同じ状況の中で、かつて私は書いたのであり、未来永劫に書くであろう。無数の世界の中で、私の置かれた状況は同じであろうが、投獄の理由、あるいは私が記す頁の雄弁さや口調には、差異が生じるかもしれない》

六月二十三日、ドボアチンに乗ったモリスは、われわれの世界とそっくりな、別の世界のブエノスアイレスに墜落したのだ。根本的な差異があったものの、事故のあとで混乱していたので、モリスにはわからなかった。他にも違いはあり、しかし洞察力や教養がなければ気づかない。それは私にも欠けていた。

モリスがテスト飛行に飛び立ったのは雨模様の灰色の朝で、しかし墜落したときは、太陽が燦々と降り注いでいた。病院に蠅がいたので、季節は夏だったとわかる。尋問のあいだ、ひどく暑くてうんざりしたというモリスの言葉も、それを裏づけている。

モリスは、彼が訪れた世界について、いくつか興味深い特徴を挙げている。たとえば、ウェールズという国が欠落している。だからその世界のブエノスアイレスには、ウェールズ起源の通りの名前が存在しない。ビノン通りはマルケス通りになっているし、オーウェン通りを探しても見つからず、モリスは困惑しながら夜の迷路をさまようことになる。また私やビエラ、クラメール、メンディサーバル、ファベリオは、先祖がウェールズ人ではないので存在する。しかしヒュート将軍、そしてモリス自身もウェールズ人の血をひいているので、存在しない（モリスは偶発的に割りこんだのだ）。その世界にいるもうひとりの私、カルロス・アルベルト・セルビアンが、手紙の中でオーウェンという単語を括弧つきで書いている。彼にとって馴染みのない名前だったからだ。モリスの名前を聞いて将校たちが笑ったのも、同じ理由だ。

モリスの一族が存在しないのだから、ボリーバル通り九七一の家には、あの厚かましいグリマルディが住みつづけている。

モリスの話を聞いていると、その世界ではカルタゴが滅亡しなかったことがわかる。それに気づいて、私はハンニバルとかハミルカルという通りについて、馬鹿げた質問をしたのだ。カルタゴが滅亡していないのに、なぜスペイン語は存在するのか、と問う人もいるかもしれない。しかし勝利と滅亡のあいだで中間的な状態が生じることを、わざわざ想起する必要もないだろう。

私の手元にある指輪は、二重の意味での物証と言える。まず、モリスが別の世界にいたという証拠だ。何人か専門家に見せたが、誰もその石を知らなかった。そして（その別の世界には）カルタゴが存在していることを証明している。馬はカルタゴの象徴なのだ。ラヴィジュリ博物館を訪れた人なら、きっと似たような指輪を見ているはずだ。

それから看護婦の名前。イディバルあるいはイッディバルというのはカルタゴ起源のものだ。祭儀用の魚のいる噴水や、線が入っている台形もカルタゴからきている。さらにあの教会の聖餐、あるいは円居《キルクリ》とでも言うべき集いは、胴慾なモロク神を祭っていた忌まわしいカルタゴの記憶を思い起こさせる……。

推論をつづけよう。私がブランキの著作を買ったのは、モリスの見せてくれた手紙で言及されていたからなのか。もしかしたら、二つの世界の歴史が並行して推移しているからではないだろうか。向こうの世界にはウェールズが存在しないので、その部分の伝説は読書計画に含まれない。その結果、もうひとりのカルロス・アルベルト・セルビアンは私に先んじて、早い段階で政治学の著作に着手することができた。

もうひとりのカルロス・アルベルト・セルビアンを、私は誇らしく思っている。わずかな手がかりだけでモリスが出現した謎を解明し、それを伝えようとして『天体による永遠』を読むように勧めたのだ。ただしナスカ地区に住んでいると自慢げに言うだけで、オーウェン通りについて一考もしていないのは、意外だった。

モリスはもう一つの世界へ行き、戻ってきたのだ。私が空想したバネ式のロケットや、それ以外の、未知の天文学的領域を開拓するための新たな移動手段も用いず、どうやってそれを成し遂げたのか？　チャールズ・ケントの編纂した辞書を開くと、パセについて次のように記されていた。「霊を出現させたり退散させたりする際の、両手による複雑な所作」。この動きは、手を使わなくても可能ではないかと私は考えた。他のものでも、たとえば飛行機でも、それを実現することができるのではないか、と。

私は次のような仮説を立てた。あの「新しいテスト飛行ルート」がたまたま一種のパセになっていて、モリスはそれを二回飛んで、二回とも気を失い、別の世界に移行した。

向こうの世界にあらわれたとき、モリスは国境を接する国からきたスパイではないかと疑われ、こちらの世界では、姿を消したことで、外国に秘密兵器を売るために逃亡したのではないかという嫌疑をかけられた。モリスにしてみれば、何のことかわからず、自分に対しておそるべき陰謀が企てられたと思いこんだわけだ。

私が帰宅すると、机の上に姪のメモがあった。男と一緒に出て行くと書かれ、相手は、心を入れかえたようにふたたびモリスの友人となった、あのクラメール中尉だった。「私など、叔父様にとってはどうでもいい存在ですし、あまりお気に病むこともないとわかっているので、安心して出て行けます」と手厳しい言葉が記され、最後に辛辣さの極みとも言える言葉がそえられていた。「クラメールは私に目を向けてくれるので、幸せを感じています」

私はひどく落ちこんで、患者の診察もせず、二十日間以上、一歩も外へ出なかった。別の世界の私のことを嫉ましい気持ちで考えた。彼も、私と同じく家にこもっているが、「よく気のつく女性の手」で看病されている。その心安い雰囲気や手の感触なども、わかる気がした。

姪のことを語りたくて（姪の話題になると、つい延々と話してしまいそうになる）モリスを訪ねた。母性を感じさせる娘かと訊かれたので、そうでもないと答えると、今度はモリスが看護婦の話をはじめた。

もうひとつのブエノスアイレスへ私を駆り立てるのは、新たな自分と出会える可能性などではない。蔵書票の絵のごとく自分の鏡像を眺めることにも、その標語にしたがい自分自身を知ることにも、大して興味はない。たぶん、幸せに暮らしているもうひとりのセルビアンも経験していないことに挑戦できるのが、魅力的だったのだろう。

もっとも、こうした個人的な事情もさることながら、一番の理由は、モリスの置かれた状況への懸念だった。この世界では、みんなモリスを知っているし、彼のことを心配していたものの、モリス自身が終始一貫して否認の態度を崩さず、上官たちを信頼せず、不興を買っている。このままでは、銃殺に処せられなかったとしても、降格はまぬがれない。

看護婦からもらった指輪を渡すように言ったところで、モリスが聞き入れたはずはない。この指輪こそ複数の世界の存在を証明するもので、その権利は人類全体に属すると主張しても、モリスは人の意見に耳を貸す人間ではないので、納得しなかっただろう。指輪に執着していることもわかっていたので、思いきった手立てを講じた。そのことに眉をひそめる人もいるかもしれないが、ヒューマニストの良心に照らせば、賛同は得られるはずだ。最後に、ひとつ嬉しい知らせがある。指輪をうばったことで、思いがけずモリスが以前よりも私の逃亡計画に耳を傾けてくれるようになった。

社会には、われわれアルメニア人の強固な絆が存在する。影響力のある友人たちもいるので、モリスの事故を再現することは可能だろう。そのときは、臆することなく同行するつもりだ。

C・A・S・

カルロス・アルベルト・セルビアンの話は、ぼくには信じがたいものに思われた。モーガンの馬車という古い伝説がある。旅人が行き先を告げると、どこでも連れていってくれる馬車の話で、しかしそれは伝説だ。イレネオ・モリス大尉は何かの偶然で別の世界に墜落した。そこまでは認めたとしても、そのあとでふたたびこの世界に墜落するという偶然まで重なるだろうか。

最初からそう思っていたが、その疑問は実際の出来事によって裏づけられた。

毎年のように友人たちとウルグアイとブラジルの国境を旅行する計画を立てては、それを延期してきたが、今年は万難を排してようやく実現させた。

四月三日、ぼくらは野原の真ん中に建っている一軒の店で昼食をとり、それからとても見ごたえのあるコーヒー農場《ファゼンダ》へ行くことになっていた。

そのとき、土煙を巻きあげ、一台の車体の長いパッカードがやってきた。車から降りたのは小柄な痩せた男で、ヘアクリームで入念に髪をなでつけていた。

「彼は大尉だったそうだ」と誰かが教えてくれた。「名前はモリスだ」

友人たちはコーヒー農場《ファゼンダ》へ向かったが、ぼくは同行しなかった。モリスは密輸業者としての武勇伝を語ってくれた。警察との撃ちあいや判事を唆してライバルを陥れるための策略、馬の尾にしがみついて川を渡った逃亡劇、どんちゃん騒ぎや女の話……。

突然、眩暈にも似た感覚の中で、ある事実を垣間見た気がした。モリスから話を聞き、彼が去ったあとで、他の人たちからも話を聞いた。

証言を集めたところ、モリスがそこにあらわれたのは去年の六月中旬で、その後、九月上旬から十二月下旬まで、頻繁に目撃されたらしい。九月八日にはジャグアランでおこなわれた競馬に参加し、数レースに出走したが、落馬して数日間寝こんでいる。

しかし九月のその時期と言えば、モリス大尉はブエノスアイレスの軍病院に入院中で、身柄を拘束されていた。このことは、軍の当局、同僚、幼なじみ、セルビアン博士、大尉に昇進したクラメール、さらに古くからモリスの家族と親交のあるヒュート将軍が認めている。

その理由は、簡単に説明できる。

複数のほとんど同じ世界において、ある日（この世界では六月二十三日）複数のモリス大尉がテスト飛行に飛び立った。ぼくらの世界のモリスはウルグアイかブラジルへ逃亡した。飛行機でパセをおこなったのは別のモリスで、別のブエノスアイレスを飛び立ち、もうひとつの別の世界の（つまりウェールズは存在しないが、カルタゴは存在し、イディバルが待っている）ブエノスアイレスにあらわれた。このモリスが、今度はブリストルに乗りこみ、ふたたびパセをおこなって、この世界のブエノスアイレスに墜落した。彼がこの世界のモリスとそっくりだったために、親しい友人でさえ間違えたのだ。同じ人間ではなかった。ぼくらの世界の（ブラジルにいる）モリスは、六月二十三日に飛び立ったとき、ドボアチン三〇四に乗っていた。もうひとりのモリスは、テスト飛行をおこなったのがドボアチン三〇九だったことをはっきりと覚えていた。そしてセルビアン博士をともなって、ふたたびパセを試み、姿を消す。彼らは別の世界にたどり着いただろう。しかしそこにセルビアンの姪やカルタゴの女性がいる可能性は、あまり高くない。

複数の世界という理論を補強するために、セルビアンはブランキを引用した。この点において、彼は優れていたと言える。ぼくが彼の立場だったら、そこまでの知識はないので、古典作家の権威を持ちだしていたと思う。たとえば、「デモクリトスによれば、無数の世界が存在し、それらのいくつかは、よく似ているどころか、むしろ完全に同一である」（キケロ『アカデミカ』第二巻十八節）。あるいは、「われわれは今ここに、つまりプテオリーをのぞむバウリーにいるが、君の考えでは、ここと まったく同じ無数の場所が存在し、そこにわれわれと同じ名前を持ち、同じ栄誉に浴し、歩んできた道程も同じで、さらに中身も外見も年齢もまったく同じ人々がこうして集って、やはり同じ問題について議論をしているわけだね？」（同書、第二巻四十節）。

惑星や天体で構成される古い世界観に慣れ親しんだ読者たちは、異なる世界のブエノスアイレス間の行き来など、信じられないと評するだろう。またそうした移動の結果、なぜ別の土地や、あるいは海とか砂漠ではなく、つねにブエノスアイレスにたどり着くのかと問うだろう。ぼくの知識で答えることのできる問題ではないが、ひとつの可能性として、複数の世界では、時間と空間が束のごとく並行につらなっているのかもしれない。

影の下

El lado de la sombra

君は通りを横切り
影の下に入る。
フアン・フェレーラスのミロンガ
「もっとこちらへ、もっとあちらへ」（一九二一年）

船の軋みをずっと聞いていたので、昼寝から目覚めたとき、船内の静けさが耳についた。船窓から顔をだして下をのぞいた。海は凪いで、遠くの海岸には緑が茂り、棕櫚と、バナナらしき木々が見えた。リンネル地の服を着て、甲板へ出た。

船は着岸していた。左舷の港は石畳で覆われ、線路と背の高いクレーン、どこまでもつづく灰色の倉庫群のあいだで、黒人たちがひしめきあっていた。港の奥に広がる町は、鬱蒼とした緑の断崖で囲まれていた。目を向けると、きびきびと荷積みの作業がおこなわれていた。右舷——舳先を向いて右側——には船窓から見た海岸が広がっている。その島の景色を見て、訪れたこともない未開の植民地の商館を思いだした。マレー半島か、スマトラ島か、ジャワ島か、そんな場所を舞台にしたコンラッドの小説。魂の叫びに逆らい、自らの思いをゆっくりと葬るため、その地に留まる人物の物語を読んだ記憶がある。「下船したら、小説のような世界がひろがっているのだろうか」と私はつぶやいた。期待と不安で身震いがして、しかし実際は違うのだろうとすぐに思い直した。ぽんぽんという単調なエンジン音が聞こえた。島へ向かう小舟を操る黒人が、青と緑色の鳥の入った柳かごを高くかかげていた。笑みを浮かべながら、こちらの船に叫んでいるが、よく聞きとれず、何を言っているのかはわからない。

喫煙室へ入り——扉の表示板には、フランス語《フモワール》と英語《スモーキング・ルーム》の表記があった——、涼しくて薄暗い静かな室内を見て、ほっとする。バーテンがいつものミント酒をだしてくれた。

「自分でもどうかしていると思うがね」とバーテンに話しかけた。「ここにいればいいのに、わざわざ下船して地獄みたいな場所へ出てゆくなんて。それもこれも、すべては観光のためってわけさ」

観光こそ、万人に共通する唯一の信仰に他ならない。そんなことを語っていると、バーテンが口をはさんだ。

「もう皆さん降りましたよ」

「降りない人もいるだろう」わざとらしくひとつのテーブルに視線を向けた。ポーランド人の亡命者で、プルマンという名の老将軍がひとり座って、トランプをしている。

「老い先短いのに」バーテンが声をひそめた。「ああやって熱心に占っているんですよ」

「占いが当たるなら、誰も苦労はしないよ」

ミント酒をすする。緑色だった氷がグラスの底で透明になった。「ツケにしておいてくれ」と小声で言って、下船口へ向かった。浮き桟橋の横の黒板に「出航は明朝八時」とチョークで書かれている。「めずらしく時間がたっぷりあるな。これなら、乗りおくれる心配はなさそうだ」とつぶやいた。

外の光がまぶしくて、手をかざしながら陸地を踏んだ。税関を抜け、車を借りたいと思ったものの見当たらない。ひとりの黒人が身振りもまじえてタクシーはないと繰り返していた。そのうちに雨がふりだした。そのとき、倉庫街を縫って路面電車があらわれた。いわゆるオープン式（屋根つきで、側面が開いている）の古い車両で、雨を避けるために乗りこんだ。切符を売っている裸足の黒人も濡れたくないようで、ステップまで降りず、車内をまわるときも湿った床をさけて、座席を踏みつけ、背もたれをまたいでいた。雨はじきにやんだが、降っているあいだも乳白色の陽光が陰ることはなかった。人混みの中、一本の脇道を下ってゆくひとりの黒人に目がとまった。にぎやかな色彩の、大きな荷物を頭に載せている。よく見ると、蘭でおおわれた棺を運ぶ葬列の一員だった。

街の喧騒がすさまじく（耳なれない言葉とアクセントのせいで、とくにそう感じたのだろう）、圧倒される。路面電車は、雑踏の中を走りつづけて、人々であふれる町中へ出た。

「ここが町の中心だね？」切符売りの黒人に尋ねた。何か説明してくれたものの、さっぱりわからなかった。

教会が見えて、その中なら涼しいだろうと電車を降りた。教会の入口で物乞いにとり囲まれた。

その顔は青や白や赤で塗られて、まるで満艦飾のようだった。やっとのことで建物の奥の、金色にかがやく祭壇へたどりついた。教会の中をうろうろしながら、墓碑銘を判読してみる。よくわからないものの、大理石の碑を見ているだけで、死者たちの孤独や悲哀が伝わってくるようだった。気持ちが沈みそうだったので、列車の車窓から見かけた集落みたいなものだと思うことにした。

ふたたび外へ出て、乗ってきた路面電車の軌道をたどって、歩きはじめる。ヴィクトリア朝の、時代がかった建物が並び、おもむきのある街だと思った瞬間、近代的で巨大な建物があらわれた。大きいが、外見は安っぽく、未完成のまま、すでに古びている。何かを展示するための仮設の建物で、とり壊されるはずが、役所の怠慢でそのままになっているのかもしれない。建物の向かいには、青銅製の円や半円を組みあわせた、くすんだ緑色の中空の記念碑があった。石の台座に乗せられた記念碑は、どことなくさびしげな雰囲気をただよわせていた。なんとなく暗い気持ちになり、住人になったつもりで、冗談めかしてつぶやいた。「独立と独裁の一周年記念の博覧会なんて、もう昔の出来事だし、こんなガラクタは街の景観にそぐわないから、新聞社へ投稿して、さっさと撤去させよう」軽口のつもりだったが、意図に反して、ますます気分がめいってしまった。

展示されているショーケースのひとつの前で足をとめた。トカゲやカエルなどと一緒に、驚くほどたくさんのヘビの剝製が並べられていた。イギリス人然とした男がいたので尋ねてみた。

「よくこれだけ集めましたね」

「簡単ですよ」男は英語で答えた。「この辺りにいる種ばかりですから」

威勢のよい行進曲が聞こえた。人だかりを見つけて、ふらふらと近づいていった。小さな広場の、花の咲きみだれる小道を抜けると、小川の上に粗末な橋がかかっていた。にごった緑色の川面に黄色じみた泡が浮かび、岩組みや木々や草むらを縫うように流れてゆく。「どうも体質的にあわないな。蛇はうようよしているし、いたるところで花が咲いていて、病気も多いだろう。触っただけで、変なものをもらいそうだ」などと思い、足早に通りすぎた。演奏していたのは軍楽隊で、小さな像の前で、太鼓やラッパを騒々しく奏でていた。白いゲートルを巻いている姿が印象的だった。「船の読書室にライダー・ハガードの小説があったな。船にもどって長椅子で寝そべりながら読書でもするほうがいいようだ」

そのとき、友人のベブレンを見かけたような気がした。彼のことを考えただけかもしれない。しかし、ジャングルではあらゆるものが入り混じるし、妙なものが見えてもおかしくはない。ぎらつく太陽のもと、街の雑踏は現実とは思えないほど目まぐるしく、まるで万華鏡のように姿を変えていたのだ。とはいえ〝英国人〟というあだ名で呼ばれたベブレンを見かける場所としては、およそ似つかわしくなかった。「あの男ほど、ここらにそぐわない人間はいないな」と私はつぶやいた。「こんなところにいるはずがないし、思いだしただけか」

船へもどろうとしたものの、道がわからなかった。警官でもいないかとあたりを見まわした。一人いたが——大きすぎる制服のせいか、貸衣装でも着ているように見えた——車がスピードをあげて通りすぎる交叉点に立っているので近づけない。

「港はどこかな?」

新聞売りに尋ねてみたものの、当惑した視線を浮かべているだけで、かわりに小柄な娘たちが

——年長けた娼婦だったのかもしれない——笑いながらおしえてくれた。船へもどる道がわかって、足どりも軽くなった。しかし四百メートルも行かないうちに、足がとまった。通りがかった映画館に、『外人部隊』のポスターが何枚も貼られていたのだ。さっきの、あの小さな広場での奇妙な出来事がなければ、通りすぎていただろう。どうも気分がすぐれず、回帰線を越えたせいだろうか、何か有無を言わさぬ力によって、逃れることのできない運命の輪が閉じられてゆくようだった。

落ちつきをとりもどそうとして、ポスターをながめた。奇遇というか、『外人部隊』はその日の午後に上映される予定で、しかもフランソワーズ・ロゼー、ピエール・リシャール＝ウィルム、シャルル・ヴァネルの出演するオリジナル版だった。ぱっとしない本屋に立ち寄り、長年さがしていた貴重な本を見つけた愛書家の気分だった。昔から映画の話題になると、かならずと言っていいほど『外人部隊』をひきあいにだした。理由はよく覚えていない。たぶん、誰も観たことがなかったからだろう。夜、映画館へ行く話が出るたびに、『外人部隊』くらい良い映画を見せてくれるんだろうね、と訳知り顔で尋ねたりした。後年、リメイク版が封切られたときは、ひどくうろたえた。評価すべき点もあっただろうが、そのリメイク版に腹を立て、ものごとが衰退する典型とばかりに、こきおろしたものだ。

六時半からの上映と書いてあった。時刻はまだ五時前で、それまで待つことも考えた。『外人部隊』は、自分が幸せだったころの思い出とむすびついていて（生涯における最良の思い出のひとつが一本の映画である場合、人生に不思議な光がさすと言うが、そのとおりだと思う）、ただし内容は、ほとんどおぼえていない。その場にとどまろうか迷ったが、結局歩きはじめた。しばらく行ったところで、ミリアムという別の映画館を見つけた。大きなポスターが貼られ、そこで上映される映画には、貧しい人々、古びた外套、ミシン、質屋が出てくるようだった。あらためて観光を楽しむ気分になったこともあり、じっくりと映画館をながめた。ふと、妙な部分を見つけた。正面だけでなく、もうひとつ側面に入口があり、そこから隣の喫茶店へ行けるようになっているのだ。喉が渇いていたことに気づいて入ることにした。小さな大理石のテーブルを見つけて、とりあえずそこに腰を下ろした。しばらく待たされたあと、ようやく注文を尋ねられてミント酒を頼んだ。左手の壁に入口があり、ベルベット地の、すりきれた緑色のカーテンの隙間から、隣の映画館の薄暗い室内が見えた。時々カーテンをゆらして、女たちが出入りしている。ほとんどは黒人で、ひとりで出てゆき、男と一緒にもどってきた。右手のカウンターのそばで、二、三人の女がオウムと話をしていた。オウムは耳障りな声で、何の脈絡もない言葉を返していた。店の奥には、オレンジ色のタイルを敷きつめた中庭があった。すっきりとした庭で、屋根はなく、三方が紫色の壁で囲まれている。細い扉が並び、格子窓に番号がふられていた。庭師らしき男が、じょうろを持ち、無言でテーブルのあいだをうろうろしていた。大きな麦わら帽子をかぶり、くたびれた紺色のスーツを着て、布製のサンダルを履いていた。男が灰色の埃っぽい床に希釈した消毒液を撒くと、古びた床板が黒く染まった。ミント酒は船のほうが上等だった。

ふたたびベブレンのことを考えた。しかし彼がいるとしたら、もっと洗練された場所だろう——ベブレンにとっては、ニューヨークでさえジャングルのようなものだった——たとえばフランス・サヴォワのエクス゠レ゠バンやジュネーヴのエヴィアンといった温泉地か、モンテカルロ、ローマのヴェネト通り、パリの八区、ロンドンのウェストエンドなど。だからといって、きどり屋《スノッブ》だったわけではない。そういう面を見せるとしたら、退屈そうなふりをするときだけで（それ以外できどった態度をとることは、ほとんどなかった）、つまり日常の態度としては見られなかった。気まぐれなスノビズムとは関係なく、ベブレンの生活には意外とも言える二面性があった。ベブレンは猫の専門家だった。場所は忘れたが、王室主催の猫の品評会で審査員をつとめ、彼を慕う年輩の女性たちに囲まれている写真を、一度ならず新聞で見たことがあった。しかし、それが生活の他の面に影響をおよぼすことはなかった。ベブレンは博識で、その教養は努力して会得したというよりも、楽しんで身につけたものだった。門外漢ながら十八世紀フランスの建築や装飾芸術にくわしく、ヴァトー、ブーシェ、フラゴナールなどの美術作品にも精通していた。頼まれれば、一九二〇年代から六〇年代までの近代絵画の鑑定までした。

麦わら帽子をかぶった庭師が、消毒液を撒き終えて、ひとつのテーブルで休んでいた。ふと気づくと、男の両足のあいだに猫がすわっていた。飼われているらしく、白い猫だが黒やカフェオレ色の大きなぶちがあり、じっとこちらを見ている。その顔は、仮面のように真ん中で色が変わり、片方は目のまわりが黒く、もう片方は白い。庭師が額をぬぐうためにハンカチをとりだしたとき、シャツの左胸に、白鳥をかたどったモノグラムが見えた。「オウムと白鳥と猫か。まるで動物園だな。なんだかとても懐かしい気もする」と我知らずつぶやいていた。判然としないまま、若いころのことがすべて一緒くたになって、よみがえってくるのを感じた。記憶をたどり、たしかベブレンも同じモノグラムをつけていたことを思いだした。猫が何か言いたげにこちらを見つめていた。思わず目をそらした。ふたたび視線をもどしたとき、麦わら帽子がテーブルの上に置かれていた。庭師の顔は、〝英国人〟と呼ばれたベブレンを思わせた。他人の空似という言葉が頭に浮かんだ。世界のあちこちに同じ顔の人間がいて、旅のおかげで、そんな知られざる事実に遭遇したのかもしれない。そんなことを考えていたとき、ベブレンが叫んだ。

「ご同輩！」腕を広げ、こちらへ近づいてきた。

「やはり君か！」と答えて、私はベブレンと抱擁を交わした。

こみあげるものを感じつつ、つんとする匂いが鼻をついた。

その変わり様に驚き、半信半疑のまま、ベブレンを見つめた。たしかに彼の顔だが、なぜこんなところにいるのかわからず、とまどい、軽いめまいをおぼえた。人間の顔は、その人物とわかちがたく結びついているものだが、ベブレンの顔であることがわかっても、彼らしさは微塵も感じなかった。裏を返せば（ベブレンだけでなく、状況次第で誰でもそうかもしれない）その人物像を形づくっていたのは——服装、豪華な装飾品、出入りする場所、やや衒学的で知識をひけらかす態度など——顔以外の部分だったわけだ。

いずれにしろ、初老の男同士が涙を流さんばかりに抱擁している姿は奇妙だったと思う。元気そうだね、とつまらない言葉をかけた。ベブレンは笑いながら答えた。

「このとおり、ぴんぴんしているよ。驚いているようだね。顔に書いてあるよ、こんなところで何をしてるんだって」

「そりゃ、そうだろう」と答えた。「君に会えるなんて思っていなかったし」

「まるで小説かな。それで、何があったか、話したほうがいいのかな?」

「もちろんだよ、〝英国人〟」

「それなら」と彼はつづけた。「小説みたく、とりあえず一杯おごってくれないか。酒を飲みながら話すから」

「何を飲む?」ウェイターを呼んでから、ベブレンに尋ねた。

「酒なら何でもいいんだ」

ベブレンはじっとこちらを見ていた。グラスとボトルを運んできたウェイターが土地の言葉で尋ねた。

「ボトル、置いておきますか」

「そうしてくれ」とベブレンが答えた。

ボトルを手にとってみた。ネックの部分からきついアルコール臭が立ちのぼり、とても甘い、それでいて苦いような香りだった。シルバプラーナという酒で、ラベルを見ると、雪をかぶった山々、月、巣にはりついた蜘蛛が描かれていた。

「どんな酒だい?」とベブレンに尋ねた。

「この店の、ひどい酒だよ。飲まないほうがいいと思う」

「別のを頼もうか」

「これで十分だ。酒なら何でもいい」ふたたびそう言ってから、ベブレンは語りはじめた。「あれは、エヴィアンにいたときだから、三年くらい前かな。いや、それより少し前の、ロンドンからはじめよう。あのころは私も羽振りがよく、レダと愛しあっていた。彼女を知っているかな？」

「いや、知らないな」

ベブレンはがっかりしたようだった。

「ロンドンのダンスパーティーで知りあったんだ。ひと目で心をうばわれたよ。白い長手袋が白鳥のようで（我ながら馬鹿げた思いつきだけれど）レダと呼んだ。彼女は、なぜそう呼ばれたのかも知らず笑っていたな。パーティーで出会った女たちの中で、レダは間違いなくいちばん若く、美しかった。金髪の豊かな巻き毛で、目は青くて、非の打ちどころがないというか、うまく説明できないけれど、とにかく完璧な女なんだ。ひとつだけ欠点があって、本人から聞いたんだが、膝を洗わないので、そこだけ汚い。『膝を洗うと（あとはいちばん良い下着を身につけると）男運が悪くなるから』と言っていた（そういうことをはっきりと口にするんだ）。とても明るくてね。あれほど人生を謳歌している女に会ったのは、はじめてだった。いや、人生という言い方は正しくないな。つまり、自分の生活と愛と嘘を心の底から楽しんでいて、他のことにはまったく興味がなかった。ゆっくりと本を読む習慣なんてないし、文化的な話題にはついてこられない。でも、頭の悪い女だなんて思わないでほしい。少なくとも、私よりはるかに賢いし、自分の長所を理解していた。彼女の関心は、愛、つまり恋愛と、男女がともに抱く自己愛、嘘やたくらみ、人々の発言や沈黙の意味するところだった。彼女の話を聞きながら、いつもプルーストを思いだしたよ。レダは十六歳のとき、年老いたオーストリア人の外交官と結婚した。教養もあり、用心深く抜け目ない男だったが、彼女に手もなくだまされた。子猫みたいな女と一緒になったつもりだったんだろう。結婚当初から、そいつは飼い主のごとくふるまっていた。あれこれと指図をして、レダを教育しようとした。彼女も最初からそのつもりで、夫が喜ぶようにふるまいながら、実はうまく欺いていたんだ。レダの両親は（自由でいたいレダと、彼女を縛ろうとする夫のかけひきで）婿が手玉にとられるのを見て、まるで嫉妬深い夫のごとく、娘を見張っていた。だからと言って、抑圧された生活の中で、レダの明るい性格や、両親とオーストリア人の夫への愛情が失われることはなかった。彼女は、みんなを愛すると同時に、あざむいていた。作り話をあれこれと考えながら、楽しんでいたんだ。

あれは、まだレダの夫を紹介される前で（やがて彼とも親しくつきあうようになった）私とレダの恋愛がはじまって間もない、ある夜のことだった。『私たちがいつも一緒にいるのを見て、君の夫はいぶかしんだりしないのかな』と彼女に尋ねた。あのときのレダの答えを、今でもおぼえている。『心配しないで。あの人、とても男らしい性格っていうか、女の顔は忘れないけど、男の顔はおぼえてないの。ろくに見ていないんですもの』

何よりも魅了されたのは——美貌、若さ、魅力、知性（かたよってはいたが、明晰で、私よりも聡明だった）に加えて——レダが私を愛しているという事実だった。信じられない気もしたが、何度もそれを実感した。何でも話してくれたし、隠しごとはいっさいなかった。私を信頼してくれて——こちらも彼女を尊敬し、しっかりとした考えの持ち主だと認めていたし、疑念を抱くことは（ほとんど）なかった——その気になれば巧妙な作り話を機械のごとく紡ぎだすこともできるのに、それはしないと決めているようだった。私は、幸運に恵まれたことを感謝した。『たとえ裏切られたとしても、君を称えてしまうだろう』愛とうぬぼれに酔って、そんなことを口走った夜もあった。

自分には、物事を達観できる強さがあると無邪気に思いこんでいたんだ。それに、レダの悪さと言っても、たいていは他愛ないものだったからね。

ラビニアのことを話していなかったね――ベブレンは、足元にいる猫の頭をなでながら、話をつづけた――レダの飼っていた猫なんだ。毛がふわふわで、黒とカフェオレ色のぶちがあった。顔は仮面のように半分ずつ別の色で、片方は黒く、もう片方は白い。外見は貧しい家の猫みたいだったけれど、レダの魂を宿していて、信じられないくらい彼女に似ていた。ねだるのが上手で、いつも巧みに相手の気をひいて、たぶらかしてしまう。たくらみがばれそうになると、あどけないしぐさで、はぐらかした。気むずかしいところもあって、清潔好きだから、食事のあとは貴婦人のごとく、口ひげをきれいにしていた。いつだったか、ラビニアが愛想よく私を迎えてくれたことがあったんだ。いつも以上にじゃれるので、家の一員として認められたと思った。しかし、青いスーツをクリーニング屋へ持っていったときに気がついた。実はナプキンがわりにズボンを使いたかっただけなんだ。好意を寄せているふりをして、私をだましていたのさ。ラビニアにとって、レダ以外の人間は、どうでもよい存在だった。たったひとりの相手しか愛さない。レダもそうだった。

どこかフランスの田舎で一緒にすごそうと言いだしたのが、レダだったのか、それとも私だったのか、おぼえていない。ただしエヴィアンへ行こうと決めたのが彼女だったのは間違いない。それを聞いたときは、正直言っておどろいたよ。レダのことはよくわかっているつもりで、もっと俗っぽい場所を選ぶだろうと思ったんだ。同時に、少しがっかりもした。モンテカルロやカンヌの華やかな街を、彼女と腕をくんで歩けるかもしれないと考えていたからね。でも思いなおして、ひとりごちた。『むしろ良かったじゃないか。パーティーがつづくような場所へ行ったら、きっとレダを狙う男どもがいて、いらいらさせられる。でもエヴィアンなら、彼女を独占できるんだ』

あのころ、旅の計画を話しあうのが私たちの楽しみの一つだった。しかし日程などのこまかい点をつめて旅行が現実味をおびてくると、ロンドンでの二人の生活を中断するのが惜しい気もしてきた。それでも、レダの希望に背くことは、私だけでなく誰にもできなかったので、旅行へ向けて気持ちを切り替えた。解決しなければならない問題もあってね。レダの両親が疑いの目を向けて勘ぐりはじめたんだ。そのうえレダの夫が一緒に行くと言いだした。そうしたことはレダから聞いて知っていたものの、彼女の家族は、おそらく本能的に、他人の前では疑念や不平を口にしなかった。老練なレダの両親は、私をとまどわせようとしてうわべをとり繕い、旅行に賛成しているふりをしていたんだ。レダの夫も、彼ひとりでは誰も誘ってくれないので、レダが留守のあいだ相手をしてほしいとわざと私に頼んだりした。レダは、家族の芝居のせいで自分が嘘つきだと思われないか心配しながらも、旅行の準備をつづけていた。服を仕立てさせ、爪の手入れをし、美容院へ出かけたり、買いものをするのに忙しかった。だから昼間は会う時間がほとんどなかった。夜はもちろん家族とすごさなければならず、私としては、あきらめざるをえなかった。『電話で話せるか』とため息まじりにつぶやいたりした。実際、短い挨拶ぐらいだったが、レダは機会を見つけて電話をくれた。旅程が別々でも、あとで一緒になれるだろうと期待していた。しかしその望みも徐々に失われていった。もはやその可能性がないとわかったとき、レダは私に告げた。『いとしい人、ようやく出発できることになったわ。でも残念な知らせがあるの。いとこのアデライダ・ブラウン＝セカードと姪のベリンダが一緒なの。でないと、エヴィアンに行けないのよ。だから別々に旅行してロワイヤル・ホテルで落ちあいましょう。ひとりぼっちの旅はつまらないと思うから、ラビニアを預けておくわ。一緒につれてきてほしいの。わたしのいちばん大事な……もちろん、あなたの次だけれど、大切な猫だから』彼女の言葉を聞きながら、私は喜び、落胆し、必死に気を落ちつけた。暗い気分のまま、心の中でつぶやいたよ。『姪と一緒か、随分とひどい話だな《オ・ノラ・トゥ・ヴュ》』

私が先に出発する予定だったので、旅先でしばらく猫とすごさないといけないのが憂鬱だった。しかし旅程が変更になって、まずレダがジュネーヴへ飛んだ。ラビニアをつれて飛行場へ着いたとき、レダが待っていた。

車でエヴィアンへ向かい、市内に入るころには日も暮れかけていた。ふと、ホテルへの到着をできるだけ遅らせたいという衝動に駆られてね。なんとか時間を長びかせて（まるで運命にひき裂かれる恋人のような悲愴な気持ちで）彼女を自分のそばにひきとめたいと思った。背筋をぴんと伸ばして座るレダを見つめながら、彼女が旅行中のつまらないことばかり話している気がしてきた。『なんだか、きれいになったね』何気ない口調で言いながら、思わずレダの手をとった。レダは、誹謗や中傷に敏感な女だったが、私の言葉にそうした響きを感じとることもなく、称賛として受けとめて、居住まいを正した。そうした身のこなしや、長い首、髪型、信じがたいほど魅力的な視線が一瞬、鳥のように見えた。本当に鳥だったらよかったのかもしれない。しかしそこにいるのは、間違いなく愛するレダだった。はじめて彼女の美しさがつらくなり、遠くへ行ってしまった気がした。『ここで降りてホテルまで歩こうか』ホテルの庭園の入口で切りだした。『ラビニアに運動をさせたほうがいい』反論できないように、理由を言いそえた。二人でしばらく黙って歩いていると、不意にレダが、私のおそれていたことを口にした。『ホテルの部屋は別々の階で、今晩は一緒にすごせないの。明日はたぶん……』私は何も答えなかった。

ホテルの受付係から宿帳への署名を求められた。部屋番号を告げられたとき、『湖側の部屋かな?』と尋ねた。『そうです』という返事を聞いて、『それなら、山側に変えてくれないか。南向きがいいんだ』と頼んだ。『細かいことを気にするのね』レダの言葉には、とげがあった。そんなことは、はじめてだった。『愛する女の機嫌を損ねるなんて、悪いきざしだな』と心の中でつぶやいた。『同じ階で、部屋だけ変更できるかな?』と受付係に確認した。我ながら、良い判断だったと思う。『もちろんです』と受付係が答えた。レダは明るい声で、朝食をとるテラスについて説明してくれた。そのあと、ペンキが塗られたばかりのバロック風のエレベーターに乗りこみ、二階へあがった。ひろびろとした回廊があり(ホテルが建てられた当時は、まだ土地もあり余っていたと思う)染みひとつない緑色のじゅうたんの上を歩いた。部屋も広くて(ラベンダーの香りがしていたと思う)若いころに訪れた、人里離れた別荘の寝室を思いだした。壁紙は灰色で、ピンク色の絹の布地がセミダブルベッドの銅製の支柱を覆い、繊細な調和をかもしだしていた。『この部屋なら、きっと楽しくすごせるだろうな』部屋を見た瞬間、啓示を受けたように思わず叫んでいた。レダがキスをしてくれた。その日一番長いキスだった。『また明日ね』と言い、猫を抱いて、去っていった。

荷物を片づけて、湯につかり、理髪師のごとく身なりの確認をしてから、食堂へ降りていった。ホテルには、客の姿はほとんどなかった。いとこや姪と一緒に、レダがくるかもしれないと気にしながら、食堂の入口を向いて軽い食事をとった。しかし何も起こらず、そのまま部屋へもどった。テラスへ出て、煙草を吸った。刈りとられた芝生の匂いをかぎ、カエルやコオロギの鳴き声を聞いた。ベッドで横になったものの、眠れそうになかった。あれほど悲惨な状況はないと思う。情夫という立場では、たとえ腹が立っても、正しい怒りなのかわからないし、文句も言うわけにもいかない。エヴィアンの滞在が台なしになったと思いながら（そんなことを考えていたなんて、今では信じられない）、私は一晩じゅう、心の中でレダをののしっていた。もちろん既婚の女性は慎重に行動しなければならない。信頼できる者をともなって身を慎むべきで、その相手がいとこであってもかまわない。頭ではわかっていた。それでも不愉快な気分がぶりかえしてくると、翌日レダに言うつもりで、あれこれと辛辣な言葉を考えて、覚えたりしていた。

翌朝は鳥の声で目がさめた。テラスへ出て、山の中腹に広がる森をながめた。下を見降ろすと、若い女たちが大鎌を手にして、ホテルのまわりの芝を刈っていた。従業員が朝食のトレーをテラスへ運んできた。『みんなで庭園《ペルーズ》の芝をととのえているんです。もうすぐ大勢のお客さんがこられるので』と説明してくれた。

大勢の客がくるとかこないとかはどうでもよかった。レダは、一緒にテラスで朝食をとろうと言っていたが、待つだけ無駄だとわかった。

朝食を終えてから、庭園を通りぬけ、森の奥へ入ってみた。鬱々とした気持ちで、切り株にこしかけて、落ちこんでいたと思う。私が嘆いていたのは、レダの愛を失ったことだけではなかった。老い先の短い白髪の老人となってから、悲しい日々をすごすために高価なホテルで湯水のごとく金を費やし、残された時間を無駄にしている。そんな自分が悲しかったのだ。金のことは、すべてコロンバッティという（扁平足で、顔が青白く、黒い服に身をつつんだ）代理人の手に委ねて――実際の手も大きかった――ずっと気ままな人生を送ってきた。それでも時々、目が覚めたら一文無しになっているという小説じみた恐怖を感じることもあった。

昼食の時間をすぎていたので、ホテルへもどらなければならなかった。食堂もやたらと広くて、しかしほとんどのテーブルに客の姿はなく、食事をしているのは、昨日の夜と同じ顔ぶれだった。リヨンの大企業を所有している一族、フランス人の俳優（とても有名なやつ、もっとも給仕頭《メトル・ドテル》が教えてくれなかったら、気づかなかっただろう）。ホテルにきてから何回か見かけている若い男もいた。丸々として、顔色はレンガのよう、たるんだ頰を膨らませて食べている姿が間抜けそうで、目ざわりだった。もうひとり、若い女がいた。とても素敵で美しく、以前会ったことをすぐに思いだした。ランケルという名前で、随分と昔のような気もするが、モンテカルロのテニスクラブのティーパーティーで、ほんの少しだけ話をしたことがある。

部屋へもどろうと思い、エレベーターを待っていた。ラビニアでもいれば、わずらわしくても多少は気も紛れるのにと考えていたとき、レダがあらわれた。彼女は大きな声をあげてから、小声でつぶやいた。『今日はジュネーヴへ行くから、すぐに出発しないと』

それまでの経緯があったので、出発すると言われても、誰と行くのか、つまり私となのか、それとも、いとこや姪となのかわからず、とまどっていた。『どうしたの？　早く準備してよ』と促されて、風向きが変わったことを理解した。

外套を手にとり、まるで逃げだすようにホテルを出た。ジュネーヴについたとき、私たちを駆り立てたのが、レダの思いだったことを知った。急いでそこを訪れる理由はなく、あっても、単なる口実程度のものだった。ジュネーヴへやってきたのは、心躍るほど素晴らしく晴れわたった空のもとで、一緒に歩きたかっただけらしい。湖から吹きあがる水柱やローヌ川の魚をながめ、コラトュリー通りの本屋を何軒かのぞいた。大通りでも本屋と骨董屋を見てまわり(不死鳥の形でガーネットが埋めこまれた、ガラス製の文鎮を見つけて、レダに贈った)、オー・ヴィーヴ公園でひと休みしてから、ベアルヌ料理のレストランで食事をした。公園にいるときだったか、それとなく、ホテルへ行くことをほのめかしたんだ。『おかしなことを言うのね』とレダが答えた。『ロワイヤル・ホテルに部屋があるじゃない』その言葉どおり、エヴィアンへもどってからも、レダは私と一緒にすごし、翌朝もテラスで朝食をとった。レダがローザンヌへ行くことを提案したとき、いつでも出かける準備はできていると答えた。彼女は、とても魅力的な表情で微笑んでくれた。『今夜の最終湖船で行きましょう。桟橋のところで、十一時ね』と言って、私の額にキスをして、去っていった。

待ちあわせまで、長く無意味な時間をやりすごさなければならないが、もう落ちこんだりしないと決めた。レダとの幸せな時間が私に力を与え、夜十一時まで支えてくれるだろう、とね。とりあえず、細長い浴槽につかり、ゆっくりと服を着て、ホテルの庭園へ出るつもりで階下へ降りた。出口の手前で、ボビー・ウィリアードに出くわした。君は彼のことを知っていたかな？　発達障害だが害のない男で、会ったとたん、堰を切ったようにエヴィアンの町を悪しざまに言いはじめたんだ。ボビーによると、エヴィアンは死ぬほどひどい町だった。『こんなひどいところは、バース以来だよ』と私に耳打ちして、忍び笑いをもらした。ロワイヤル・ホテルに客がいないことをくどくどと話し、『一人もいないよ、一人もね』と繰り返した。私は、愛する女について語りたいという衝動と、うぬぼれもあって、彼に反論した。『でも、レダがいるよ』しかし、そんなことを言うべきではなかった。ボビーは勢いこんで、語気を強めたんだ。『あの売……いや、あの女の噂を知らないのか？ 誰とでもやるそうだよ』私はその場からできるだけ離れたくなり、ピアノ室へ飛びこんだ。誰もいない部屋で、しばらく冷静になろうと努めた。あの愚かな男のせいで、ひどく不愉快な気分だった。少し落ちついてから、コンシェルジュに、ローザンヌのホテルのパンフレットを頼んだ。三、四冊のパンフレットを持って、刈られたばかりの芝生の真ん中で、キャンバス地の椅子に身を横たえた。のんびりと時間をつぶすつもりで読みはじめ、何気なく周囲を見渡して、レダの部屋のバルコニーで目がとまった。両開きの扉の、窓ガラスのひとつに、愛するレダの影が映っていた。部屋の奥から別の影が浮かびあがり、窓ガラスの中でレダの影とかさなった。『姪にキスをしたのかな』背丈がレダと同じくらいで、目の錯覚だと思った。自分のいる場所の角度からだと、そう見えるのだろうと考えて、面白い発見をしたつもりだった。しかし、いつだかわからないが、キスをしたのは姪ではなく、男だと気づいたわけだ。おかしなことを言うようだが、あの瞬間こそ、世界を分かつ標石だったと思う。最初は気づかなかったものの、やがてそのことがはっきりとわかり、二つの世界の境界だったことを知った。ひとつは、私とレダがいた普通の世界。もうひとつは、それまで知らなかった世界、運命にみちびかれて足をふみいれた、とても不愉快な世界だ。目の前が真っ暗になり、読んでいたパンフレットが、まるで毒虫のように手から滑り落ちた。混乱しながらも、冷静に素早く頭をはたらかせて、自分でも奇妙な感覚だったよ。受付へ行き、既婚か未婚か知らなかったが、ブラウン＝セカードというレダのいとこと、連れの女の子について尋ねた。そんな宿泊客はいないという返事だった。私は宿代を計算してもらい、支払いをすませてから、部屋へもどった。そのときになって、心の底から悲しみがこみあげてきた。荷物をまとめながら、まるで目の見えないコウモリのごとく部屋をうろうろして、あちこちの壁にぶつかった。やり場のない怒りとともに、みじめな気持ちで部屋を出て、ホテルのバスで埠頭へ向かった。そこで一時間以上待っているあいだ、悶々と考えた。本当にレダが男とキスしているのを見たのだろうか（その答えは今も出ていない）、とどまるほうが賢明ではないか、そんな誘惑も感じた。『いや、残るのは意気地がないからだ』とつぶやいた。たぶん心の奥底で、もはや不安や悲しみを感じることなく、レダと一緒にいることはできないと気づいて（それは男の理屈で、本当の理由は自尊心だと、女から反論されるかもしれない）彼女のもとを去ったのだろう。湖船へ乗りこみ、湖を渡りながら、自分の運命は自分で決めるものだと思っていた。実はあのとき、不意に大きな白い鳥の群れが頭上を飛んで、何かの前兆のように感じて胸騒ぎがしたんだ。

人生なんて、行き先もわからぬまま小舟に乗っているようなものだ。あのときのことを思いだすと、私自身がそれを象徴しているようで、おかしくなる。ローザンヌのどこかに滞在したはずだが、尋ねられても場所は覚えていない。記憶にあるのは、それがとても奇妙な一日だったことだ。とりたてて何もせず、ただぼんやりと、窓から対岸の景色を眺めていた。ずっと見ていたので、今でもロワイヤル・ホテルの様子をはっきりと思い浮かべることができる。夕暮れを迎えて、線状につらなる照明がホテルを照らしだした。窓を向いてそんな光景を見ながら、机にひじをつき、目を閉じて、眠りこんでしまった。とても疲れていたのだろう。そのまま朝まで眠っていた。

私が眠りこんだあと（机に頭をもたせかけ、湖に面した窓を向いていたので、一瞬でも目を開ければ気づいたはずだ）、ロワイヤル・ホテルは炎につつまれた。その騒ぎでみんな眠れなかったらしい。しかし私だけは、ホテルにレダがいたにもかかわらず、眠りつづけていた。

湖船へ乗りこんだときから、何かに操られていた気がする。まるで無理矢理に眠らされていたようで、翌朝になっても、窓の外を見ることは許されていないかのごとく、部屋の奥へひっこんでしまった。レダから離れると決めたときに、何をするべきか定められていたのかもしれない。自分でも不思議だが（それもすべて運命だったのか）朝食前にわざわざ電話でロンドンと連絡をとり、その日のうちに帰宅すると告げていた。退路を断つつもりだったが、その電話で、昨日の夜に代理人のコロンバッティが拳銃で自殺をはかり、瀕死の状態で病院にいることを知って、帰らざるを得ない状況になった。『朝一番の飛行機でもどる』と伝えたあと、守衛と話して、航空券を手配した。十一時までに飛行場へ行かなければならず、時計は八時半をさしていた。朝食をたのむと、スイス人の女がすぐに運んできてくれた。とても若くて、にぶそうな女で、自分の関心事しか頭になく、私の知らない話題だと気づきもせず、夢中で話していた。『全員死んだそうなんです』最後に二、三回繰り返した。『どこで?』と女に尋ねた。『ロワイヤル・ホテルの火事ですよ』それを聞いたときの私の心境は、想像にかたくないと思う。

しばらく頭が真っ白になり、何も覚えていない。たぶん窓から対岸を見て、うっすらと立ちのぼる煙に気づき、最悪の事態を悟ったのだろう。湖船の第一便でエヴィアンへわたるつもりだった。しかしエレベーターボーイから、火事で死んだ人間はいないと告げられた。守衛も、エレベーターボーイやほかの従業員たちの話をふまえて、同じことを繰り返した。『亡くなった方はおられません』

それでも、一刻も早く湖をわたり、レダの顔を見て、抱きしめたかった。起こりえたかもしれない災難をまぬがれたのだから、彼女に会ってその肌に触れたかった。この世には、裏切られるよりもつらい出来事がある。火事と誤報は、そのことを思いださせる合図だったのかもしれない。あのとき、レダの死がどれほどつらいものか痛感したはずだった。それなのに、彼女が生きていると知りつつ自尊心に固執して、私は運命にいどむことになってしまった。

守衛もうるさくつきまとってね。守衛は、十一時の飛行機の便を手配できたことで得意になっていたんだ。『ロワイヤル・ホテルでは、誰も亡くなっていませんよ。私の言葉が信用できないのですか』と、こちらの気持ちを読んだかのごとく、声高に主張したりした。最初はレダのところへ駆けつけて、抱きしめるつもりだったが、あれこれと考えてしまった。あまり早く会いに行くと、レダを怒らせてしまうかもしれない。彼女が二股をかけていて、私ともうひとりの愛人と別々に会うつもりだったとしても（確たる証拠はなかったものの、あのレンガのような顔色の、頬のたるんだ男が恋敵だと思っていた）、そのための場所がなくなっている。そうした状況で、不愉快なエヴィアンへもどった場合、私にかわって何年も財産を管理してくれた、忠実なるコロンバッティはどうなるのか。中庭しか見えない独房のごとき部屋で、彼が机に向かって黙々と仕事をしてくれたおかげで、私は愛想のよい人たちの声に耳を傾けながら、世界を飛びまわることができた。そのコロンバッティが、主人からのねぎらいの言葉も、別れの挨拶もないまま、ただひとりロンドンの病院で死を迎えようとしているのだ。

運命はふたたび私をレダからひき離した。十一時の飛行機に乗りこみ、感謝の言葉を伝えるため、コロンバッティの元へ駆けつけた。しかし自殺を図ったあの男は、私が到着する直前、まるで別れの握手から身をかわすように、退院していた。リヴィエラへ向かったらしく、おそらくモンテカルロに行ったんじゃないかな。もしかしたら、私が乗ってきた飛行機の、折り返しの便に搭乗していたのかもしれない。たぶん頭に包帯をまいたままね。ひとつだけはっきりと言えるのは、包帯で目隠しをされたように、私の目が節穴だったことだ。信じられないかもしれないが、急にいなくなって体調は大丈夫なのだろうかと、しばらくコロンバッティのことを心配していたんだ。もちろん、現実を顧みることなく、いつまでも愚かなままでいられるわけではない。昼食のあと、コロンバッティが競走馬に入れこんだり、キャビアをふるまったり、高級娼婦をかこっていたことを知った。やつの机を調べて、盗みをはたらいていた証拠を見つけたんだ。私は文字どおり、一日で一文無しになった。それどころか、持ちものをすべて売っても、まだ借金が残っているという事実をつきつけられた。

あの夜、レダのことはすっかり忘れていた。理解しがたいかもしれないが、たぶん経験がなかったから、金の苦労をすると考えただけで震えあがったんだ。ひどく落ちこみ、戦々恐々としていたんだと思う。我が身にふりかかった不幸を、何かの罰ではないかと考えた。それまで犯したかもしれない無数の罪を思い浮かべて、自分を責めつづけた。レダが焼け死んだと思ったときよりも悲嘆にくれて、ベッドへもぐりこんだ。しかし眠れず、翌日まで、もしかしたら、あの黒人があらわれるまで、一睡もしなかったのかもしれない。

物音ひとつしない静寂の中で、それでも何か聞こえたから、目を覚ましたのだろう。あの男が、かたわらの椅子に座っていた。上着を着た、きちんとした身なりの男で、肌が黒かった。不安を感じるほど、つぶらな目をしていた。使用人を呼ぼうとして呼び鈴のボタンを押したが、反応はなかった。それまで忠実に仕えてくれた連中は、私の苦境を察知して、難破しかけた船からネズミが逃げだすように消え去っていたんだ。

黒人の男は、幻などではなかった。肉体を持ち、素朴な力強さをただよわせながら、現実を現実たらしめる多くの些細な事物と同じく、そこに存在していた。そんな現実の存在でありながらも、ひとつの摂理によって私のところへ送りこまれたことは間違いなかった。その男は外交官、正確にはアフリカで新しく誕生した国の文化担当官で、どこかの博物館の運営を私に委ねるため、政府の代表として契約をとりつけることが目的だった。交渉中、前払い金がいくらになるかという話が出た。軽く言及された程度だったが、その金額は忘れなかった。というのも、コロンバッティが手をつけていなかった資産、つまりアパートと二軒の貸家、数ヘクタール程度の土地を売って、それでも返済しきれない借金と同じ額だったからだ。『博物館の運営ですか』と私は尋ねた。男は『美術館です』と答え、念を押すように『現代美術です』と言いそえた。『そこで呼び子でも吹くんですかね』俗っぽい言い回しで尋ねてみたが、男は意に介さなかった。『作品はもう入手して、建物もできているので（この芸術の殿堂こそ、つつましき我が国の首都におけるもっとも重要な建築物だと自負しています）、収蔵品の分類と展示をお願いしたいのです。もちろん、いずれは新しい作品を購入しなければなりません。その際は……』と早口でまくし立てるので、ゆっくりと話すように身振りで伝えたあと、先をうながした。『これは大統領の言葉で』と前置きして、男はつづけた。『時代はアフリカへ向かって流れている。我々こそ未来なのです』と言い、大統領の受け売りか、自分の考えかわからない主張を述べた。『未来への投資が、我々の目指す冒険です』。男は、いずれ目覚めの日がくると予言し、その結果『醜悪と言うか、悪しき教義に染まった連中を楽しませるだけの』芸術は、すべて巨大な金塊を詰めただけの、ただの箱にすぎないことが明らかになると断じた。『我々は聖パウロの肖像画ではなく、ピカソやグリス、とりわけペットルーティの作品を収集しています。加えて申し上げれば、美術館入口の前には我が国を称える作品があり、それは（お喜びいただけると思いますが）貴国の誇る彫刻家ムーアの手になるものです』。男は、芸術に関する予言が的中しなかった場合にも言及した。『そのときは、我々だけでなく、有望と思われた芸術家や画廊のオーナー、その筋の専門家、売買に携わった人間、上流社会のご婦人方、銀行家、大企業すべてが間違っていたことになります。我々の手元に残るのは金塊ではなく、無価値で換金性のない粗悪な偽造紙幣のような、へぼ絵描きの作品だけ。そうなったら、血のめぐりが悪く、柔軟な精神を欠き、新たな芸術を理解できない老人たちが歓喜の声をあげるでしょう』。最後に、彼自身だか大統領の考えだか知らないが、反動主義者や植民地主義者や奴隷商人の称賛を得るよりも、若者とともに祖国を滅ぼす道を選ぶと宣言し、それなりの威厳をもって話をしめくくった。

目の前の男は現実の存在で、しかしその申し出は、間違いなく神の摂理にのっとっていたと思う。なぜなら条件をのんだ場合、私は煉獄のごとき場所へ赴き、罪を償わないといけないからだ。提示された前払い金が借金と同額である点にも神意を感じた。結局は金の問題が決め手だったが、なんだか魔法にかけられているようだった。『わかりました。それで、いつ出発したらよろしいでしょうか』と尋ねた。『お好きなときに』あたかもこの世のすべての時間を与えるかのような、いかにも外交官らしい鷹揚な態度を一瞬見せたあと、男はつづけた。『今日は水曜日でしたね？　たとえば土曜日とか、よろしければ、明日の便はいかがでしょう』。それに対する自分の返事が、まるで別の人間の言葉のように感じられた。『話がそれだけなら、明日でも土曜日でも、やることは大して変わりませんから』。男は小切手をわたし、飛行機が一時二十分発なので、翌日の零時に車で迎えにくると言った。熱帯なので厚手の外套は必要ない等々、いくつか服装の指示をしてから、去っていった。

私は午前中に領事館と弁護士事務所を訪れた。午後、もう一度弁護士のところへ行って、財産処分と借金返済のための委託書類に署名した。そして弁護士費用を捻出するために、絵とか家具とか、アパートにあるものをすべて競売にかけてほしいとたのんだ。家財道具は、ほとんどそのまま置いてきた。荷物は、数枚の服を入れたスーツケースと、一枚だけ持っていたレダの写真だった。写真を見れば、レダが本当にきれいだとわかってもらえるだろう。あとで小屋へ行って、とってくるよ。ただし残念ながら、ピントは前景の猫にあっていて、レダは少しぼやけているんだがね。

考える暇もなく、私は用意された飛行機に乗りこみ、酔いどめを一錠飲んで眠った。目的地へつき、役人たちに迎えられた。空港では音楽が奏でられ、お決まりのパターンだが、歓迎式典で大統領とワインを飲み、建国の父の墓に花輪をたむけたあと、美術館で解放された。そこでようやく我にかえり、私の苦悩がはじまったんだ。

並んでいる絵画や彫刻を見ながら、自分をとりもどした。どこにいるのか、何をしたのか、何を失ったのか、ようやく悟った。みずからの意志というよりも、運命に導かれるように、私はレダのもとを離れた。彼女がどうしているのか、知る由もなかった。ロンドンでは、新聞を読む間もなかった。コロンバッティの着服騒ぎと、アフリカ行きの準備であわただしかったからね。自分でもどうかしていたと思うが、火災の死者はいないとローザンヌの守衛から聞いたあと、それが事実かどうか確認もしなかったんだ。この国についた日から、さまざまな疑問が頭をめぐった。レダは生きているのか、本当に男と一緒だったのか、一度のうらぎりは愛よりも重要なのか。しかしあれこれと考えたところで、契約で拘束されているし、イギリスへもどることはできない。具体芸術やら具象画やらが並んだ回廊を、私がどんな気持ちで歩きまわっていたか、想像にかたくないだろう。言うまでもなく、囚人が刑務所の壁を見るように、苦々しい思いでながめていた。

美術館で我にかえったが、夢の中で目を覚ましたような感覚だった。まわりの現実を、なかなか現実として認識できないんだよ。たとえば、私の部屋は館内の右側にあったけど、しかし当時のことを思い浮かべると、左側にあった気さえする。何の希望もなく、おそらく誰も気づいていなかっただろうが、精神的におかしくなっていたと思う。そんなある朝、机のファイルの上で、思いがけず自分宛ての電報を見つけたんだ。『ラビニアが火事で死んで、ひとりぼっちです。わたしが行くか、あなたがくるか、局留めで電報を。レダ』と書かれていた。レダは生きている。でなきゃ、つじつまがあわない。読み終えた瞬間、自分の疑念が杞憂にすぎなかったことを知った。それはまぎれもない愛の証だった。エヴィアンでの出来事があったからではなく、それ以前から、私はレダの愛情に確信が持てなかった。しかし、どれほど信じがたいことに思えても、事実が物語っていた。私自身の魅力とは関係なく、運命がそんな幸せをもたらしてくれたんだ。

すでにロンドンでは、コロンバッティの着服と私の破産が知れわたっていたはずで、それを承知で、レダはみじめな私を迎えるか、さもなければアフリカへくるつもりだった。女がしばしば刹那的に生きることは承知している。過去を忘れ、未来など存在しないかのごとく、男のために自分の乗ってきた船を焼いてしまうこともある。しかしそれは何の保証にもならない。船などなくても、そのうちに泳いで去ってゆくからね。そうした行為は、たとえ自分の意志であったとしても、精神的におかしくなければ、普通はできない。しかしレダは、私が知るかぎり、もっとも聡明な人間だった。むしろ私こそ、どうかしていたんだ。電報は運命からの贈り物で、あたかも魔法のごとく自分の境遇を一変させる気がした。早く返事をするべきだったのに、レダの指示にしたがわず、彼女の求める電報ではなく、長々と手紙を書いて、不幸を招き寄せてしまった。

もっとも、困難な状況に直面したとき、より確実な利益を約束する選択肢があったとしたら、それを無視することは簡単じゃない。あのとき私の前には、ほどくべき結び目があり、本当はさっさと切ってしまえばよかった。しかし、そんなことができただろうか。電報で説明できる話ではなかった。私が無一文になったことを、レダに納得させておく必要があった。ヨーロッパへもどって暮らすといっても、ただの貧しい男なので、以前のようなわけにはいかない。それに契約で拘束されていることも説明しておきたかった。一年間はパスポートを手にすることができない。国外へ出ることは許されておらず、もし逃げだそうとしたら、刑務所に入れられてしまう。もうひとつ、ここがどんな国かを説明しなければ。レダの覚悟がどれほどであっても、きっと退屈して私を憎みはじめるだろう。そして二、三回旅行したあとで、酒と、おそらくは黒人の若い男にのめりこんでしまう。すべてのことを理解させたうえで彼女を迎えるには、どうしたらいいのか。

その週末、手紙を書いてはやぶり、そんなことを四、五回繰り返した。ようやく投函して、返事を待った。電報か手紙か、あるいはレダ本人がやってくるかもしれないと考えて、一日千秋の思いだったよ。最初のうちは、まだ余裕もあった。しかしほどなく不安にかられて、レダが愛してくれているという確信は、彼女の機嫌を損ねたかもしれないという当惑と恐怖に変わった。私はあらためて電報をうった。『こちらが行くべきか、そちらがくるか、電報を乞う』あのとき、レダにきてほしいと言われたら、どうするつもりだったのか。

返事はこなかった。連絡も、何の音沙汰もなかった。ふたたび長いあいだ待ちつづけて、ようやく便りが届いた。一通の手紙で、最初はレダの筆跡だと思ったものの、差出人の署名がアデライダ・ブラウン＝セカードとなっていた。レダのいとこは、本当にいたんだ。手紙を見てもらえばわかるので、すぐに持ってくるよ。私は、なぜレダ本人が書かないのだろうといぶかしみ、事情が飲みこめぬまま、手紙を読んだ。そこには、たしなめるような調子で、強い信念と慈愛を感じさせる文章が記されていた。私が自尊心に縛られていなければ、レダの深い愛情を理解することができただろうと書いてあった。男はみんな自尊心のために、愛を犠牲にしてしまう。たしかにレダは自分の気持ちに負けたかもしれないが、そんな彼女を罰するために、私は感情を押し殺した。そのくだりを読んで心が痛んだ。そのとおりだったからだ。私はレダを置きざりにした。彼女がどんな思いで火事から逃れたのかも考えず、エヴィアンへもどることもなく、ロンドンに飛んだ。その翌日アフリカへ発ったあと、レダはロンドンへもどり、私の行き先がわかると、急いで電報をうった。しかし私はすぐに返信せず、手紙を書いて、しかも何日もたってから返事をした。その数日間のレダの苦しみは、たえがたいものだったんだ。もはや外見をとり繕うどころではなく、彼女の悲嘆は両親や夫の知るところとなり、おそらく理由も推測できただろうが、今となってはどうでもいいことだ。馬鹿げた話で（認めたくなかったのか、何度も読みかえしたよ）ある朝、郵便局から出たレダは（朝と午後、局留めで何か届いていないか尋ねていたんだ）トラックがくるのに気づかず、道を渡ろうとしたらしい。目撃者の話では、トラックの前に飛びだしたそうだ。そんなくだらない形で、レダは死んでしまった。

手から落ちた手紙を拾うこともなく、私はただ茫然としていたと思う。レダの死について考えたとしても、その死を受け入れられるわけではない。彼女を失ったことも知らず、アフリカで何をしていたのか。心の底から悔んだよ。その日以来、酒におぼれ、あちこちをさまよい歩いた。レダと同じく、トラックに轢かれて死ぬつもりだったのかもしれない。あるいは、貧民街とか周りにあるジャングルとか、そんな場所で朽ちてしまいたいと思っていたのだろう。

当局は、仕事をなげだした私を探しだして、美術館へつれもどした。訓告を与え、法廷での処分をちらつかせたが（裁判と言っても、いい加減なものだ）、結局はあきらめて、私のことなど忘れてしまった。

酔った頭で、よく自分に問いかけた。ジャングルに囲まれたこの巨大な貧民街であれば、何が起こっても不思議ではない。時間さえあれば、どんなものでも、つまりあらゆるものを見つけられるかもしれない、とね。ある日、たまたまこの店の前を歩いていて、通りからレダを見かけたんだ。

店の主人を尋ねると、とても体格のいい二人の黒人があらわれた。彼らは協会員という名前で呼ばれていた。働かせてほしいと頼みこんだ。『仕事はない』と言われたが、すぐに嘘だとわかって、そのまま居ついたんだ。仕事はいくらでもあった。グラスを洗い、床板に消毒液をまき、女たちが商売をする部屋の掃除をして、いつの間にか三年経ったよ。金はまったくもらっていない。それが協会員のやり方なんだ。料理の残りがつねにあって、ひどい食事だが、文句はない。夜は、察しもつくだろうが、薪小屋で寝ている。こういう店で働いているのに、なかなか酒が飲めないと言ったら、おかしいと思われるかもしれないな。しかし、金を持っていないやつは飲めないからね。随分と長いあいだ、飲んでいなかった気がする。

さっき言った女だが、レダではなかった。まず服装から違っていて、哀れな女たちのような安っぽい派手な格好なんだ。いつも貴婦人らしく着飾っていたレダとは雲泥の差があった。呼び名も違った。本名は知らないが、レトという妙な愛称で呼ばれていた。ほかにも違う点はある。レダのほうが若いし、上品で美しい。それでも日が落ちて、一杯飲んでしまえば（まだいくらか金があったんだ）、彼女はレダだった。私はレダの幻影にとりつかれていた。しかしある日の午後、その女の顔をながめながら、顔だけがレダとそっくりでも、何の意味もないのではないかと自問した。幻想は一瞬にして崩れ、私は悲しみに震えた。

ほどなくして、その女は若い男と出ていった。頭の悪そうな眼つきの男だった。今あらためて考えれば、レダとは似ても似つかない女だったよ。

私はずるずると、何かを待つように、この薄汚れた場所にとどまりつづけた。歳月が流れ、今年の二月、この辺りでメディオ・ムンドと呼ばれていた大きな家で火事があり、そのあとラビニアがあらわれたんだ。

猫なんてどれも同じだと思うだろうが、それは猫のことがわかっていないからだ。くだらない能力かもしれない。しかし精通すれば、たとえば医者が病人を、整備士が機械を見わけるように、猫を区別できる。だから似ているのではなくて、本物のラビニアであることは間違いない。

もちろん、年齢がおかしいことはわかっている。ラビニアがエヴィアンの火事で死なず、何かの理由でアフリカへたどりつき、二度目の火事のあと、この安っぽい店にあらわれたとしたら、その分だけ年をとっている。しかし口元を見ればわかるだろうが、ここにいるのは、ちょうど私たちがエヴィアンを訪れたころの、二歳半の若い猫だ。だからと言って、二匹が別の猫だなんて思わないでほしい。これは本物のラビニアなんだ。レトのことがあったから、はっきりとわかる。似ているのと同一であることは、まったく違う。もし何か説明が必要なら、ニーチェとか他の連中が語っている永劫回帰を思いだしてもらえばいい。とりあえず一匹の猫について考えてみよう。まずホテルで火事が起きたとき、その個体を形づくっていた物質は、一度ばらばらになった。そのあと、何かの偶然が作用して、寸分たがわぬ形でふたたび結合した。

ただし純粋に物質的な解釈では、私の希望は失われてしまう。ラビニアの復活が、レダをよみがえらせるよりも容易だとは思えないし、残り少ない私の人生で、こんな稀有な現象がふたたび起こる可能性は皆無に等しい。私がどれほど過酷な天罰を受けているか、わかるだろう。死の世界からもどってきたのは、愛する女ではなく、愛する女の猫だったんだ。オルフェウスの神話が身につまされた。もっともオルフェウスは、ここまで皮肉な運命に見舞われることはなかったがね。

思いだしてほしいのは、たとえこの店のテーブルがヨーロッパや我々の国の、どこかの喫茶店を思わせるとしても、隣にはジャングル、つまり途方もないものを生みだす実験室のごとき場所があることだ。数年前、私はひとつの境界線を越えて、未知なる世界に入りこんでしまった。そこは運命の禍福に彩られた世界で、あらゆる人間があらわれる。今の私にとって、何かが出現したり、もどってきた場合、自然の出来事というよりも何かの印に見えるんだ。レトという近似的な人物があらわれ、猫は本物のラビニアで、次は君というわけだ。突然、自然の道理に反する話を持ちだして、驚かせたり、不愉快な気分にさせてしまったのなら許してほしい。ただ、君や他のものの出現によって、ひとつの像が描かれる。それはやがてレダになるんだ」

「船旅の途中で寄ったんだよ」私はあわててベブレンに答えた。この地にやってきた理由が突飛なものでないことを、できるだけ早く明らかにしたいと思ったのかもしれない。「これから船へもどるんだが、ひとつ言わせてもらっていいかな？　よかったら一緒にこないか。乗船券とパスポートを用意できないか、船長と話してみてもいい」

「いや、レダがあらわれるまで、ここにいるよ」ベブレンは、はっきりとした口調で言った。そして急に彼が大きな声をだした。つづいて別の叫び声が聞こえて、ぎょっとした。壁にいたオウムがベブレンの真似をしたのだ。ベブレンは、大きな黒人の男に人さし指で背中を強くこづかれて悲鳴をあげた。

「協会員のひとりだよ」とベブレンは言った。「私が仕事をさぼってるから注意しているんだ。女が借りていた部屋から出たんだな。掃除をしなくちゃならないが、すぐもどるから、ここにいてくれないか。小屋へ寄って、いとこの手紙（本当にあるんだよ）と、レダと猫の写真を持ってくるからさ」

「ひとつ訊いていいかな、この猫がラビニアかい？」

「そうだよ」と言い、黒人がにらんでいるので、ベブレンはあわてて中庭へ駆けだした。

猫はついてゆかず、こちらの足元へ寄ってきて体をすりつけた。その気になれば、つれてゆくこともできるだろうと考えた。

ベブレンを待たずに店を出た。二度と会うこともないだろう。はっきりと覚えていないが、支払いはすませたと思う。たまたま通りかかったタクシーで船へもどった。船内の独特な匂いを感じて、我が家へ帰った気分になった。喜びと安堵につつまれながら、自分の弱さを実感した。ベブレンの言うとおりかもしれない。得体の知れない不安がこみあげた。

偶像

El ídolo

コーヒーを一杯飲んで、少し頭がすっきりしたようだ。体はだるいが、こうでもしなければ泉のごとくあらわれる幻像に誘われて眠りこんでしまう。ふと、透き通るようなマイセン磁器の白さに目を奪われる。壁には小さい像のおそろしいほど鮮明な影が落ちていた。書物の神としても知られるホルス神の像で、私の取引代理人のパフヌティというコプト教徒がカイロから送ってくれたものだ。青銅製の古時計が時を刻んでいる。午前三時になれば中から三人の妖精があらわれて、明るく荘厳な三種類のメロディーをかなでるだろう。木製の机、革張りの肘かけ椅子、服の布地、指先の爪をじっくりと眺める。今夜はそうした物の存在をいつもより強く感じる。ある著名な作家は不眠症に悩まされると、紅茶をすすりながら執筆中の本の章を二つ三つ書き進めたそうだ。そんな話を思い出して、うらやましくなる。私も個人的な理由でひとつの物語を記さなければならない。それは私にとって大事な物語であり、もしかしたらこれを読む人にとっても重要かもしれない。どう筆を起こすか考えたすえ、こんな風にはじめることにした。

マルティン・ガルメンディアが私の顧客になったのは一九二九年のことだった。共通の友人だったリソ夫人の紹介で、私はブルネス通りの彼のアパートに家具を入れて、内装を手がけたのだ。仕事の出来映えは悪くなかったと思う。それ以来ガルメンディアとは顧客として、それ以上に友人としてのつきあいがつづいている。

あのときはじつによく働いた！　自宅のあるアルベアル通りからガルメンディアのアパートまでは五百メートルほどあり、そのあいだをランプやビロードやタナグラ人形をかついで何回往復したことか！　三つか四つの部屋の装飾を手がけて、別に自慢するわけではないが、センスのない人間では途方にくれるだろう難しい作業だった。たとえば居間は、部屋は真四角だが窓と扉が非対称になっているという問題があった。実を言うと、そこを見た瞬間は暗澹たる気持ちになった。机、長椅子、絨毯や蔵書――たとえばカントの本など友人やファンから贈られたようなものだけが並んでいた――がまったく調和していなかった。しかし芸術家としての理屈を並べて回想にふけるのはやめておこう。いまは室内装飾家としてではなく、一個人として書いているのだ。とりあえず私の仕事は品物に命を吹きこみ、その本来の力と魅力を充分に発揮させることだと言っておく。

作業が終わった数日後、ガルメンディアが私の店へやってきた。しばらく応対せず、店内を見て回る時間を与えた。数ではなく質を重視した私のコレクションの、本物の美しさに触れて、おだやかな気持ちになってもらうためだ。そのあとで、私の仕事に何か不満があるのかと尋ねた。ガルメンディアがあると答えたので、私は目を閉じてどんな苦情を言われても即妙な対応ができるよう身構えた。なかなか切りださないので薄目を開けると、ガルメンディアがショーケースの中のティーセットを指さしていた。それは白、水色、金、黒の磁器のセットだった。どうやらそれが気に入ったらしく、不満というのはまだ彼にその品を見せていないことだったのだ。ガルメンディアがティーセットの値段と産地を訊いてきた。最初の質問は彼のような収集家にとって大した問題ではなく、もうひとつは基本的なものと言ってよかった。私は適当に一脚分の値段を答えた。しかしカップの銘をたしかめ、書類を繰ってみたところ、知らない窯元のティーセットであることに気づいた。私は少なからず動揺した、いやむしろ愕然としたというべきだろう。とてもまずい状況で、私のような仕事をしているものにとってこの無知は致命的なのだ。やむを得ずルートヴィッヒスブルク産のティーセットだと適当に伝えた。それを訂正する機会もないまま、ガルメンディアはルートヴィッヒスブルクの町や城、その土地の磁器と名高い窯元の歴史、それから公爵家や王家の系図、グレーフェニッツ嬢の愛の伝記など細大漏らさず研究していった。私がブルネス通りのガルメンディアのアパートへ行き、華美な装飾の部屋で彼とのティータイムを過ごすとき、〝ルートヴィッヒスブルク〟は、手にとったり見たりして楽しむだけでなく、家主であるガルメンディアが蘊蓄をかたむけるための口実にもなっていた。

　つぐないのつもりでガルメンディアに便宜をはかり、時もたつと——理由としてはこちらが大きい——自責の念が薄れて、私はまた同じ過ちを繰り返した。とても稀少な三点の白磁《アン・ブラン・デュ・シン》——

ティーポット、ミルクポット、シュガーポット——を売ったとき、徳化白磁の贋作（正規品がほとんど出てこないので贋作でも同じくらい買い手がつく）だと言うべきところを広州産《ヴュー・カントン》などと、とりかえしのつかないことを言ってしまったのだ。また傷口が開き、心の中で負い目を感じていた。

それが影響したのだろう。私は定期的にヨーロッパで買いつけをしていて、最後に行ったのは一九三〇年だったが、商談をしながら何度となくガルメンディアの好みを満たすものを購入しなければという義務感に駆られた。

顧客には美しい品物を提供しつづけたいと考えていたので、私はフランス、イタリア、スペイン、ベルギー、オランダまで足を運んだ。そうした国々の、もっとも有名な骨董市を見て回った。パリのオテル・ドゥルオーやローマのバブイーノ通りをのぞき、さらにブルターニュ地方のグルニアック村のような険しい辺鄙な場所まで出かけていった。この村の城で競売がおこなわれることになっていたのだ。村へ到着したのは競売の二週間前で、私は知人の紹介でベラルドー夫人の家に滞在した。夫人は母性を感じさせる女性で、寡婦らしくずっと喪服を着ていた。その家にはトムソンという名のイギリス人も滞在していた。彼はリューマチを患っており、浴槽に砂を入れて、見たわけではないがおそらく裸で日中ずっとそこにつかっていた。夫人はトムソンが食堂で砂浴をおこなえるように便宜をはかった。

城にどんな人間が住んでいるのか訊いてみた。夫人の話では、グルニアック城の最後の当主は（演劇の放蕩者のような、つまり第三幕で車椅子に乗ってあらわれるのがふさわしいような人物で）乱痴気騒ぎによって身代をつぶし、体も壊したそうだ。誰と一緒に乱痴気騒ぎをしていたのか知りたいと思ったが、地元の人間かと訊いても——そう質問しただけで夫人は侮辱されたような顔をした——、パリなどからきたよそ者かと訊いても——そんなことはありえないと言うだけだった——、要領を得ず、いらいらしてきた。

「わかりました。言いたくないなら訊きませんから、どんな風に騒いでいたかだけ教えてください」

「それはひどいものでしたよ」

「たとえば」と言って、私は目を閉じ、空想の翼を存分に広げてみた。「グルニアック氏は、職を辞するまでは植民地の役人だったとか。もしそうなら、どんな乱痴気騒ぎだったか想像できますね。いまはひとりで部屋に閉じこもり、酒におぼれているわけですか」

「あの方はお酒なんか飲みません」と夫人がきっぱりと言った。「それに植民地の役人だったなんて、一体誰がそんな馬鹿げたことを言いました」

「そう怒らないでください」と私は言った。「しかしかなり派手に騒いでいたんでしょうね。体を壊すぐらいなら……」

「いちばん悪くなったのは目よ」私の言葉をさえぎって夫人が言った。

「視力を失ったのですか?」

「あの一族で、盲目にならず死んだ者はいないそうよ。悪性遺伝でしょうね。十五世紀の詩でもグルニアック家の人間は盲目になるとうたわれています。作者不詳の詩で、よろしければお教えしますよ」

私は夫人が朗誦したフランス語の詩を書きとめて、訳してみた。詩には盲目のことだけでなく、犬に対する崇拝や、通過儀礼としての狂気、そして（草原の香りのように無垢で素朴な）巫女たちの残酷な仕打ちがうたわれていた。それ以外のことも長々とうたわれていたが、内容はあいまいで脈絡もなかった。昨日の夢で思い出すまでフランス語の原詩はほとんど忘れていて、訳したものもこんな一節しか覚えていなかった。

過酷なほどに完璧な汝の夜
たとえ水面に星が輝き
忠実なるしもべたちの視線をしたがえ
天の犬が汝を見つめていようとも

（昨日の夢のおかげで、私は元のフランス語の詩を思い出したのだ。この一節はつぎのようなものだった）

Ah, tu ne vois pas la nuit cruelle
qui brille; cet invisible temple
d' où le céleste chien te contemple
avec les yeux morts de ses fidèles.

浴槽につかっていたトムソンが口を開いた。

「この詩を歌った、いにしえの吟遊詩人はシェリーを髣髴とさせる。『鎖を解かれたプロメテウス』でも、翼のある天の犬が出てくるんだ」

私は城を訪れることができるか訊いてみた。

「競売の直前にならなければ無理だと思うわ」と夫人が言った。

私の部屋からは広大な森をのぞむことができた。木々のざわめきが聞こえ、金色に紅葉した楡のあいだから、遠くにある城が見えた。その姿を眺めていると、早く行ってみたいという衝動に駆られた。まるで手のこんだ拷問のようにじっとしているのが苦痛で、こんな調子で一週間も我慢できるのだろうかと自問した。そして昼食にシャンパーニュの刺激的な非発泡性ワインを飲んだ日の午後、私は森に入り、歩いていくと、虫食いだらけの粗末な扉があらわれた。しかし扉の叩き金を打った瞬間、それまで奮い立っていた気持ちが急に萎えて、逃げだす気力さえなくなってしまった。

グルニアック城の最後の当主がマスチフ犬を連れてあらわれて、私に罵詈雑言をあびせるだろうと覚悟し、その場に立ちすくんでいた。しかし中から出てきたのは三人の魅力的な若い女たちだった。そのうちのひとりがみずから進んで私を案内した。残りの二人は使用人のようで、だまって指示に従っていた。案内役の女は、部屋がちらかっていることを詫びながら回廊や地下道、地下室や塔をめぐり、宝物なども見せて、それらの美しさとともに多くの逸話を語ってくれた。建築様式や装飾についても、一メートルあるいは一センチ毎にきびきびと要領よくその由来を説明した。幻惑的で果てしなくつづきそうだった案内が終わると、彼女は使用人たちとともにバターと砂糖をまぶしたパンをそえてココアを供し、私を驚かせた。

私は城内をめぐりながら、扉の向こうや通路を曲がったところに気難しく独善的な当主があらわれるのではないかとびくびくしていた。ココアでひと息ついたので、思い切って訊いてみた。

「あの、グルニアック氏は？」

「お部屋から出ることはありません」と女たちが答えた。

「視力を失われたと聞きましたが」

「ええ、見えないと言っていいでしょうね」

その原因を尋ねるのはぶしつけだろうと考えた。

ようやく競売の日になり、私はいくつかの骨董品を手に入れた。競売のように即断が求められる場面では、落札したもの、あるいはできなかったものについて後悔することが多い。

アラン捻毛公の大剣は手頃な値段で購入できた。サクソン族の巨人を倒したとき腰にさしていたものだそうで、いまでも私の店の洗練された雰囲気とは相いれないまま、その価値を理解してくれる客をむなしく待っている。それからケルト族の古い彫像を買った。五十センチに満たない木彫りのもので、犬の頭部をもつ神の坐像だ。ブルターニュで作られたアヌビス神ではないかと思うが、エジプトの神とは異なり――普通は頭部がもっと端正で、しかもジャッカルであることが多い――粗雑な作りで番犬のように見えた。

あのとき私はそうした由緒のある品を探し、飾り壺《ポティッシュ》などに目をくれなかった。本物のフォルムがもつ美しさではなく、歴史的価値という偽りの魅力を優先させ、聖キュリロスの像などを買った。いつもなら薄汚れた粗末な女中部屋で私に見いだされるのを待っている水さしや洗面器の逸品を探し、そうした掘り出し物によって——たとえばウィーンやラス・フローレスで作られた椅子とか、指輪をはめた手をかたどったルハン産の暗紫色のグラスとか、タパルケ産の焼き物のマテ茶器などで——私は少なからぬ評判を得てきたのだが……いつもと違うものを求めたのは、本物としての裏づけが必要だったからだ。つまりガルメンディアの基準に沿うためで……しかしなぜあの彫像を買う気になったのか自分でもよくわからない。その表情を見て、魅力とも不安とも言いがたいものを感じたせいだろうか？　それとも彫像にまつわる伝説のせいだろうか？

犬の彫像は、狭くて薄暗い通路をおりた先の部屋に置かれていた。部屋の側面の窓から斜めに光がさし、彫像を照らしている。彫像の前には大きな石の寝台があり、背後の壁には彫刻を施した二枚の石板が打ちつけられ、左の石板には二つの目が、右の石板には扉が描かれている。彫像にはたくさんの釘が打たれていた。そのことについて案内役の若い女がいくつかの伝説を教えてくれた。グルニアック村でもっとも流布している伝説によると——この彫像は村でもかなり有名らしい——釘の一本一本が神にささげられた魂を表しているという。別の伝説もあり、年代記ではなく雑録好きな歴史家が取りあげそうな話を伝えている。その昔ブルターニュ地方のある司祭が、迷信の蔓延を懸念し、彫像の胴体を釘で覆うように命じたそうだ。しかしこの話は、司祭が本気でなかったと仮定しないかぎり説得力に欠ける（魅力的な案内役の女も私と同意見だった）。もし本気で破壊したかったのなら、像を守るように釘を打ったりせず、さっさと壊せばいい。それに邪悪であるはずの頭部があらわなままで……ふと彫像に睨まれているような気がした。よく見ると像に目がないためだとわかった。

「魂がないことを示すために、目はつけられなかったのです」案内役の女が説明してくれた。

競売では聖キュリロスの像（シャトーブリアンが所蔵していた品だ）のほか、シャレットの直筆の署名、それからアルドゥアンの『年代記』の手稿も購入した。

ブエノスアイレスにもどると、誰よりも早くガルメンディアに買いつけた品物を見せてやった。ガルメンディアは聖キュリロスの像に興味を示した。あの犬の彫像も買ってくれたので、私はどこに置くべきか助言し、彼もそれに従った。私が〝見つけた《エウレカ》〟場所はガルメンディアの居間の一角だった。銀の房飾りをもつ枝つき燭台と、ガラスと黒檀とダマスク織りで作られているショーケースのあいだで、そばにオービュッソンのタペストリーがあるので、犬の像を置いても不気味に見えない。多少の違和感はあっても、部屋全体の調和を乱すことはない。

冬の終わりの美しい朝——水温み、緑が濃くなり、風邪の症状もましになる季節で、春の訪れを感じる朝だった——世界地図を収納している棚（もしかしたらアンティークの時計の棚だったかもしれない）を整理していたとき、不意に呼び鈴が鳴った。こんな朝早くから客だろうかといぶかしみ、急いで戸口を開けると、スーツケースを持った若い女がずかずかと入ってきた。粗末で風変わりな服装だったせいか、あるいは骨太のやせた体つきで、腕が長く筋肉質だったせいか、その女を見て、私は九月二十一日の祭りで古典的な女装をする男子学生を思い出した。しかしそのまなざしは美しく生き生きとして、けがれを知らぬ輝きがやどっていた。それをはぶいてこの女性、つまりジュヌヴィエーヴ・エステルマリーアの容姿を語ることはできないだろう。髪は黒く、肌は白いが頬に赤味がさしている。額と目は猫を思わせ、首は意外に太くてがっしりとして、全体として丸みのない体型だった。派手な緑の服を着て、ヒールのない極端に長い靴を履いていた。

彼女は私の目をじっと見つめ、屈託のない顔で微笑み、あか抜けない感じのフランス語で自分が誰かわかるかと訊いた。私にはくだらないなぞ解きにつきあう暇はなかった。まだ世界地図の整理が途中だったし、ペルシアの細密画も整理するつもりだった。それに奥の部屋に、古参の下宿人のごとくコロマンデルの屏風があり、それを今回オテル・ドゥルオーで買いつけた品として紹介してはどうかと思いつき、そのメリットとデメリットを検討しなければならなかった。私は彼女の質問に答えず、黙ってフランネル地の布をつかみ、ウィリアム・ベックフォードが所蔵していた五重蓋のイギリス製の懐中時計を磨いていた。するとジュヌヴィエーヴがまた声をかけてきて――このときは「覚えていらっしゃらないのですか?」と訊いたと思う――、スーツケースを床に置くと、私の作業を手伝うために時計を一つひとつ渡してくれた。時計は申し分のない状態でショーケースに収まった。つづいてペルシアの細密画にとりかかったとき、私はようやく気がついた。頼みもしないのに手伝ってくれるこの女は、はじめてガルニアック城を訪れたときに出迎えてくれた使用人の一人だった。ただしあのときは黙って指示に従っているだけだった。

「どうやら沈黙というすばらしい才能をブルターニュに置いてきたようだね」私の稚拙なフランス語では、その程度の皮肉しか言えなかった。

ジュヌヴィエーヴは、使用人として雇ってくれる家を探していた。所持金のフランは大した額ではなく、私しか頼るべき相手はいないという話だった。

「この国には知りあいがいないので」と彼女は無邪気に言った。

ジュヌヴィエーヴはもの静かに、ぎこちなく危なっかしい手つきながら、熱心に店の整理を手伝ってくれた。表情からは純粋で一途な思いがうかがえ、そんなジュヌヴィエーヴを見ていると、どこか勤め口を探してやりたい気もした。頭では自分と関係のないことだとわかっていたが、もし追いだしたりしたら——おせっかいな親切心から「国に帰りなさい」などと言ったら——とり乱して泣きだすのではないかとも思った。しかし考えてみれば、たった一人でやってきたとは思えないし、無邪気さの裏に隠れた意図があり、すべては私の同情を買うためではないかという気がして、やはり追いだすことにした。

「おせっかいかもしれないが」と言いかけると、ジュヌヴィエーヴのまなざしがひどく悲しそうにくもったので、私は(はじめの意図を翻して)言葉をつづけた。「とりあえず上にあがりなさい。客がくると困るから」

「わかりました」と答えたものの、ジュヌヴィエーヴは私の申し出がわかっていないようだった。

「三階にいくつか空いている部屋がある。全部とは言わないが、どれかひとつなら使っていい。呼ぶまでそこにいてもらえるかな。さもなければ——」私は意志薄弱で一貫性のない人間であることを露呈しながら言った。「地下室に台所があるので、昼食を用意してもらえるとありがたいな」

すでに書いたかもしれないが、私はルイ十五世様式の家屋に店を構えている。正面の外壁は模造の石材で覆われ、アルベアル通りの狩猟小屋《パヴィヨン・ド・シャス》といった趣がある。店の経営は順調そのもので

(だった、というべきか) 毎朝——年増で化粧の濃い——掃除婦がくる以外は (ジュヌヴィエーヴがあらわれた日、彼女は病気で休んでいた) 店員も使い走りも雇っていない。もし料理や家事をこなせるなら、ジュヌヴィエーヴをここで働かせることは可能だ。ただし私は何事においても効率を重視するので、ジュヌヴィエーヴがそのレベルに達しているかが問題だった。朝の短いやりとりから判断すると、はっきり言って見通しは暗かった。ジュヌヴィエーヴは、こぶしより小さい品物はサイズを識別できないし、細密画は表と裏が見分けられない。そうかと思えば、粗雑な作りの、ベネチア産の愉快な象の彫像を見たとき、私の顔に似ているなどと突拍子もないことを臆面もなく口にした。

家のことに話をもどすと、先ほど言ったように地下室に台所があり、空き箱を積んだりもしているが、緊急の場合は簡単な料理ぐらいできるものはそろっている。一階と二階は品物を展示している。二階には古めかしいトイレがあり、その近くの小さな納戸が私の寝室だった。三階はいわゆる屋根裏で、女中部屋として作られた多くの個室がある。ただし誰も住まわせていないので家賃収入はなく、そのための必要な設備もなかった。居心地は悪くないが、何もない殺風景な部屋で、そのひとつを彼女に使わせたのだった。予想に反してジュヌヴィエーヴが台所から私を呼んだ。席につくと豪華な昼食が供され、それは——コースとしてもさることながら、一品一品が——まさしくフォワイヨや往年のパイヤールなどのレストランにふさわしいような料理だった。ジュヌヴィエーヴは料理長兼給仕長《シェフ・メトル・ドテル》のふりをして仰々しくおどけて、おばさん風オムレツ《オムレット・ア・ラ・メール》の何とか添え、と最初の一品を紹介した。金色のすばらしいオムレツだった。二皿目は白いんげんと肉のソテーで、トマトとタマネギにコショウをくわえたソースがそえられていた。午餐を完璧なものにするため、私はサンテミリオン産クレレのハーフボトルを開けた。二杯目のグラスを空けたころ、私はジュヌヴィエーヴこそ心の底からあふれる真の喜びをもたらしてくれる存在だと感じた。彼女とくらべれば、草原が広がるこの国の小娘たちは、外見はさえないし中身もなく、人間として共感できる部分に欠けている（と思った）。デザートを食べるころには――クレープシュゼットだった――私たちは（捨て犬になつかれて親しみを感じるように）すっかり打ち解けていた。しかし直面している課題、つまりジュヌヴィエーヴをどうするかという問題から目をそらすべきではないこともわかっていた。私のもとには置けない。接客の才能はまったくないし、料理はできるが……太ってしまいそうで、決心がつかなかった。ブルターニュ料理を一週間も食べつづけたら、体操やジョギングなど嬉しくないトレーニングに励まなければならないだろう。それゆえ小悪魔のようなジュヌヴィエーヴを家から追いだすための方法を考えなければならなかった。

私は散歩に出て少し頭を冷やすことにした。ガルメンディアを訪ねて（彼のところには紫煙をくゆらせるときにうってつけのコンフィとリキュールがそろっていた）、そこで砂糖漬けの果物をつまみながらシャルトリューズを味わい、葉巻を楽しむつもりだった。ガルメンディアのアパートの建物に着くと、階段の手前で管理人の女と出くわした。管理人からガルメンディアがインフルエンザで寝こんでいることを聞き――彼女のおしゃべりはまるで大渦潮《メイルストロム》のように支離滅裂で、理解するのにずいぶんと苦労した――訪ねるのをやめた。病人を煩わせたくないし、病気がうつるのも困る。管理人は、自分が思いやりのある人間で、できれば高熱で苦しむガルメンディアを看病してやりたいと思っていると何度も繰り返しながら、二十八の住戸を管理しなければならないので無理だと言った。思い切った手立てを講じる必要があり、そのことは管理人も承知していた。私は管理人に提案した。病人から求められるまで手術を待つ医者はいないし、ガルメンディアが独力でこの難局《アンパス》を打破できると考えるべきではない。実は信頼できる人物で、看護婦としてだけでなく使用人としても働いてくれる知りあいがいるので、すぐにでも連れてきたい。ガルメンディアに伝えておく必要があると思うのなら、そうしてもらってかまわない。いずれにしてもその女性を連れてくる。そう管理人に告げた。

私は意気揚々とアルベアル通りの自宅へもどった。しかし考えてみれば、単にジュヌヴィエーヴに伝えてすむ話ではなく、しかるべき準備をして説明し、納得させなければならない。うかれている場合ではなかった。

玄関の鍵が固かったので力をこめて回そうとしたところ、いきなり内側からジュヌヴィエーヴが扉を開けたので、はずみで鍵束が壊れて鍵が散らばってしまった。私はむっとしたまま考えもなく切りだした。

「友人が病気なんだ。誰か信頼できる人に看病を頼めないかと思っているんだが……」完璧というよりは単に流暢なだけのフランス語で説明した。

何とかこちらの意図を伝えると、ジュヌヴィエーヴは不服そうな顔をすることもなく、表情ひとつ変えずに歌を口ずさみながら——その声は流れ落ちる滝のように澄んで、よどみなかった——身支度をするために部屋へあがり、また歌いながらカラシ色のスーツケースをかかえておりてきた。

彼女をアパートに連れていくと、管理人はずいぶんと喜んでいた。

数日後、私はガルメンディアを訪ねた。六時半になり、お盆に磁器のティーセットと軽食を載せてジュヌヴィエーヴがあらわれた。その姿はアフタヌーン・ティー用のスタンドのように頼りなく見えた。型通りのメイド帽と黒い服、糊の利いたエプロンを身につけ、しみひとつない白い手袋をはめた、とってつけたような身ぎれいな格好で熱心に働いていた。

「すっかり近所の人気者だよ」ガルメンディアの口ぶりはどこか誇らしげだった。「スペイン語はろくにできないが、みんなと仲良くやっている。馬鹿にされて市場で法外な値段をふっかけられるなんてこともないしね。たしかに彼女の買ってくるものは安くはないけど」

何の不満もないとガルメンディアはつけくわえた。彼はジュヌヴィエーヴが母親のように看病してくれたことを心から感謝し、それに報いたいと考えていた。

その日の午後、ガルメンディアから出版されたばかりの著書を進呈された。『いにしえのママ・イネスの時代のマテ茶器、マテ茶用ストロー《ボンビージャ》、マテ茶葉入れ《イエルベーラ》、砂糖入れ、その他の容器とポット』という題名の小冊子で、自筆の献辞が記されていた。私はジュヌヴィエーヴに彼女の雇い主であるガルメンディアからの献本を見せびらかした。

「これしか書いてないの?」とジュヌヴィエーヴが言った。

「これしか?」私はわざとらしく彼女の言葉を繰り返した。「これも全部そうだよ」

印刷所の包みに入っていた十五部をとりだして目の前にさしだすと、ジュヌヴィエーヴは驚いたような顔をしていた。

ジュヌヴィエーヴはいかにも危なっかしい手つきでティーセットをお盆に載せてさがった。彼女のような女に恋をしたら大変だろうという話題でもりあがっていると——最初に言いだしたのが私かガルメンディアかは覚えていない——、ガルメンディアが前夜の夢を思い出して、私に言った。

「グロテスクな夢だったよ」あのときのガルメンディアは、たしかに顔を赤らめていた。夢の中で、ガルメンディアはどうしようもなくジュヌヴィエーヴに恋をしている。しかし彼女は見向きもせず、「私の手をとりたければ、ひとつだけ条件があるわ」とガルメンディアに告げた。「手をとる」という言葉は、夢の中では恭しく思いをこめてジュヌヴィエーヴの手をとるだけでなく、結婚を意味している。その条件が何だったのか、ガルメンディアは覚えていなかった。

仕事のため——グレウにある別荘の装飾を手がけた——一週間以上ブルネス通りに行かない日がつづいた。仕事が片づいてガルメンディアを訪ねると、彼はやつれた顔で不機嫌そうに私を迎えた。

「まったく馬鹿げた話さ」ガルメンディアがはき捨てるように言った。「ジュヌヴィエーヴのせいでおかしくなりそうなんだ。毎晩、彼女の夢を見る。くだらないロマンチックな夢だから、目が覚めると自己嫌悪におちいるのに、眠るとまた性懲りもなく彼女を心から愛してしまうんだ」

「ジュヌヴィエーヴは純潔なのかい?」男なら誰でも抱く低俗な興味に駆られて私は尋ねた。

「ああ、でもそのせいでこんな妄想がつづくと思うんだ」

「それなら、昼間のうちに解決したらいいじゃないか」

「このまま夢を見ているほうがいい」とガルメンディアが思いつめた様子で答え、一呼吸おいてから話しはじめた。「こんなことは言うべきではないし、言ったら軽蔑されるかもしれない。でもこのままだと夢のせいで気持ちが休まらないんだ」

話はそれだけなのか、それとも単なる前置きなのか、よくわからなかった。ガルメンディアがふたたび語りはじめた。

「昼間会わなければ、夜になって思い出すこともないと思う。気を悪くしないでほしい。別に責めているわけじゃない。ただ君は事情がわかっているから、頼めないかと思ったんだ」

私はどういうことかわからないと答えたが、ガルメンディアはこちらの言うことに耳を貸さず、話をつづけた。

「ジュヌヴィエーヴに別の仕事を探してやってくれないか？　できれば彼女には辞めてもらいたいんだよ」

商売は概ね順調だったし――前回の買いつけで購入した品物はまだいくつか売れ残っていたが――掃除をしてくれるはずの女は結婚を理由にこなくなっていたので、ジュヌヴィエーヴを働かせる可能性を真剣に考えた。決断したら、私はあれこれ悩んだり迷ったりせず即座に行動する。その日の夜、ジュヌヴィエーヴを家に連れて帰った。

何人かの友人がアルド・ボシーニに別荘をもっているので――しかもかなり立派な屋敷だ――私はある週末をそこで過ごし、籠に野菜をつめて家路についた。山盛りの野菜は滋養に富むトロフィーといった感じで、画家や食事療法中の人間、あるいは自然愛好家たちがこぞってうらやむくらいの量だった。私はジュヌヴィエーヴのことを考え、彼女が嬉しそうに感謝して、その牧歌的な産物を大きな鍋に放りこむ姿を想像した。しかし運命のいたずらで、そういうジュヌヴィエーヴを見ることはできなかった。家の戸口に立ったとき、ガルメンディアのことが頭にうかんだのだ。ガルメンディアはデリケートな体質で、加工食品は――彼の大げさな表現を借りれば「ビタミンが失われている」ので――毛嫌いしていた。いろいろと世話にもなっており、私は思いなおして彼を訪ねることにした。妙なる詩集のような野菜をさしだすために！

ガルメンディアは、怒っていると言っていいほど不機嫌だったが、野菜を見ると心を開いてくれた。彼はまた夢の話をはじめ――まだ見つづけていたのだ――それからジュヌヴィエーヴのことも――後悔と懐かしさをにじませながら――語った。ジュヌヴィエーヴに対する愛情は、夢を見るたび一層度しがたいものになっているという。最近見た夢で、ガルメンディアは彼女に美しいルビーの指輪を贈ったそうだ。それは彼の母親の指輪で、ガルメンディアが鉄製の箱に入れて保管していたものだった。

ガルメンディアはそうした夢を見るきっかけを語った。

「あれは、ぼくが寝こんでいたときだった」と話しはじめた。「まだ熱は高かったが、いくぶん気分は良くなっていた。退屈しのぎに、ジュヌヴィエーヴがある話を聞かせてくれた。それはひとりの病人（倉庫の管理人の息子）の話で、体調が回復すると、両親から毛足の長い犬をプレゼントされたというんだ。その話を聞いたあとで眠ると、毛足の長い犬が異様なものに変身した。それからなんだ、ジュヌヴィエーヴを愛しはじめたのは」

「いまはどんな感じなんだい？」と私は尋ねた。

「おそろしいことになってるよ」と言って、ガルメンディアは手でまぶたを覆った。

「何かできることはあるかな?」

ガルメンディアはため息をつき、それから言った。

「もし頼めるなら……犬をひきとってもらえるとありがたい」犬といっても、ジュヌヴィエーヴの話に出てきた毛足の長い犬ではなく、あの彫像のことだった。「ジュヌヴィエーヴを辞めさせるだけじゃ、だめだったんだ」

夢について、ガルメンディアがずいぶんと稚拙な考えを持っていることに驚いた。部屋からなくなっても頭から払拭しなければ意味はないと思ったが、彼の希望どおりにした。しかし居間から彫像を動かしたあとで、あることが頭にうかんだ。一種の図面というべきかもしれない。居間にもどって確認すると、やはり犬を動かしたことで、それまで魔法のごとく保たれていた調和が崩れてしまっていた。とりあえず思いつくままに家具や壺の配置を変えてみたが、何度やっても結果は同じで、どうやっても何かが欠けていた。

「対症療法的なやり方には限界があるんだよ」思いきってガルメンディアに言った。あのときは自分でも驚くほど冷静だった。「そういう後ろ向きの姿勢は、長い目で見ればあまり得るところはないんじゃないかな。まずジュヌヴィエーヴから、そして犬から目をそらしているだけで、どこまで行ってもきりがない。むしろ全面的な改装を考えたほうがいい。この家そのものがとてもいびつなんだよ」

そう言って私はガルメンディアを見つめた。不機嫌そうな彼の顔に驚きとあざけりの表情がうかんだが、私はひるまなかった。

「いまここには、強迫観念にとりつかれた男が囚人のように閉じこめられている。でも実はこの家自体が妄想や悪夢をひきおこす魔術的な雰囲気を漂わせているんじゃないかな……」

「それで、どうしろっていうんだ?」とガルメンディアが言った。

彼の声はいつになく冷淡だった。夢のせいで、人が変わってしまったのだ。残念ながら、機嫌がいいときの情熱的で自信にあふれたガルメンディアではなかった。

「どうしろって? 簡単なことさ。ロココ調の世紀末っぽい(一言でいえば病的な)ここの雰囲気を、簡素でモダンな感じに変えればいいのさ。幸いぼくのところに、ファン・グリスの落ち着いた感じの絵が何枚かあるんだ。たしかブラックの絵もあったはずだ。それから肘かけ椅子とか、マン・レイがデザインした屏風もあって、これは稀少な品だよ。ツァラとブルトンの長詩で飾られた壺もある」

ガルメンディアは冷ややかな目で私を見ていた。しかし物を売る人間はつねに前向きでなければならない。それが私のモットーだ。かまわず話をつづけた。

「内装を変えるわけだが、あまり君の負担にならないように、いまこの家を飾っている物は一括してひきうけて委託販売するよ」

私はあらためて自分の商才と、客や友人を説得する話術があることを誇らしく思った。おかげでガルメンディアから承諾の一言をひきだすことができた。

「好きにしてくれ」

しかしその言葉には、ある種の蔑みが(もっと厳密な言い方をすれば幻滅が)こめられていた。

考えてみれば、このときからガルメンディアは私に対してぞんざいで、無礼とも言える態度を示しはじめたと思う。私は相手への配慮を見せることで、体面を保とうとした。

「君にその気がないなら、何もしないよ。指一本触れない」

店へもどると、私はモダンな家具をそろえはじめた。翌日の早朝、引っ越し業者を手配した。「餅は《ア・トウ・シニュール、》餅屋《トウ・オヌール》」というべきか、その働きぶりはすさまじく、あっという間にブルネス通りのガルメンディアのアパートは空っぽになった。あまりに迅速だったので、ガルメンディアが食卓につこうとしたとき、すでに椅子やテーブルが運びだされているのを見て、茫然としたほどだ。つづいて運びだしたときと同じくらいの勢いで新しい家具が運びこまれ、どれもゆったりとした大きなサイズだったので、居間は足の踏み場もない状況になった。業者があわただしく仕事を終えると、私は芸術家としてのセンスと金槌を武器に、かつてのローマ人と同じく、混沌から秩序を生みだす作業に着手した。ジュヌヴィエーヴがいればずいぶんと助かっただろうが、彼女と再会したらガルメンディアの夢にどんな影響が出るかわからなかったので、それを避けるために細心の注意を払った。

仕事を任されると、私は昼夜を問わず没頭する。結局一週間ブルネス通りの家に泊まりこんで、しかしガルメンディアとは一度も会わなかった。ガルメンディアは私が疎ましくて、わざわざ顔をあわせないようにしているのではないか。仕事のアイデアを練りながらそんなことを考えて――ほんの一瞬であったとしても――暗い気持ちになった。

そのあいだ、ジュヌヴィエーヴは私の信頼を裏切る行為におよんでいた。彼女の言い分によると、客筋ではない男が店にきたので、応対したという。しかしブルネス通りまで私を呼びにくることもなく、もちろん何かを売るわけでもなく（というか、もし彼女が商品の価格を知っているなら、教えてほしいね、よろしければ《シルブプレ》！）、くだらないおしゃべりで客を楽しませ、私に断りもなくその男の住む独身者用アパート《ガルソニエール》でメイドとして働く約束をしたと言った。それにしてもなんとも皮肉な話だ！（きつい仕事を終え、休息を求めてようやく帰宅した晩にこうした事実を知らされるとは！）そうした品のない行為を非難すると、ジュヌヴィエーヴは、これからは私の言う通りにすると約束し、あれこれと言い訳や口実を並べ、最後には牧羊犬がいなくなったと訳のわからない話を持ちだして、私の気をそらそうとした。

「牧羊犬って、どこの犬の話だい？」と私は尋ねた。

ジュヌヴィエーヴは言いよどむことなく答えた。

「コロネル・ディアス通りの角に薄暗い庭があるでしょう。あそこの犬です」

その話が本当かたしかめに行く前から、悪い予感はしていた。懸念が正しかったことはすぐに裏づけられた。急いで手袋をはめて、つば広の帽子をかぶり、ステッキを持ってコロネル・ディアス通りへ向かった。柵越しに庭を見ただけで無駄足だったとわかった。それでも呼び鈴を鳴らし、迷子になっている犬はいないかと訊いてみた。管理人は憮然としながら、ここには犬はいないと言った。

私の心はみだれ、肉体的な疲労も感じた。月光のもと、ふたたび悶々とひとりで考えながら、かつてティエラ・デル・フエゴと呼ばれていた地区の街路を歩きつづけた。

家へもどると、追い打ちをかけるような出来事が待っていた。何も言わずにジュヌヴィエーヴがいなくなったのだ。なぜ？　どこへ？　悲しみと怒りと憤りがこみあげてきて、見知らぬ客の住む怪しげな独身用アパート《ガルソニエール》でメイドとして働いているジュヌヴィエーヴの姿がうかんだ。ジュヌヴィエーヴが帰ってくるまで寝ずに待っていようと決心した。厳しく問いつめるつもりで質問を考えたり、彼女が反省し、恥じ入る姿を想像していると、鬱々としながらも多少は気持ちが楽になった。しかしそれはみじめさを慰める甘い誘惑にすぎず、自分の首を絞める結果になると気づいた。長いあいだ待つことになるかもしれず、すでに精神的なダメージを受けて、それ以上は耐えられそうになかった。私は服を脱いでベッドに入った。ひどい夜だった！　軽率にも寝つけると思ったことが失敗だった！　私はベッドのうえで何度も寝返りをうち、気持ちの高ぶりを抑えようとして体勢を変えたが、結局うまくゆかなかった。夜が白々と明けはじめたころ、ようやくすべてを忘れて眠りについた。コロネル・ディアス通りの薄暗い庭をうろうろしている夢を見て、思い切って家に入ったところで目が覚めた。時計を見ると午前九時だった。疲れはとれ、爽快な気分だったが、起きた瞬間はほとんど眠れず短い夢を見ただけのように感じた。

一夜あけてみると、なぜあれほど不安な気持ちになったのかよくわからなかった。あらためて考えれば、別に不安を抱くような理由もないし、まるで他人事で滑稽にも思えた。正気をとりもどした人間が、かつての狂気を思い出すような気分だった。ジュヌヴィエーヴが帰っているか、たしかめもせず——朝食を抜くことになったが——ガルメンディアから新しい家具の代金を回収できないか、せめて前金として少しでも支払ってもらえないかと虚しい期待を抱きながら、ブルネス通りへ向かった。

　ガルメンディアがむっつりと不愉快そうな顔であらわれた。心底うんざりしていることがその表情からわかった。私の頭めがけてアンドレ・ブルトンの詩で飾られた壺が飛んでくるのではないかと本気で心配した。

　ガルメンディアが私の運んだ品物について話しはじめた。それは私を落胆させ、ここに記すこともはばかられる（ぞっとするような）言葉だった。

「およそ想像できないほど破廉恥で愚かで馬鹿げた代物だ」

　不敬な言葉でも節度をもって言うなら、まだ罪も軽いだろうに！

　ガルメンディアはさらに無礼な表現で私を罵倒し、黙ったかと思うと急に大声をあげ、まるで場違いな芝居でも演じているようだった。

「それに断りもなくジュヌヴィエーヴを連れていくなんて、どういうつもりだ！」

「ちょっと待ってくれ」何のことかさっぱり分からなかった。私はこのときからガルメンディアの正気を疑いはじめた。

「知らないとは言わせないよ」とガルメンディアは語気を荒らげた。

　私はその言葉に応じず、ただ自分の考えを伝えた。

「あの娘にもどってきてほしいのなら、そうしようじゃないか。ただし今日すぐというわけにはいかない。ジュヌヴィエーヴは（もちろん私に一言の相談もなく）どこかの男のアパート（ここだけの話だが、独身用アパート《ガルソニエール》だ）で働くと約束してしまったんだ。今日か明日にでも相手の男と話してみるよ。約束する。そんなに難しくないと思うんだ……」

私は丁寧に意を尽くして話したが、ガルメンディアはずっと目を伏せていた。相づちを打つとか、うなずくとか、こちらの気持ちに配慮するようなことは一度もしなかった。返ってきた言葉は刺々しく冷ややかなもので、私は開いた口がふさがらなかった。

「悪いが、君の言うことは信用できないね」

私は足早に彼の家を出た。よくわからないうちに、私とガルメンディアの関係は先の見えない危機的な状況に陥ったようだ。原因は、金持ちの慢性疾患とも言える猜疑心と貪欲さだろう。ガルメンディアもその発作におそわれて、卑しい気持ちを隠すため、自分を極端に嫉妬深く見せようとしているのだ。嘆かわしいことだが、ガルメンディアは友人に寄せるべき信頼を失っていた。私が純粋に彼のことを考えて狂気の元凶を取りのぞこうとしたのに、ガルメンディアは金もうけのためのつまらない口実だと解釈していたのだ。私に秘めた意図があったとしても、それは実質的な商談がまとまったあとで、芸術家としての自分の才能や趣味を試してみたいというささやかな希望だった。それを金もうけのためだと思われては……私は落胆し、憂鬱に顔をゆがめ、苦笑するしかなかった。ガルメンディアから委託されたものはほとんど売れておらず、新しく部屋に入れた品物の代金は未回収で、これからも払ってもらえないだろう……。

家へもどるとジュヌヴィエーヴがいた。優雅にあのケルト族の彫像にもたれながら、腹の出た醜悪な男と親密そうに談笑していた。男は黒い口ひげをたっぷりと生やし、黒い服を着て、黒い手袋をはめていた。どういう状況かはすぐに理解できた。この男がジュヌヴィエーヴをメイドとして雇おうとしたのだ！

頭に血がのぼり、それでも（けっして見間違えたわけではない）ジュヌヴィエーヴが指輪をしているることに気づいた。ガルメンディアの母親のものだった、あの美しいルビーの指輪だ。驚いている私の顔をジュヌヴィエーヴがちらりと見たことにも気づいた。

言葉につまりながら、私は語気を強めて事情を説明するように求めた。ジュヌヴィエーヴは何を訊かれているのかわからないという仕草をして、それとなく男を示したあと、そそくさとその場からいなくなった。

私は男に近づいた。

「失礼ですが、お客様」それまでとは口調を変えて、上品で丁寧な言葉遣いで話しかけた。そのあと、どちらかと言えば少し快活な調子で尋ねた。「どういうご用件でしょうか?」

「いや、その」と男は荒い呼吸を整えながら答えた。「実を言いますとあのお嬢さんに、つまりこちらで働いている、いや働いていたと言うべきでしょうか、外国人の、あのフランス人の女性に会いにきまして」

「呼びましょうか?」

「いいえ、別にその、どちらでもかまわないのですが」と男が言った。「うちのメイドを辞めさせたので、いつからきてもらえるのか、それが知りたいだけで」

私は苦々しい思いでその言葉を聞いて、答えた。

「いつからジュヌヴィエーヴがうかがえるか知りたいわけですね?　わかりました。実はひとつ問題がありまして」

男はまゆをつりあげ、髭をたくわえた巨大な顔とともに身を乗りだした。木訥とした表情をうかべて、生まれつきそうなのか、わざとそうしているのかよくわからず、いずれにしても嫌悪を感じさせる顔であったことは間違いない。私は言葉をつづけた。

「あなたよりも先に彼女を雇った人がいましてね。私の友人で、兄弟同然のつきあいをしていて、そこで働くことになっているのです」

「そういうことなら」と男が言った。「これ以上お話することはありませんし、失礼しますよ」

「お待ちください」と私は強い口調で言った。「まだお伝えしなければならないことがあります。よろしいですか、ジュヌヴィエーヴはこの家から出しません。彼女の友人だろうと、約束があろうと、関係ない。私に隠れて彼女とつきあうことは絶対に許しません」

男は目を見開いたあと、帽子を目深にかぶり、まるで旧式の大型機関車のような荒い息づかいで店を出ていった。

この喜劇のようなくだらない出来事のせいだと思うが、私はその夜ジュヌヴィエーヴの夢を見た。ジュヌヴィエーヴの姿はなかったが、彼女の夢であることはまちがいない。ジュヌヴィエーヴは象徴として、たとえば暗がりにうかびあがる魅惑的な光、あるいは私の行動の秘かな動機として存在していた。夢の中で、私はコロネル・ディアス通りの角の家にいた。古い大きな屋敷で、どこまで行っても肖像画やゴブラン織りのタペストリーで飾られた部屋がつづいていた。疲れきって、途方にくれた。薄暗く狭い通路の奥に光がさしているのを見つけて、安堵と感謝の念に震えながら歩いてゆく。しかし恐怖と嫌悪におそわれて、そこで目が覚めた。

翌日、記憶に値する大きな出来事はなかったものの、ある些細な出来事によってジュヌヴィエーヴが秘めている深い闇をのぞくことになった。それを語るだけで、私の行動は充分に納得してもらえるだろうし、あえて説明する必要もないだろう。ジュヌヴィエーヴはその血筋ゆえに、新たな獲物を見つけると見境なく宗教的に許されない行為におよんで、相手を破滅させようとする。それを妨げることは私に課された義務であり、他の人間にゆだねるべきではない。

朝食を持ってきたジュヌヴィエーヴに、ルビーの指輪のことを訊いてみた。彼女は無垢な表情をうかべて自分の手を見つめた。このときは指輪をはめていなかったが、私はそれぐらいのことで籠絡されず、質問をつづけた。ジュヌヴィエーヴは、最初は指輪の存在そのものを認めようとせず、認めてからも、街のどこかの側溝か水たまりで拾ったとか、あれはただのイミテーションで、夜のうちにどこかで失くしてしまったなどと弁明した。さらに問いただしたが、無駄だった。ジュヌヴィエーヴはただ泣くだけで、求めていた答えをひきだすことはできなかった。本当のことを言っているかもしれないと思うと——女の涙は本物でも偽物でも同じようなものだ——気持ちが揺らぎ、それ以上は追及できなかった。

私はふらふらと階段をおり、バルコニーの扉を開けて外の様子を見ようとしたが、あのときは何も見えなかった気がする。太陽も、車や人の往来も、家並みや木々も目に入らず、世界が死んでしまったのかと思った。そのあと、黄色いフランネル生地であの彫像の釘を磨いた。どうやら錆はとても古いものらしく、適当に磨いたぐらいでは何も変わらなかった。輝きをとりもどした釘は一本もなく、古くていかめしいその趣が失われることはなかった。

昨夜はあまり深刻に考えず眠りにつき、夢を見た。もはや避けがたいことのように、私はまた薄暗く狭い通路に立っていた。近くに例の部屋があり、光がさしているのが見える。近づくべきでなく、手遅れになる前にひき返して逃げなければと思いながらも、ジュヌヴィエーヴとガルメンディアがそこにいるという確信が否応なく私をひきつける。その誘いは死の恐怖よりも強かった。私は部屋に向かって歩きだす。通路の扉からは部屋の一部分しか見えないはずだが、夢のふしぎなメカニズムによって、おそれていた場面を目撃することになった。ガルメンディアが石の寝台に横たわり、その脇に薄手の白いチュニックを着たジュヌヴィエーヴがいる。夢の世界の彼女は巫女として存在し、ひざまずいて、恍惚とした表情でガルメンディアを見つめている。床には釘と金槌が置いてある。ジュヌヴィエーヴが一本の釘を手にとり、金槌を振りあげて、ゆっくりとだが、休むことなく打ちおろした。私は思わず目を覆う。しばらくすると、ジュヌヴィエーヴが私に微笑み、「なんでもないわ」とつぶやいて、おだやかな表情で彫像を見せる。その胴体には真新しい二本の釘が打ちこまれていた。逃げだそうとしたとき、ジュヌヴィエーヴがグルニアック家にまつわる詩を長々と朗誦した。私はうっとりと、まるで恋をしているように彼女を見つめる。ジュヌヴィエーヴが明るい声で私を呼ぶ。次第に彼女の言葉がぼんやりとして、意味をなさなくなり、やがてその様相が一変する。まるで釣り人が水中でもがいていた魚を一気に水面まで釣りあげたときのような、劇的な変化だった。目を覚ますと、ベッドのそばにジュヌヴィエーヴがいて、同じ言葉を呪文のごとく繰り返していた。彼女は私を見て、言った。

「あの管理人の女性がきています。お通ししますか？」

「だめだ、こんな格好で会えると思うかい？」

夢を見て動揺していたせいで感情的になったが、思い直してジュヌヴィエーヴに言った。

「いや、やっぱり通してくれ」

私はナイトテーブルから櫛とブラシと整髪料をとりだし、うねっている髪をならして前髪を整えた。

——なかなか思い通りにならない——それらしい格好をしようとした。

ジュヌヴィエーヴが指示どおり管理人の女を寝室に案内してきた。管理人は、いまにも声をあげて泣きだしそうな、あるいはそうしたいような顔をしていた。私はうんざりした気持ちで彼女に尋ねた。

「何があったのです？」

「すぐにきてください」

「何があったのです？」私は質問を繰り返した。

「ガルメンディアさんの具合がとても悪くて、ひどい状態で」と管理人は声をつまらせた。

「彼のそばにいてください」と私は言った。「すぐに行きますから」

管理人がせきを切ったように泣きだしそうだったので、私はジュヌヴィエーヴに身ぶりで指示をして、女がしゃくりあげながらしゃべりだす前に連れださせた。

ブルネス通りの家へ行くと、管理人が私を待っていた。彼女は両手を組み、首を振りながら何か言おうとしたが、それを制して言った。

「とりあえず、上に行きましょう」

部屋まであがると、管理人が扉を開けた。室内は暗かった。

「ガルメンディア！」と私は大声で叫んだ。「ガルメンディア！」

返事はなかった。しばらく躊躇したが、部屋に入る決心をして足を踏みだし、もう一度叫んだ。

「ガルメンディア！」

ガルメンディアが、ひどく冷たい空虚な声で静かに答えた。

「どうかしたかい？」

「なぜこんなに暗くしているんだ？」と尋ねた。私は少し落ち着きをとりもどして窓を開けた。

ガルメンディアは、白と灰色と黄色の、ほとんど抽象的と言ってもいい部屋で、金属製の椅子に座っていた。その姿はどこか哀れっぽく見えた。

私は手を伸ばし、ガルメンディアの肩に触れようとしたが、様子がおかしいので――微動だにせず、正面を向いて、何もない中空の一点を凝視していた――手をとめた。

「何があったんだ？」

「放っといてくれ」とガルメンディアが言った。「君がジュヌヴィエーヴを奪ったくせに。そして彼女は私の魂を奪ったんだ」

「何も奪われたりしていないよ」と私は明るい口調で言った。「ずいぶんと大げさな言い方をするんだな」

「そうでもないさ」とガルメンディアは答えた。「目が見えないんだからな」

顔の前に手をかざすと、ガルメンディアは目を閉じた。

「目が見えないだって？　頭がおかしくなったんじゃないのか」と私は言った。

そんな思いつきの軽口が、ガルメンディアに告げた最後の言葉となった。気のおけない調子で諭したつもりが、おそろしいほど的確に事実を言い当てていた。ガルメンディアは失明したわけではなく、気が狂って、そう思いこんでいたのだ。

管理人にいくつかあいまいな指示を与えてから、私は逃げるように帰宅した。そのあと、昼までとにかく動きまわって過ごした。ショーケースを磨いて整理したり、店内の模様替えをしたり（飾り戸棚をひとつ退かして、そこにコンソールテーブルを置いた）、つまり人間がやるべき創造的な仕事ではなく、自動人形にふさわしいような、単純で機械的な仕事をしていた。昼食のあと、私は机に向かい、ガルメンディアの部屋にあった最後の葉巻を吸った。物悲しい紫煙を見ているうちに、昨日見た夢のことを思い出した。突然おそろしい考えが頭をよぎった。予感がはずれてほしいと願いながら、誰かに操られるように椅子から立ちあがり、歩きはじめた。失神した人間がわずかな光を感じて意識をとりもどすときのような、かすかな希望を抱いたが、期待は裏切られた。おそるおそるケルト族の彫像を見ると、その胴体に真新しい二本の釘が光っていたのだ。

私はあえぐように叫んだ。

「ジュヌヴィエーヴ！　ジュヌヴィエーヴ！」

ジュヌヴィエーヴが不安そうにやってきた。彼女の青い目とすばらしい三つ編みを見て、気持ちが揺らいだ。すべてを忘れ、外見と同じく彼女が純真であると信じたい誘惑にかられた。しかしそれに抗して、彫像を見せながら問いつめた。

「この釘は何だ?」

「知りません」

「そんなはずはないだろう。私は釘なんか打たない」

ジュヌヴィエーヴの顔から不安そうな表情が消えた。

「わたしでもありません」とおだやかに言うと、少し間を置いて、こうつけくわえた。「お忘れですか。釘と金槌を置いてある場所には、あなたが鍵をかけているのですよ」

そのとおりだった。それを認めるだけの冷静さは私に残されていた。釘はすでに輸入されていない品だったし、金槌はイギリス製の年代物で、価値のわからない人間には触れさせないようにしていたのだ。勝手な思いこみで腹を立て、すっかり興奮していたので、しばらくは何も考えられなかった。しかし怒りが収まると、あることに気づいた。犬の彫像に二本の釘を打ったのが私でもジュヌヴィエーヴでもないとすると、やっかいな問題が生じることになる。いくつか可能性を考えたが、どれも説得力を欠いていた。たとえばジュヌヴィエーヴの幻影――私と(あの哀れな!)ガルメンディアの夢にあらわれたジュヌヴィエーヴだ――が彫像の胴体に釘を打ちこんだ、など。そんな馬鹿げたことを考えていると眠たくなり、肘かけ椅子に座ったまま眠ってしまうとして……突然、身の危険を感じて飛び起きた。私は眠気を払おうと部屋を歩きまわった。目のないおそろしい形相の犬が私を見つめている気がした。あの彫像をブルネス通りのガルメンディアの家から持ってきたのが自分であることを思い出して、絶望的な気分になったが、家から放りだしてもガルメンディアと同じ轍を踏むだけで、あの娘と犬から逃げおおせることはできない。そもそも逃れられる可能性はあるのか？　ガルメンディアのたどった運命を思い出し、あんなことにはならないと信じたかった。ガルメンディアのような悲惨な運命は、なんとしても避けなければ。しかしここ数日来、夢を見るたび犬の彫像の部屋に足が向いてしまう。そのことを考えると心許なくなった。この状況から抜けだす方法が見つかるまで、少なくともその手立てがあるかわかるまで眠るべきでない。夢の中で待ち構えているのは、おそろしい運命にちがいない。

夢のことを考えているうちに、眠ってしまったようだった。私は狭くて薄暗い通路に立っていた。通路を歩きだし、部屋に入ろうとしたところで、恐怖のあまり体がこわばり（まるで意識の一部が夢の外にあり、ちょうど遭難者がボートのどこかにしがみついて必死で這いあがろうとするように）目を覚ました。いつの間にか（座った記憶はないが）肘かけ椅子に腰かけていた。その革張りの巨大な肘かけを見ていると、急に嫌悪を感じた。衝動的に椅子から立ちあがって、部屋の真ん中へ逃れた。部屋のすべての物がおそろしくなる。まるで腕利きの猟師が私をとりかこみ、狙いを定め、威嚇しているように感じて、恐怖を覚えた。そのとき私は悟った（あるいは悟ったと思った）。生きることは矛盾をはらんだはかない逃亡、つまり物質から逃げることに他ならず、私が感じた恐怖は死への恐怖だったのだ。

家を出て、どこか遠くを目指してひたすら歩きつづけてみるべきか。急いで逃げだそうかと考え、とりとめもない空想にふけり、あれこれと計画を立てたが、すべては無駄だと気づいた。美しい鳥になって逃げたとしても、鳥かごを背負って飛んでいるようなもので……結局、家のなかで静かにじっとしていることにした。疲労は避けるべきで、疲れたら眠気を催すことになる。

あっという間に夕方になった。眠っていないはずだが（誓ってもいい）不意に夢で見た光景を思い出したり、不可解なことが何度も繰り返された。目を閉じた瞬間に夢を見て、すぐ目を覚ましたのだろうか？　そんなはずはない。終日一度も目を閉じなかったはずだ。それに、もし眠ったのなら目を覚ましたときのことをおぼえているはずだし、まぶたもこれほど重たくないはずだ。それなのに、少し前に犬の彫像の部屋へおりてゆく通路を見た記憶がある。あれはどこだったのだろうか？　二つの石板があり、左の石板にはガルメンディアの両目が描かれていた。もうひとつの石板には扉が描かれ、それをガルメンディアが開けていた。あれはどこだったのだろうか？　ジュヌヴィエーヴが石の寝台にもたれて私を呼んでいたが、あれはどこだったのだろう？　私がひざまずいて祈っていたのはどこだったのか？　何かを果たさなければならないはずで、しかしそれを思い出すことができない。あれはどこだったのか？　それだけではない。ジュヌヴィエーヴを奪おうとしたあの男が近くをうろうろしていたが、あれは夢の出来事だったのだろうか？　バルコニーに出たとき、その男とジュヌヴィエーヴが家の戸口で話しているのが聞こえたが、あのときは夢を見ていたのか、それとも目覚めていたのか？　ジュヌヴィエーヴが「また明日ね」と言って別れを告げていたが、あれは夢だったのか、それとも目覚めていたのか？

こうやって文章を書いていなかったら、断片的な夢のせいで不安にかられて、気が狂っていただろう。夜が明けるころ、私は自分の身に起きたことを書いておこうと決心し、それが救いをもたらしてくれた。私は書きながら純粋な喜びを感じ、しかし終わりが近づくにつれて眠気が襲ってきた。

これを読む人にも、それがわかるだろう。悪夢で目が覚めることもあれば、青銅製の時計から妖精と羊飼いがあらわれ、時刻を告げるメロディーで目が覚めることもあった。ジュヌヴィエーヴが地下室で片づけをしている物音で目が覚めることもあった。主人より先に寝てはならないと思っているのか、ジュヌヴィエーヴは一晩じゅう働いており、私のいる部屋の階下でうろうろしている音が聞こえていた。ジュヌヴィエーヴだと知らなければ、動物が閉じこめられていると思ったかもしれない。地下室の物音は、ほとんど間断なくつづいていたが、そのことを忘れている瞬間もあった。

私はジュヌヴィエーヴも彼女の不可解な行動も、おそれたりはしない。不安をぬぐいさり、決意をもって、このページの最後にしっかりと「終わり」の文字を記すつもりだ。そのあとは（愛する女と別れようと苦闘したものの、結局はもどって女のもとでやすらぎを得る男のごとく）やわらかくて清潔な、ひんやりとしたベッドに身をゆだねて、幸せな眠りにつこう。なんとすばらしい休息だろう！　長い一日の試練を乗り越え、私はついに真実を知ることができたのだ。偶然に見える一連の出来事は、実は簡単に説明することができ――もちろん人生や我々の存在のように説明不可能なものもあるが――私は幻想的な物語を見いだした。それは英雄にも犠牲者にもなることのできる、まさしく稀有な物語と言っていいだろう。おそれることなく眠ろう。ジュヌヴィエーヴは私の目をつぶしたり、魂を奪ったりはしないはずだ（そうした馬鹿げた話はファウストの神話だけでたくさんだ）。魂はすでにそれを失っている人間からしか奪うことはできない。私は幸福を感じているのだから、そんなことにはならないだろう……。

ジュヌヴィエーヴが部屋に入ってきて、私の手をとめようとする。彼女はとても熱心に、やさしく諭すようにささやく。もう朝よ、寝なくてはいけないわ、休まなくては、眠らなくては。

大熾天使

El gran Serafín

アルフォンソ・アルバレスは静かな浜辺を探して、断崖沿いを歩いていた。あまり遠くへ行く必要はなかった。辺鄙な土地なので、少し歩けば人気のない場所に出る。魚釣り用の小突堤のそばにも、宿の女主人が〃ネグレスコとミラマール〃と名づけた浜辺があり、人影はまばらだった。アルバレスが心のなかで望んでいたとおりの場所だ。周囲から隔絶され、自然のまま残されたロマンチックな入り江。まさしく世界の果てと呼ぶにふさわしい場所で、極限の地《ウルティマ・トゥーレ》、ウルティマ・エスペランサ湾、いや、それ以上かもしれない（うっとりと思いつくまま地名を並べる）。たとえば「長くのびるすばらしい海岸」と言われたフルドゥルストランディとか……褐色の切り立った断崖が入り江を囲み、あちこちに穴がうがたれている。波と嵐と時の流れによってけずられた岩は、入り江の外に向かって、尖塔のごとく屹立している。砂浜に寝ころび、そうした壮麗な景色を眺めていると、そこが狭い場所であることを忘れてしまう。思い出したように、アルバレスは靴をぬいだ。強い日差しのもと、むきだしになった白い足が痛々しく見える。帆布製の鞄からパイプをとりだし、火をつけた。海を眺めながら、至福の時間を満喫しよう。しかし、なぜか胸さわぎがして、そういう気分になれない。誰かに襲われる気がして、周りを見回した。自分の心をのぞき、空を見つめ、海に目を向けた。不安をおぼえる理由など見当たらず、気のせいだろうと自分を納得させた。

アルバレスは気分を変えるために、海の秘めている魅力について考えた。人はなぜ飽きもせず海を眺めるのか。動くものと言えば、はしけか、イルカの群れぐらいだ。イルカのあらわれる時間は決まっていて、正午は南へ、そのあとは北へ向かって泳ぐ。浜辺の人間はそんなたわいもない光景を指さし、歓声をあげて喜ぶ。人は実際に見ることのない贋金のような絵空事、たとえば旅や冒険、遭難や侵略、大蛇や怪物などを夢想するのが好きなのだ。そんなことを考えながら、物思いにふける。アルバレスは、よく将来について計画を立てた。自分はいつまでも元気で、やりたいことがあれば、そのための時間は残されていると信じていた。仕事では過去に目を向けていたが——自由教育学院で歴史学を教えていた——興味を覚えるのは、いつも未来のことだった。

そのうちに不安も消えて、心地よく朝の時間を過ごすことができた。心を穏やかにして、ぐっすり寝るように医者から忠告されていた。

「ずいぶんと処方箋をだしたので、薬局じゃ、私をやぶ医者と呼んでいるかもしれませんな。よろしいですか、あなたに必要なのはブエノスアイレスを離れること、つまり仕事や責任から解放されることです。ただし、マール・デル・プラタやネコチェーアのような、人の多い場所に行ったのでは意味がない。必要なのは静養です。ゆっくり休んでください」

アルバレスは校長と話をして、休暇の許可を得た。静かな浜辺については、職場の同僚たちがみな一家言をもっていた。校長はクラロメコーを推薦し、学監はマール・デル・スールがいいと言い、スペイン語の教師はサン・クレメンテを勧めてくれた。アルバレスと同じく歴史学の教師で、古代オリエントとギリシャ・ローマ史を担当しているF・アリアス（とても無愛想な男で、火の消えた吸いさしを放らず、いつまでも下唇にくっつけている）まで親切に教えてくれた。

「まずマール・デル・プラタの町へ行く。そこから左手にミラマールとマール・デル・スールの海岸を見ながらネコチェーア方面へ向かう。途中にサン・ホルヘ・デル・マールという湯治場がある。そこならうってつけだよ」

アリアスの熱心な言葉を聞きながら、なぜかその気になった。アルバレスは切符を買い、荷造りをしてバスに乗りこんだ。一晩じゅうバスに揺られるあいだ、うとうとするぐらいであまり眠れなかったせいだろう、その夜について覚えているのは、どこまでもつづくトンネルの天井に一列のランプが並んでいる光景だけだった。

壁にかかげられたアーチ形の看板が見えたころは、すっかり明るくなっていた。

ようこそ、サン・ホルヘ・デル・マールへ

大きな壁が道の両側で広がり、ところどころ崩れかけている。アーチをくぐると、地ならしをしただけの道が、その先の木立へのびていた。左に海があるらしく、暗い印象は受けなかった。まず目についたのは、白や赤色をした別荘と、緑の草原だった。緑は希望、まさしく希望の色だ、とアルバレスはつぶやいた。もっとも、別荘地のような雰囲気はなく、野原に家が点在している程度だった。妙に背が高く、住居というより仮設の倉庫に見える建物があった。傾斜のきつい左右非対称の破風の上に、ゆがんだ屋根が乗っている。くずれたように見えるが、建築家のねらいかもしれない。アルバレスは十字架を見る前から、そこは住居ではなく礼拝堂だと思った。十字架もあったが、そのあたりでモダンな建物と言えば、自治体か教会か銀行の出先と決まっていた。バスは小さな湾沿いの白っぽい道を進み――明るい色の、柳のようなユーカリが揺れていた――木立を抜ける。やがてミルクティー色の巨大なバンガローがあらわれた。アルバレスが滞在する〈イギリスの海賊〉という名の木造の宿だった。アルバレスのほかに、老人と若い女がバスを降りた。老人の肌はうろこのように青白く、透けて見えそうだった。女はサングラスをかけ、新聞の写真で見かける離婚調停中の妻のように、謎めいた魅惑的な雰囲気をただよわせていた。ひとりの漁師が魚を背負って宿から出てきて、判で押したようにアルバレスたちに声をかけた。

「釣りかい?」

日焼けしたベテランの漁師で、パイプをくわえていた。胸板が厚く、青いセーターを着て、ゴム製の長靴をはいている。もともとの資質と経験の両方を兼ねそなえた、漁師然とした男だった。

女が漁師から少し離れ、深呼吸をしてから、大きな声で言った。

「ここの空気、変じゃない」

漁師はパイプを握った手で胸をたたいて、力強く答えた。

「まじりけのない海辺の空気さ。これが海ってもんだよ」

バスの排気ガスの匂いが消えてから、アルバレスも深く息を吸いこんでみる。

「なるほど、そうですね」

初めて味わう感覚だった。何か濃密な感じがして、最初は魚か海草の匂いのせいかと思ったが、そうではなさそうだった。いずれにしても、体にはよいのだろう。

「きれいな花ね！」女が感嘆の声をあげた。「宿じゃなくて、農園みたい」

「これだけの花は、わしも見たことはないな」と老人が言った。

「ぼくもないかな」とアルバレスも同意する。「でも、いつだったか……」突然、重苦しいものがこみあげて、言葉につまる。

「誰もいないのかしら。客の出迎えにこないなんて」と女が文句を言いはじめた。

宿からピアノの音色が聞こえ、留守でないことはわかった。北米風の陳腐なメロディで、アルバレスの知らない曲だったが、老人は若いころを思い出したように口ずさんだ。

聖人が町に
やってくるとき……

老人は地元の人間《クリオーーリョ》らしく二、三歩ステップを踏んで、またぼんやりとした表情にもどった。と、バネじかけの扉が二度大きな音をたてて閉まり、二人の女があらわれた。ひとりは金髪で、ピンク色の肌の若い女中だった。ドイツ人かスイス人らしく、柔和な笑みを浮かべていた。もうひとりは宿の女主人だった。美しく、五十代にふさわしい立派な体格で、威厳を感じさせた。背筋をのばして胸をつきだし、髪を高く結いあげているせいか、その姿は船か要塞を思わせた。

女主人の案内で、アルバレスたちは宿に入り、女中が荷物をかかえてつづいた。アルバレスは、宿帳に名前を書きこんだ。

「アルフォンソ・アルバレス」と女主人が大きな声で読みあげ、愛想のよい魅力的な笑みを浮かべた。「イニシャルがＡＡなんて素敵ね」

「単調だと思いますが」とアルバレスは答えた。何度かそう言われたことがあったのだ。

「こちらが電話室です」機知のあるところを見せるように、女主人は説明をつづけた。手を動かすたびに、緑色のエメラルドの指輪がかがやく。「上の十三号室をご用意しました。イルダがご案内しますので」

アルバレスと女中は崩れそうな階段をきしませて、上へあがった。船室のような部屋で、広さもその程度しかなかった。パイン材の机、椅子、洗面台が置かれ、自由に動けるスペースはほとんどない。部屋へ入った瞬間、アルバレスは女中との距離が近いことに気づき、身をこわばらせた。その時間が果てしなく長く感じられた。気まずい沈黙を何とかするために、アルバレスは体を傾け、片手を洗面台の端に置き、もう一方の手で蛇口をひねり、曲芸師のごとく笑みを浮かべた。水が出たとたんに、かいだことのある匂いに気づく。

「硫黄の匂いです」と女中が説明する。「奥様の話では、温泉水だとか」

アルバレスは水に触れてみる。

「温かい」

「今ではそこらじゅうでお湯が出るんです。あっちでは」と彼女は窓の方向を指さし、「地面から、ものすごい勢いで吹きだしてます」

思いすごしかもしれないが、女中は何か言うたびに首すじへ息を吹きかけ、くすぐっている気がした。アルバレスは洗面台の反対側にできるだけ体を入れて、窓の外を見た。花壇、白砂利を敷いた小道、木立の入口、その先の野原。離れたところに人が集まっていて、うっすらと煙っている。

「あの場所も、奥様の土地で」と女中は説明する。「何が出てくるか、人夫たちに掘らせているんです」

「掘削か」とアルバレスはつぶやいた。

「え?」

「いや、別に」

たがいに目があった。女中は愛嬌あるしぐさで、両目に落ちかかった髪を軽くかきあげた。子犬のように小首をかしげ、愛くるしい微笑みを浮かべて部屋を出ていった。アルバレスは室内を見回した。満ち足りた気分を味わっていた——そんな気持ちになるのはいつ以来か忘れてしまったが。子供っぽい男のうぬぼれもあったし、独居房か隠れ家を思わせる部屋で、窓から野原がのぞめることも理由だった。いずれにしても、そうした気分を味わったあとで浜辺へ向かい、やがて不安と恐怖を感じることになる。病気の療養中なので、大した理由もなく躁から鬱へ変わっても不思議ではないが、少なくとも海へ出かけてゆくときは、明るい気持ちだった。

浜辺で三時間以上過ごすあいだ、日に当たったのは最初だけで、すぐに崖の陰へ移動した。避暑客たちが見舞われた、小エビを連想したくなる出来事をぼんやりと思い出したからだった。避暑客たちは、少しはめをはずしたり、自然を満喫しすぎて、夜になって肌が水ぶくれをおこし、軟膏を塗らなければならなくなったり、意識がもうろうとして、わけのわからないことを言ったりすると聞いたのだ。そんなことになって、休暇を台無しにしたくなかった。

宿の女主人の機嫌を損ねたくなかったので、一時十五分前には浜辺からひきあげた。鼻は慣れてきたものの、海辺にただよう匂いは強くなっていた。

昼食が用意されたのはとても長いテーブルだった。もっとも、食卓を囲んだのはアルバレスと、あの肌が透けて見えそうな老人——リンチという名前で、キルメスの学校で教師をしていた——と女主人だけだった。女主人の話では、若者たち、つまり彼女の娘やバスで一緒だった女、その他の滞在客は、日が暮れるまでもどらないようだ。

「キルメスの学校で」とアルバレスがリンチに尋ねる。「代数学や幾何学を担当されているんですか?」

「そちらは自由教育学院で、歴史学の担当かね?」とリンチが尋ね返した。

二人は授業のカリキュラムや生徒のこと、長年教壇に立っていて感じる心の変化などを語りあった。

「教師という仕事も悪くないです。しかし……」とアルバレスが言い、リンチがひきとる。

「他にもやりたいことがある。同感ですな！」

同じ思いだったことに、アルバレスは感慨をおぼえた。

食堂はかなり大きな部屋だった。天井の真ん中に鉄のシャンデリアがあり、年末のパーティー用と思われるさまざまな色の飾りが、そのままぶら下がっている。カップルで踊れるように、テーブルは部屋の隅に寄せられ、壁に沿ってボトルが並べられていた。開け放たれたドアから、奥の厨房の様子を見ることができた。鍋が調理台の上に置かれ、人夫のような風貌の男が不器用な手つきで忙しく料理を準備していた。食堂の隅にはアップライトピアノもあった。

給仕するのはさっきの女中で、料理の合間は給仕用のカウンターの後ろに座っていた。水差しをもってきた女中に、女主人が指示する。

「イルダ、今日は白ワインにするわ。みなさんは何を召しあがります？」

「え？　そうですね」とアルバレスがあわてて答えて、「それじゃ水を少しと、ぼくも白ワインをもらおうかな」

「わしは水でいい。水しか飲まんのでね」とリンチが宣言する。

「水が温泉水になりましてね」そう言って、女主人が上機嫌に話しはじめた。「それも硫黄塩の多い、かなり濃い温泉水なので、慣れないといけませんが、わたしは気に入ってます」

「ただしお飲みにはならんのですな」とリンチが指摘した。

「ちょっとした計画がありましてね」と女主人は答えた。「外国から投資を呼びこんで、ここを一大温泉保養地にしようと考えてるんです。きっとヴィシー、コントレクセヴィル、それかコテレのようになりますわ」

「なるほど」とリンチはうなずく。「女将にはそうした才覚があるようだ」

「しかし、水まで匂うんですね」グラスを遠ざけて、アルバレスが言った。

「温泉というよりも、腐敗臭だな」水を飲みながらリンチがつけ加える。

「よいお知らせがあるんです」女主人は愛嬌をふりまき、仰々しい頭を揺らして話しだそうとしたが、アルバレスが口をはさんだ。

「そういえば、名前の由来は何ですか?」

「何の名前かしら?」と女主人が問い返した。

「この宿です」

「十八世紀末、ドブソンというイギリス人の海賊がこのあたりの海岸へやってきたそうです」と女主人が説明する。「ファンタシーアというオウムを肩にのせて。その海賊は、族長の娘と恋に落ちて……」

「オウムに別れを告げた」とリンチが言った。「まるで道徳的寓話のような、寓意画集に収めたくなるような話ですな」

「よいお知らせがあるんです」と、女主人がもう一度切りだした。「みなさんはすばらしい日にこられたんですよ。昼食のあと、競馬を見物してはいかがでしょう? 海辺でやることになっていて、ローマ時代の見世物みたいなんです。日暮れに散歩をするのもいいですわ。のんびりと散歩をするだけで、みごとな間欠泉が堪能できます。蒸気と一緒に温泉が噴きだすんです。もちろん硫気孔もあります。ここは温泉としても、観光地としても申し分ありません。蒸気の出ている裂け目で掘削作業をやらせているので、そこもご覧ください。何が出てくるか楽しみだわ。地下にマグマでもあるのかしら?」

アルバレスが不安そうに尋ねた。

「もしマグマがあるなら、裂け目を大きくするのは、あまり賢明とは思えませんが」

誰も言葉を返さなかった。臆病な人間はロビンソン・クルーソーのごとく孤独なのだと、アルバレスは実感した。

「明日も特別な日でしてね」と女主人がつづける。「特別な夜と言うべきかしら。実は娘のブランキータの十八歳の誕生日パーティーなんです。みなさんをご招待し、ご馳走を用意して、おもてなしをしますわ。もうご存じかもしれませんが、この小さな温泉地は、言うなれば最後の楽園です。サン・ホルへの住人はみんな家族同然で、ならず者やごろつきみたいな人間は……だから何度も言っているでしょ！　床屋にも行かないチンピラのくるところじゃないって！　このろくでなし、さっさと出ていきなさい！」

急に女主人が怒鳴りだしたので、硫黄の味のシチューを食べていたアルバレスとリンチは、啞然として手をとめた。背後から男の声が聞こえたので、後ろを振りむいた。

「そんなにかっかすることないだろ。ピクニックへ行きたいから頼めって言ったのはブランキータなんだぜ」

「娘がそんなことを頼むわけないでしょ！　今度ブランキータに近づいたら、その首をへし折るわよ」

女主人が怒鳴っている相手は、妙な格好をした若者だった。上半身は着こんでいるのに下半身はほとんど裸で、髪と髭は濃いのに体毛は薄かった。そのせいか粗暴さのなかに、どこか女性的なものを感じさせた。髪と髭が金髪で、長さも濃さも同じくらいで、金色の輪のように丸い頭部を覆っている。毛むくじゃらの顔から小さな目がのぞき、傲慢とも小心とも見える色をおびて揺れたかと思うと、冷たくよどむ。セーターとタオルで上半身を覆い、赤く短い腰布から、うぶ毛も生えていない女のような足がのびている。しかし一番目をひくのは汚らしい髪と髭で、長くのびて、もつれていた。

女主人が椅子から腰を浮かせ、若者に命じた。

「テラノーバ、出ていきなさい。それともつまみだそうか？」

獣じみたその若者が出てゆくと、女主人は椅子に倒れこみ、両手で顔を覆った。女中が気を利かせて水を一杯持ってきた。

「水じゃないわ、イルダ」と女主人がたしなめる。すでに落ちつきをとり戻していた。「今日は白ワインを飲むと言ったはずよ」

ようやく昼食が終わり、アルバレスと老人はそれぞれの部屋へひきあげた。

アルバレスは、歯ブラシをくわえたまま眠りこみそうになった。「体力が落ちているのか、それともここの空気が濃すぎるせいだろうか」と考えつつ、しばらくベッドでうとうとする。ふと足元に重みを感じて、目を覚ました。女中のイルダがベッドの端に座っていた。

「様子を見にきたんです」とイルダが説明した。

「そうみたいだね」とアルバレスは答えた。

「何かご要望でも、と思って」

「眠りたいかな」

「お休みになりますか?」

「うん」

「今日は何もありませんが、明日の夜はブランキータのパーティーなんです」

「そうらしいね」

「でもテラノーバはきません。きても、すぐマダム・メドールにつまみだされるだろうし」

「メドール?」

「マダムの姓です。ブランキータも。あの娘はきてほしいだろうけど」

「テラノーバに?」

「ええ。かわいそうに、あの男は何とも思っていないんです。お金にしか興味がないごろつきで、血も涙もない悪い男で、いつもマルティンとつるんでいて」

「マルティンって?」

「ピアニストです。マダム・メドールったら、テラノーバは追いだすくせに、相棒のマルティンはピアノが上手いから家へ出入りさせてるんです。でもあの二人がミラマールの盗賊団の一味なのは、みんな知ってます」

　階下から女主人の大きな声が聞こえた。

「イルダ！　イルダ！」

「もう行かないと。みつかったら、あばずれとかひどいことを言われるんです」イルダが階段をきしませながら降りていった。そのあと、叱りつけるマダム・メドールの大きな声が下から響いた。しかし「聖者の行進」を演奏するピアノがはじまると、静かになった。

　眠る気になれず、アルバレスは起きあがった。体調はかえって悪くなっていた。用心したのに、浜辺で日焼けしすぎたのか、頭痛がする。舌に硫黄の味を感じる。喉もひどく渇いて、何か飲みたいと思い、食堂へ向かった。マルティンが軽快に「聖者の行進」を弾き、女主人はテーブルに肘をついて、請求書をチェックしていた。カウンターの後ろから、イルダが優しい視線で見つめている。

「よく冷えた白ワインを少しもらえるかな」とアルバレスは頼んだ。

「ずいぶんと長いお昼寝でしたね！」と女主人が大げさに驚く。「何時間も起きてこられないので、十三号室のお客さまは日に当たりすぎて、ワインも少し召しあがったし、朝まで降りてこないのかと思いましたよ。残念ながら競馬は終わってしまったわ。でも日暮れまでは時間があるので、間欠泉はご覧になれますから」

　イルダがワインの栓を開けた。アルバレスは二杯たてつづけに飲んで礼を言った。

「ありがとう」

「そのままお預かりしておくのよ」と女主人がイルダに指示した。「残っている分は、夜お飲みになるでしょうから」

「間欠泉へは、どうやって行ったらいいんでしょうか」とアルバレスは尋ねた。

女主人は扉までつきそい、道を教えてくれた。アルバレスは通りの先の木立を抜け、広々とした野原を進んだ。あちこちに別荘や牛が見える。海からの風が腐敗臭を運んでくる。日が暮れようとしていた。

間欠泉では、人夫たちがその日の作業を終え、スコップをかついで帰ろうとしていた。立ちこめる蒸気のなか、ひとりの神父が温泉の噴きだす掘削現場を見つめている。その穴をはさんで、アルバレスは大声で話しかけた。

「こんなに深いとは思いませんでした！　眩暈《めまい》がしそうです」

「地面の温度には気づいたかね？」と、今度は神父が大声で答える。「触ってみるといい」

「火傷しそうですね。しかし、みんなここで何を探しているんでしょう？」

「重要なのは、探しているものより、見つけたものだよ」と神父は答えた。

「何か見つかったんですか？」

「いや、大したものは見つかっておらんが、見せてあげよう！」

大声で話すと微妙なニュアンスが伝わりにくいが、「大したものは見つかっていない」と言いながら何かを見せようとするところに、皮肉っぽい響きが感じられる。

「どこにあるんです？」とアルバレスは尋ねた。

神父が近づいてきて、父親のようにアルバレスの肩を抱き、一本のユーカリの木の根もとまで連れていった。そこで見たのは二つの大きな翼だった。木の幹に立てかけられ、数枚の黒い羽も落ちていた。

「まるで悪魔の！」とアルバレスが大声で言いかけて、「いえ、すみません、神父さま。しかし地獄の鳥の翼みたいですね」

「どうかな」と神父が答えた。「遠慮することはない。どんな鳥を思い浮かべたかな？」

「鷲のような」

「それにしては大きいのでは」

「もしかしたら、コンドルでしょうか」

「このあたりにはいない鳥だ。本当にそう思うかね？」

「あの、そろそろ失礼したいのですが。宿へもどらないといけないので」とアルバレスは告げた。

「それなら、私も行こう」と神父が答えた。「鳥の種類を特定できたとしても……他にも謎があってね」

「なかなか難しい問題ですね」と答えたものの、アルバレスはすでに興味を失っていた。

「なぜあんなところで腐らないのだろうか？」

「熱の影響ではないでしょうか」とアルバレスが当てずっぽうで答えた。

神父は過ちを許す鷹揚なまなざしを向け、明るく話しはじめた。

「この話はやめよう。化学の知識など、なくても生きてゆける。しかし倫理的な事柄はすべての人に関わってくる。好奇心にかられた男、女でも同じことだが、彼らの運命を見ると、どうやら旺盛すぎる好奇心はそれにふさわしい報復を受けるらしい。つまり断罪されるわけだな。当然の報いとしてね」

「誰のことを言っておられるのですか」とアルバレスが尋ねた。

「マダムには敵がいるらしい。たとえばテラノーバというごろつきとか。またつまらんことを仕出かすだろう」

「つまらないことですか?」

「違うかね?」

アルバレスは、思い切って意見してみた。

「温泉や蒸気のことは、つまらないでは済まないと思うのですが」

神父はふたたび聖職者然とした鷹揚なまなざしを向け、弁解じみた口調で話しはじめた。「私もいい加減うんざりしていてね。歩きながら話そうか。言っておくが、私自身は平和を愛する人間だ。しかし礼拝堂の建てかえをめぐって、一年前から委員会で二つの派閥があらそっていて、それに巻きこまれてしまってね」

「放っておけばいいじゃないですか」とアルバレス。

「そうしているよ」と神父が答えた。「明日も委員会はあるかもしれないが、私はトムをつれて――飼っている犬だが――狩りへ出かけるつもりだ。保守的な連中は、礼拝堂をモダンなままにしておきたいと言っている。革新的な連中は、ゴシック風への改築を主張している。神のしもべたるこの私、ベリョ神父はロマネスク風にしたいと思っていてね。時々は殉教者のごとく慎ましく、自分の家《プロ・ドーモ》のためにささやかな働きかけをしてるんだ。しかし二つの派閥が和解するころには、礼拝堂はなくなっておるだろうな」

神父と別れ、アルバレスは宿へもどった。なかへ入ると、階段の上り口に女中がいた。彼女は階段の上を見つめながら、駆けあがっていった。アルバレスは、一瞬その場に立ち尽くしたあと、食堂へ向かい、しっかりとした足どりでリンチに近づいた。

「深刻な顔をして、どうかしたかね?」と老人が尋ねた。

「あの、弾を持たない狩人についてのことわざがあったと思うんですが……」

マダム・メドールが声をかけた。

「ご紹介しておくわ。こちら、十三号室にお泊りの……」

「アルバレスです」と遠慮がちに名前を告げた。

「娘のブランキータです……」

小柄で、かわいらしい娘だった。明るい色のなめらかな髪をのばし、肌は乳白色で、目は憂いを感じさせるほど重々しく、鼻筋が整っていた。

「こちらのご婦人は十一号室の」と女主人は紹介をつづけた。

「ビアンキ・ヴィオネ夫人と呼んでくださいな」と女が言葉をひきとった。

「彼はマルティン、この宿のオーケストラです」と女主人が胸をはった。「ここでみなさんが踊るときに、ピアノで伴奏してくれます。まさにオーケストラそのもの。言っておきますけど、活気に欠けるとか、音楽がだめだなんて文句を言われたことは一度もありませんよ」

「そこにいる青年は、まだご紹介いただいておりませんな」とリンチが指摘した。

背の高い若者で、髪は猪毛のブラシのように短く、小さな丸い目で笑顔をたやさず、しかし思いつめた表情を浮かべている。

「ああ、アキリーノ・カンポロンゴね」女主人は、紹介ではなく、汚らしい言葉でも口にするように唇を動かした。

「経済学を専攻しています」とカンポロンゴが自分で告げた。

それを聞いたリンチが、独り言めかして――ただし老人というものは周りのことなど気にせず、何事にも動じないし、耳も遠いので――大きな声で言った。

「世も末だな」

「なぜです?」とアルバレスが尋ねる。

「なぜかって? アルゼンチン人のくせに、そんなこともわからんのかね? もしアダム・スミスが、こうやって経済学を修めて博士号をとる自分の末裔を見たら、墓のなかで怒り狂うぞ。さて、ニュースでも聞くかな」とまくしたてて、リンチはラジオをつけた。

番組はもうはじまっていて、ニュースを読みあげる声が高々と響いた。

「まるで戦争中の悲惨な疎開のように、大勢の人々が当てもなくさまよっています」

戦争という言葉と呼応するように、号令と進軍ラッパが鳴り響き、軍隊行進曲が流れた。リンチは両手でラジオをもち、熱心にチャンネルを調整したが、どの局を聞いても同じ曲が流れていた。

「そんなに『ラス・パルメーラス通り』が聴きたいかねえ」とリンチが文句を言う。

「さすがに博識だ。よくご存じですね」とアルバレスが感心する。

「ふたたび革命がおこれば、こんな曲を流している軍人たちも……」とカンポロンゴが暗い声で予言する。

「いっそのこと、みんなでボルシェヴィキの味方になったほうがいいかしらね」とマダム・メドールがいやみっぽく言った。面当てのようにカンポロンゴに背を向け、豊満な肉体で螺旋を描いて立ちあがった。床を踏む音で、いらだっていることがわかる。女主人は長いつけ毛をなびかせ、ピラミッドか塔のごとく結いあげた髪とともにふり向いた。もともと少し険しい顔に、社交的な笑みを浮かべている。「よろしければ、夕食にしますけど」

みんな女主人の言葉にしたがった。食事中は会話もはずみ、政治の話題では雰囲気が悪くなるものの、国の状況については意見が一致した。

「この国で働いている人間なんているのかね?」

「人のものを盗むことしか考えていないのさ」

「上に立つ連中が堂々と盗んで、手本を示してるんだからな」

必ずしもそうではないことを知りながら、あえて言及せず、自分たちの国が破産状態にあることを確認する事実やら逸話やらを披露しあい、仲間意識を高めるのだ。

「しかし、どこも似たようなものですよ」とマルティンが言った。

「身近な例では、ブラックアフリカとかね」とビアンキ・ヴィオネ夫人が同意する。

アルバレスはため息をついた。自分で台本を書いたのかと思うほど知っている話ばかりで、退屈していた。次の展開も予想できた。貨幣価値についてのレトリカルな質問、欲深いことで得をする話、とにかく状況が悪いこと。そして勇敢さの喪失、つまりタンゴで歌われる悪党のごとき闘争心が失われた話になる。

「信じてもらえないでしょうが」とアルバレスはリンチにささやいた。「今のみなさんのお話、すべて聞いたことがあるんです」

「われわれぐらいの年齢になれば……」とリンチが答えようとした。

「それは言わないでおきましょう」とアルバレスが言っても、リンチはつづけた。

「われわれぐらいの年齢になれば、タクシーの運転手《ショフェール》とか、あちこちでいろんな人と出会って、覚えていることも多いからね」

「実は、浜辺で気になることがあって」とアルバレスは話を切りだした。「みなさんに聞いていただこうかと」

「それがいいね」

「今リンチさんにお話をしていたのですが」とアルバレスは大きな声で語りはじめる。「今朝、浜辺へ行ったとき……」何かにおそわれるような、あるいはもっとひどい状況を予感して怖くなったことを説明した。「とてもはっきりとそう感じて、おそろしくなったんです」と言って、アルバレスは話をしめくくった。

「おそわれるって……後ろから?」とマルティンが尋ねる。

「そうだろうね」とアルバレスは答える。「あるいは海から」

「何が怖かったのかしら?」とブランキータが尋ねた。「怪物でもあらわれて、飲みこまれるとか? あたしは浜辺にいると、くだらない夢ばかり見るけど」

女主人が口をひらく。

「きっと怪物よ。でもそれって、たぶん機械じかけじゃないかしら。ねえカンポロンゴさん、どう思う?」

「なんでぼくが怪物について知らなきゃならないんです?」カンポロンゴがわずらわしそうに答えた。

「わたしね」と女主人は話しはじめた。「前から不思議だったんですよ。午後になると、あなたは海を見ながら、いつも何をしてるんだろうって。こう訊いたほうがいいかしら。何かを見つめているのか、それとも誰かがあなたを見ているのか。海に向かってスウェーデン体操をしているのは、スウェーデン人のふりをして合図を送っているとか。相手はメカジキかしら? それとも潜水艦かしら?」

「もしかしたらアルバレスさんは潜水艦を見たのかもしれないわ」とビアンキ・ヴィオネ夫人が口をはさんだ。「でも潜水艦だと気づかず、ただ怖くなった。そうじゃないかしら」

「いや、そんな単純ではないでしょう」と、今度はリンチが話しはじめた。「みなさんはダンの理論はご存じかな? わしはこれまで何度となく主張してきたんだ。過去と現在と未来は、同時に存在していて……」

「ついていけないな」とカンポロンゴ。「それに、今の話と関係ないでしょう」

「そうとも言えんよ」とリンチは反論した。「異なる時間は、しばしばつながることがある。それゆえ真の予言者とか、普通の人間と異なる能力を持つ者には、過去や未来が見えるんだ。いいかね、未来が存在しないなら、予言など思いつくはずはない。存在しないものは、見ることができないからね」

「それじゃ、アルバレスさんは予言者だってことですか?」カンポロンゴは尋ねた。

「そうは言っておらんよ」とリンチが語気を強めた。「しかし普通の人間でも、条件さえそろえば別の時間を見ることができるのかもしれん。今朝アルバレス君は、海賊ドブソンが上陸する予兆を感じとった可能性もある」

「ありえないわ」と女主人が主張した。「だってドブソンは、生きていたら百五十歳以上ですよ。とっくに死んでますもの」

女主人の言葉を無視して、リンチはつづけた。

「アルバレス君の顔を見たかね。ずいぶんと日焼けしている。そこが重要なんだ。専門家の話では、日射病や化膿、発熱などが原因で、いつもと違う世界の扉がひらくそうだ」

「そんな不愉快な思いをしなくても」とビアンキ・ヴィオネ夫人が口をはさんだ。「野蛮な海賊とか、昔のことをちょっと想像するだけでいいんじゃないかしら」

「そういう品のない人間でも、役に立つこともあるわね」とマダム・メドールが同意する。

「もっと今どきの話をしましょうよ」とブランキータが言いだした。「現代風なこと、たとえばUFOについてとか」

「まさしく今どきだね」とマルティンがうなずく。「若者のなかには、すでにサークルを作って観察しているものもいる。クラロメコーのサークルじゃ、ぼくの友人が経理をやってますよ」

マダム・メドールが胸をつきだし、頭をふり上げて宣言した。

「そのお友だちがテラノーバとも仲良しなら、サークルの資金はじきになくなるわよ」

その晩、アルバレスは毒でも盛られたように深く眠った。翌朝、外の空気を入れようと窓を開けたが、すぐに閉めた。なにしろ開けた瞬間に硫黄の匂いがして、胃も空っぽで、吐き気を催したのだ。カフェオレを飲んでも美味しく思えず、甘いハチミツも硫黄の味がして、しけたビスケットで朝食をすませた。女中がしつこく話しかけてくるので、できるだけ近づかないようにした。廊下の鏡で、ちらっと自分の姿を見る。色あせたつば広の帽子をかぶり、海水パンツをはいた、さえない中年の男がうつっていた。「ひどいもんだ」と、腹立ちまぎれの言葉を自分にあびせた。階段を降りただけで息が苦しくなり、思わず手すりをにぎる。階下にはマダム・メドールがいた。

「窓を開けたほうがいいんじゃないですか」アルバレスは声をかけた。「ここの空気は少しよどんでいますよ」

「窓を開けろですって?」女主人が答えた。「空気を入れかえるなんて、とんでもない。だってお気づきでしょう? 外の空気は濃すぎるというか、匂いでひどいことになっているんですよ」

「磯の香りなんですかね?」とアルバレスは尋ねる。

女主人は肩をすくめ、大きな上体をそらせるようにして仕事へもどって行った。

外へ出た瞬間、アルバレスは浜辺へ行くのをやめようかと思った。朝の空気は室内よりも濃密で、外なのにまるで温室のようだった。匂いも、水平線の向こうに腐肉の山が広がっているかと思うほど強烈だった。嵐の気配を感じた。「嵐になれば、雨がすべてを洗い流してくれるかもしれない」とアルバレスは思った。浜辺で朝を過ごす機会などめったにないので——休暇は短く、旅費も高かった——アルバレスは思い切って宿を出ることにして、よどんだ空気と悪臭のなかへ踏みだした。花壇の花がしおれているのを見て、どこかで聞いたことがある詩の一節をつぶやく。

庭じゅうの花は、すべて枯れてしまい

何の詩だったかは思い出せなかったものの、すばらしい高揚感の記憶がよみがえってくる気がして……自分でもよくわからず、昼食のときリンチに相談することにした。「あの人は読書家だからな」

海岸が近くなると、異臭はますます強くなった。どんな匂いでも、少し時間がたてば順応できるはずだと、アルバレスは自分に言い聞かせた。しかし断崖の際まできたとき、わずかな時間でもここにとどまるのは無理かもしれないと思った。かなりの引き潮で、そのぶんだけ浜辺と呼べる部分が広がっていた。海面にただよう澱と泡が見える。それらはまったく動いておらず、波ひとつないことを知って驚きをおぼえた。ふと気づくと、海のざわめきが消えており、異様な静けさが残った。時々カモメがはげしく鳴くだけの、息をひそめるような静寂のなか、アルバレスは砂浜で裸足になった。犬が人目につかないところを探してうろつくように横たわる場所を探して、腰をおろした。

薄暗い雲が空を覆っていて、断崖のそばへ行かなくても日焼けの心配はない。目を閉じていると、ふたたび前日の不安がおそってきて、鬱々とした気持ちになった。朝の濃密な空気が麻酔のごとくのしかかる。「ひとりなんだ、眠ったらまずい」と、思いつくまま言葉をつぶやいた。

アルバレスがいるのは、断崖と海のあいだの、浜辺の真ん中だった。「ここじゃ、まな板の上みたいに無防備だし、せめて後ろは気にしなくてもいいように、岩壁の下まで行こう。もちろん万全ではないし、崖の上から突然おそわれるかもしれない。いや、違うな。おそってくるとしたら、やはり海からだ」。しかし、そう考えたことを忘れたように、あるいは眠気に負けたのか、アルバレスは動こうとしなかった。カモメが——見たこともないほどたくさんいた——空から舞い降り、落ちるぎりぎりのところではげしく羽ばたき、狂ったように鳴きながら、ふたたび高く舞いあがる。ふと奇妙な音が聞こえて、カモメが静まり返った。まるで水と空気が排水口に吸いこまれるような音だった。海は変わることなく広がっているように見えたが、海面の異常にアルバレスは気づいた。はげしく波打っていて、最初は水が沸騰しはじめたのかと思った。どうやら海の底から、とてつもなく長いものが浮かびあがり、でたらめな動きをしているせいで水がうねっているらしい。「ウミヘビだろうか」と、アルバレスは恐怖よりも興味をおぼえながら考えた。不思議な長いものの内部では何かが活発に動いていて、その様子は舞台幕の裏であわただしく網や檻を準備するサーカスの幕間を思わせた。長くのびた先端部分が海岸へ向かってきて、最後に海から浮かびあがり、ぴたりと動きをとめた。静寂のなか、アルバレスが目にしたのはアーチ状の開口部だった。よく見ると、海底深く沈みこむ長いトンネルだった。暗い入口からさまざまな色があらわれ、やがて集まって列になる。壮麗な一団は、ゆっくりとだが、しっかりとした足どりでアルバレスへ向かってくる。先頭は立派な体格の鷹揚そうな人物だった。色彩豊かな装身具がかがやき、そのあいだから暗緑色の腕や顔がのぞいている。王様のような異国風の男、それはネプチューン神だった。浜辺では盛大な競馬とともに祭典がはじまっていた。アルバレスは恍惚として見とれ、喝采をおくった。しかしネプチューン神は悲しげにつぶやいた。

「これが最後だよ」

ネプチューン神の短い言葉、それは啓示だった。世界の終わりがきたことを告げていた。一頭の黒毛馬がアルバレスに向かって暴走してくる。跳ね飛ばされそうになり、悲鳴を上げた瞬間、アルバレスは目をさました。

最初に目に入ったのは、汗ばんだ馬の肌のような、つやつやとした黒っぽい大きな塊だった。アルバレスは思わず身をひるがえした。それはおそろしく巨大な魚だった。「一体何が起こったんだ」茫然としたまま、恐怖と嫌悪にかられながらも、冗談めかしてつぶやいた。大きな魚が口をあけて死にかけていたのだ。

目をさまして待っていたのは、現実の悪夢だった。入り江の断崖から海にいたるまで、死んだ、あるいは死にかけている巨大な魚の群れが累々と横たわっていた。泥の匂いと腐敗臭がただよっている。アルバレスは立ちあがり、化けものじみた魚を避けながら、ひたすら逃げることだけを考えて、降りたばかりの小さな坂を駆けのぼった。「魚以外にクジラもいたな、体の構造が違うから」と、恐怖で混乱しながらも頭を働かせた。坂道をのぼりきり、崖のつきでた部分から浜辺を眺めると——通常では考えられないほど潮がひき、その距離が数キロもありそうなところさえあった——たくさんのクジラと巨大な魚、おびただしい数の小魚が見えた。
海と反対の陸に目を向けると、鳥が空を覆いつくしていた。混乱していたせいか、はじめは断崖の下にいるのと同じカモメだと思った。それにしては色が黒く、よく見るとカラスの群れだった。浜辺の大量の死骸に呼び寄せられたのだ。

アルバレスは宿へ急いだ。世界が終わるならどこにいても同じはずだが、戸外よりも安全な気がした。孤児が男に父親の面影を探すように、旅人は宿を自分の家のごとく感じる。アルバレスも危険から逃れるために家へ帰ろうとしていた。バンガローの近くまできたとき、聖歌が聞こえてきて、昔コルドバ山脈の小さな村で夜を迎えたときのことを思い出した。村の壊れかけた礼拝堂が月明かりに浮かびあがり、聖歌隊はミサ曲を歌っていた。刻々と終末が迫っているからだろう、そんな思い出とともに、前日までのことが遠い過去の出来事のように思われた。

食堂へ入ると、女たちがひざまずき、ラジオに向かって祈りをささげていた。モーツァルトのレクイエムが流れていた。「冷静にならなければ」とアルバレスは自分に語りかける。「そう言えば、あの娘がいないな」ちょうどそのときブランキータが電話室から出てきた。彼女は足音をしのばせながら食堂へ入り、ひざまずいた。イルダが前髪をあげ、何か言いたそうな視線でアルバレスを見つめた。

曲の終わりとともに、女主人が立ちあがって仕切りはじめた。
「イルダ、食事の用意を。さあ仕事にもどるわよ」

「落ちついたものだ」とアルバレスはつぶやく。

「沈みかけた船のブリッジで、船長はまだがんばっているのさ」とリンチが状況を説明した。

「アルバレスさん、ご存じですか」とカンポロンゴが口をはさんで、「政府も事態を認めざるを得なくなったようですよ。ラジオの検閲もなくなり、ただし場違いなミサや道徳番組とかはときどき流していますがね」

「場違いってことはないだろう」とリンチが反論する。「番組にも秩序がないと」

カンポロンゴの前なので、アルバレスは小声でリンチに意見した。

「秩序ですか？　なんだか皮肉っぽく聞こえますね。国の秩序そのものが崩壊するかもしれないのに」

「そうなるだろうな」とリンチが答える。

「海が腐っているんじゃないかしら」とブランキータが大げさな口調で言う。「海水がこんなひどいことになるなんて、きっと体に悪いもののせいよ。みんな本気にしてくれないけど、この水のせいで具合が悪くなりそうだわ」

「一体どうなっているのかしら」とビアンキ・ヴィオネ夫人も大きな声を出した。

「ほかの場所も同じみたいですよ」とマルティンが説明した。「ニースからの外電は聞きましたか？　ヨーロッパじゅうの海岸で……」

カンポロンゴが落胆の表情を浮かべて口をはさんだ。

「ニースやヨーロッパのことは気にしてもしょうがない。アルゼンチン人の悲劇は外国にばかり目を向けていることだ。今はそんな暇はないはずだ。この場所はともかく、近くのネコチェーアやマール・デル・スール、ミラマール、マール・デル・プラタじゃ、みんな戦々恐々として蟻みたいにぞろぞろと逃げはじめているのに……」

「まさに悲劇だわ。心がはりさけてしまいそう！」とブランキータが叫んだ。「哀れな人たちが持てるだけの物を持って逃げだし、行く当てもない人の群れがどこまでもつらなる。考えただけで涙が出そう」

「うぬぼれが強いというか、お優しいのか」とリンチは冷ややかな寸評を加えた。

「そういう連中がここへきたりしたら」と、ビアンキ・ヴィオネ夫人は露骨にため息をついてみせた。

「大丈夫でしょう」とマルティンがうけあった。「基本的に内陸へ向かっています。その点もニースと同じだ」

「ニースはどうでもいい」とカンポロンゴがまたかみついた。マルティンも言い返した。

「いい加減にしてくれないかな。これが世界の終わりでも、あんたとは口も利きたくないね」

「あの若造は真実を直観したようですな」とリンチがアルバレスに語りかけた。「こうした騒ぎに居あわせるのも、なかなか得難い機会ですよ。少なくとも私たちみたいな人間にはね」

「そうですね」と、特に考えたわけでもなく、アルバレスは答えた。

「わたしはここから動くつもりはありませんよ」とビアンキ・ヴィオネ夫人が切りだす。「ジプシーのようにみんなで放浪するなんて、死んでもいやだわ」

「どこへ行っても同じですよ」と女主人が答えた。「地震と同じで、逃れることなんてできませんもの」

「ここの空気で呼吸が大丈夫か、確認する必要がありますな」とリンチが意見を述べた。

「時間がたてば、何だって慣れるわ」とビアンキ・ヴィオネ夫人が反論した。

「海水が腐っても、真水はあるし」そう言って、女主人は誇らしげにつづけた。「それにこの〈イギリスの海賊〉のお客様には、最後まで良質の飲み物と上等なお酒を楽しんでいただけます。ご自宅へもどられたら、ぜひみなさんに紹介してくださいな。最高の宣伝になりますから」

大規模な自然現象を前にして、昼食のあいだはずっと世界の終わりの話題がつづいた。しかしコーヒーが出るころには一段落して、女主人と娘が言い争いをはじめた。

「お母様は、あたしがきれいで若くて、幸せになれるって言いたいのね」とブランキータがとげとげしい口調で言った。

マダム・メドールが答えた。

「そのとおりよ、かわいいブランキータ。あなたはまだ若いし、これから長い人生が待っているの」と、荒い息でつづける。「わたしの目の黒いうちは、詐欺師みたいな男にあなたの人生を台無しにさせたりしないわ」

「あれはなんでしょうな」とリンチが言った。

まるで季節はずれのオーロラがあらわれて絶え間なく輝きを放っているように、外の光が変化していた。みんなが外を眺めている隙に、マルティンはこっそりと食堂から出て、電話室へ消えた。

イルダが指で軽く前髪をかきあげ、ふたたびアルバレスへ視線を送り、すぐにマルティンのあとを追った。

「昔はよかったわ」とマダム・メドールが話しだした。「今ではみんなお金のことしか考えられなくなって。ラ・レグアの女主人もそうよ。町の入口の松並木を売ってしまうなんて。かなり古いものだったのに。政治だってそうだわ。いま官邸にいる男のこと、ご存じでしょう。あのパラシンよ。庶民の味方を気どって、偉大なるパラシンなんて呼ばれてるけど、ちょっと前まではひどくみすぼらしい馬に乗って物乞いをしていた男じゃない」

「また道徳の話ですか。誰も世界の終わりを真剣に受けとめようとしないんですね」とアルバレスは嘆いた。

「世界の終わりなど誰も信じておらんよ」とリンチは言い、一呼吸おいて尋ねた。「どうかしたかね?」

「いえ、別に」と答えながら、アルバレスは心のなかでつぶやいた。「こうして誰かといるときは一人になりたいと思うし、でも一人だと、人恋しくなるんだからな」

アルバレスはリンチに適当なことを言って食堂を出た。とりあえず玄関ホールまできたものの、することは別になかった。イルダの姿が見えたので、彼女を避けて外へ出ようとすると、イルダが先に扉のノブを握った。

「何か用かな?」とアルバレスは尋ねた。

「マルティンとテラノーバの会話を聞いたんです。事務室の受話器で、電話室の話は全部聞こえるから。今夜のブランキータの誕生日パーティーで、十二時になったら、マダム・メドールは指輪を贈ることになってます。その指輪をもって、ブランキータはパーティーを抜けだし、断崖に囲まれた浜辺でテラノーバと落ちあうそうです。あの娘は恋人と一緒に逃げるつもりで、でも向こうにはそんな気はない。すぐにエメラルドを奪って放りだしてやるとか、とてもひどいことを言ったから。そのあと金を持ってブエノスアイレスへ乗りこむつもりなんです。かわいそうなブランキータ！」

「あんな見栄っぱりな女、見たことないよ」

「本当はいい娘なんです。このままじゃ、ひどい幻滅を味わうことになるわ」

「君が馬鹿じゃないのはわかるけど、いまさら幻滅したところで、どうってことないだろう？　すべてが無意味なんだ。いつになったらみんな気づくんだろう」と言いながら、アルバレスは手の甲でイルダの額をノックした。「世界の終わりがきたことを」

「すべてが無意味なんだったら……」とイルダは訴えるように問いかけた。

「そんなに近づいたら、顔がよく見えないな」

神経質そうな笑みを浮かべて、アルバレスは顔をそらした。イルダの手が離れたのを見て、ノブを握り、扉を開けて外へ出た。「まだ気力が残っているようだ」と走りながら考えて、すぐに宿から二、三十メートルほど離れた。しかしひどい天気のうえに別の不安も加わって、立ちどまる。

「一体なんだ、この色は」アルバレスはつぶやいた。「そこらじゅうすみれ色だ。それにこの匂い、本当に腐っているみたいだ。しかし、どうしてイルダから逃げなくちゃならないんだ？　照れるような年齢でもないのに……どうかしてるな」

木立のあいだで何か動いた。猟銃をかつぎ、犬をつれた神父があらわれた。

「神父さまじゃないですか」とアルバレスは言おうとしたものの、驚きと悪臭で息が詰まり、むせてしまう。「こんな日まで狩りですか?」

「いけないかね?」とベリョ神父が答えた。

「みんなが死ぬ前に、あちこち奔走して臨終の秘跡を授けているのではないかと」

「まだそこまでの状況ではないよ。いずれそうなったら、すべての人間のところへ出向かなければならないが、ひとりではとても手が回らないだろうね。とりあえず、いつも通りの生活をするべきだと、みんなに説いている。人間の営みそのものが——こんなときに言っても無意味だが——祈りとしての側面をもっているからね。つまり創造主への信仰の証となるわけだ」

「その手本を示すために狩りへ出かけるわけですか」

「あまり賢しい口をきくものではないよ。人間は悪意もなく狩りをしてきたんだ」

「同情も賢しいことでしょうか?」

「そんなことはない。どうも言い方が悪かったかな。いつも通りの生活という話の前に、礼拝堂建設委員会について触れておくべきだったね。もちろん、逃げだすべきでないのはわかっている。しかし私自身も体調がすぐれず、それにあんな獣みたいな連中と最後の午後をすごすほど、キリスト教徒としての諦念を身につけているわけでもない。あと、トムがおびえて吠えなくなってしまったが、それで見捨てたと言われたくないので一緒に狩りへ行くのさ」

「神父さまは、本当に世界が終わると思いますか?」

「心のなかでは、誰もそんなこと信じておらんよ。それより海が腐り、真水まで硫黄くさいことこそ問題だ」

「ルシファーの匂いですか?」

「まじめな話、君たちは飲み物に恵まれているよ。マダム自慢のりっぱな酒蔵があるからね。私の手元のワインはすべてラクリマ・クリスティだが、あと三、四日しかもたないんじゃないかな」

「宿にはあと四、五日分は残っていたと思いますが、大した違いはないでしょう」

「人生は一日一日の積み重ねだからね」

「この程度では何も変わらないのに、そう神父さまもお考えですか。そうやって逃げだした人々がここに来るのではないかと宿でも心配していました。しかし、それが正しい選択かもしれませんね。世界が終わるわけではなくて……」

「それぞれの人間にしてみれば、死こそが世界の終わりなんだ。ラプラタ天文台とか、信頼のおける機関が世界の終わりを発表したら信じるだろうがね。この騒ぎで、みんなも魂のことを考えるようになるだろう。ラジオのニュースは聞いたかな?」

「ええ、あと数日でラプラタ天文台も行政部局もなくなるとしたら残念ですね」

「そうやって笑いとばせるんだから、なかなか度胸があるじゃないか。死を賭した勇気があってこそ、魂は救われるからね」

「ぼくは臆病者で、気をまぎらわせるために軽口をたたいているだけですよ。実は、ひとつ気になることがあります。大して重要でもなさそうだし、われながら不思議なんですが、今の出来事を眺めていて、忘れてしまった詩のことを考えるんです。でも、どんな詩だったか、さっぱり思い出せない。何か浮かんできても、あらためて自分で作ったかと思うほど何も覚えてないんです。今も一つの句が頭の中をめぐっていて、こんな詩なんです」

友よ、私には終末《ラ・フィン》の到来が見える……


「ほう、なかなかのものだ。そのうち君の詩才が評価される日もくるかもしれんな」

「終末は女のような気がして、女性形の冠詞〝ラ〟をつけましたが」

「破格だね」

「男でも女でもいいんですが、終末がくる前に、この詩の作者のことを宿の老人に尋ねてみようと思っています。このところ物忘れがひどくて……」

「私の関心は、はたしてトムと狩りへ出ても獲物がいるかだね。いつものように、ウズラが飛んでいるかどうか」

「あなたたちを見たら、ウズラも喜ぶんじゃないですか。もっとも、この明るさでは……」

しばらく連れだって歩いたあと、二人は別れた。アルバレスは宿に足を向けた。建物は見えているのに、たどりつけるか不安になる。光の色調が変わり、夕暮れと重なって、景色が見慣れぬものになっていた。突然、馬のいななきが聞こえて、アルバレスは驚いた。おぼろげに見えた馬が——頭と耳をぴんと立て、目は警戒し、口をぱっくりと開け、息が荒い——興奮した様子で近づいてきた。「犬は逃げたら追いかけてくる」という話を思い出した。「都会の人間のくせに、田舎へ来たりするからだ」と、みずからの行為をくやんだ。馬はアルバレスのそばまでくると、まるで彼を励ますように並んで歩きはじめた。そのうち気持ちも落ちついて、野外にとどまる馬が哀れにさえ思えてきた。

宿の近くまできたとき、「聖者の行進」が聞こえてきた。全員が食堂に集まっていた。窓越しにイルダの姿が見える。裸足でテーブルの上にのぼり、羽ぼうきで花輪の飾りの埃をはらっていた。「まだ子供っぽいし、そういう対象にはならないな」とアルバレスはつぶやき、すぐに言いそえた。「やはり、ちゃんとした女でないと」マルティンがピアノを弾いていた。聴衆はリンチとビアンキ・ヴィオネ夫人で、椅子に座って話をしている。ブランキータはテーブルに皿やナプキンやパンを並べている。マダム・メドールは、塔のごとく髪を結いあげ、エメラルドの輝く指を忙しく動かし、指示をだしている。アルバレスは馬と別れ、ほっとして宿へ入った。きしむ階段をできるだけ静かにのぼり、部屋へ向かう。ドアを閉めて——何となく鍵をかける——自分の置かれた状況を整理しようとした。背中の汗を冷たく感じながら、考えごとは部屋にこもってするものだと心のなかでつぶやいた。しかし不意に浮かんできたイメージで、思考は途切れてしまう。それは幼いころ過ごした街の光景だった。灰色のケーキか船のへさきを思わせる巨大な学校の正面には、小さなベンハミン・ソリーリャの胸像が置かれていた。パベジョン・デ・ロス・ラゴスの鉄の雌鶏のことも思い出した。金を入れると、卵の形の砂糖菓子が出てくる仕掛けになっていた。それらの記憶を伝えるべき相手もいない。ふと歴史的な事実も死にかけている人類の空想ではないかという気がした。

自分が死ねば、両親や家の記憶、それに女の顔なども（たとえばエルシリア・ビリョルドも）おそらくは完全に忘れ去られてしまう。同じように、世界の遺産として受け継がれるべき真の宝も――航海中に死んだマリアノ・モレノのことや、「われわれと、われわれの子孫、そして世界のすべての人々に」と約された憲法の序文も――やはり失われてしまうのではないか。そんなことを考えながら、暗澹たる気持ちになった。ベッドで眠ろうとしたが、とてもそんな気分ではなかった。あれこれと考えているうちに夢を見た。鏡のついた大きな黒ずんだ衣装たんすから、ラベンダーの香りがただよっている。その香りは、母が近くにいることを感じさせる。あまりにも生々しく、とても夢とは思えなかった。なんだか苦しくなり、妙な物音も聞こえて、目を覚ました。はじめは夜の闇のどこかで、犬がドアをひっかいて唸っているのかと思った。やがてそれは自分の部屋のドアであることに気づいた。とてもかすかな音だったので、離れた場所だと思いきや、イルダが女主人に聞こえないように声をひそめ、ドアを開けてほしいと頼んでいた！　泣き声になったり、笑いを押し殺したり、なれなれしい口調で甘くささやき、愛撫の約束をしていた。キスをする音も聞こえた。

マダム・メドールの声が響く。

「イルダ、どこで油を売ってるの！　早くきてちょうだい！」

彼女は階段を駆け下りていった。「小さな動物みたいに追いたてられて、かわいそうに」と同情しながらも、アルバレスは自分を納得させた。「でもそうしないと、始末に負えなくなるんだ」まったくるかもしれないので、できるだけ早く部屋から出たほうがいいと考え、ベッドから起きあがった。今日がブランキータのパーティーの日だったことを思い出す。アルバレスは自分の頭が働いていることを知って、うれしくなった。服を着がえ、何度も小さな声で自分を鼓舞して、おそるおそるドアを開けた。そっと顔をのぞかせ、急いで三段ずつ（ころげ落ちそうになりながら）階段を下りる。食堂へ入った瞬間、イルダと出くわした。その顔には泣いた跡があった。アルバレスをじっと見つめ、イルダが言う。

「ずいぶんと冷たいんですね。ブランキータのことでお話をしたかったのに」

「まったく、女ってやつは」とアルバレスは答えて、理解できないとかなんとか、聞いたようなせりふをつぶやいた。

彼女は本当にブランキータのことを話したくて、部屋へきたのだろうか？　別の動機があると考えたのは、アルバレス自身の願望のせいだろうか。証拠といっても記憶だけで、反論のしようもない。すべてがあいまいで、しかしひとつだけ確かなことがある。愚かでうぬぼれの強いブランキータのためにしてやることなど何もない。自分たちも含めて、もうすぐ世界が終わってしまうのなら、ブランキータが失望を味わうことなど大した問題ではない。逆にイルダの意図が彼の思っているとおりだったとしたら……アルバレスは考える。「自分を抑えるにしても、犯罪を犯したり、誘惑に屈するにしても、未来がなければ無意味だ。ここの連中には、それがわからないんだ」

アルバレスの考えを裏づけるように、女主人が話しかけてきた。

「ちょっとご意見をうかがってもいいかしら？」一瞬、男の声に聞こえた。エメラルドの指輪が光る。「貯蓄のことなんですが、どう思われます？　実は事業を拡大して、ここを温泉施設にするのがわたしの夢で、そのために企業のパンフレットも（きっと泥棒みたいな金融業者でしょうけど！）こうして用意しているんですが……」

「ぼくがあなたなら、目がくらんでしまうでしょうね」とアルバレスは答えた。

「馬鹿にしてるのね。訊くんじゃなかったわ」そう言って、女主人はしゃくりあげ、色っぽいしぐさですねて、アルバレスに背中を向けた。

「みんな少し酔っているんですよ」とビアンキ・ヴィオネ夫人が説明した。「それにしても、あなた少し冷たくありません？　いつもむっつりとして、まるでこっちが悪い人間みたいに。敵をつくると、あとで痛い目を見ますよ」

「人間は救いがたい生き物ですね」とアルバレスはリンチに言った。

「救いがたいね」とリンチが同意した。「ところで、光の速度について聞いたことはあるかね。実はね、私はみんなが漠然と思っていたことを裏づける発見をしたんだ。光に速度なんてない。なにが相対性理論だ。くたばれ、アインシュタイン」

「破滅から目をそらすには、うってつけのテーマですね」と言って、アルバレスは調子をあわせようとした。

老人は不愉快そうな顔で答える。

「そんなことはどうでもいい。ともかく、覚えておいてもらいたい。光に速度などないんだ。アインシュタインなどくそくらえだよ。世界の終わりがきて、わしも死んだら、ぜひみんなに伝えてほしい。リンチは光に速度がないことを発見した、とね」

「あなたも救いがたいな」とアルバレスは小声で言う。

「え?　よく聞こえなかったんですが」と、カンポロンゴが皮肉っぽく尋ねる。

「何かおっしゃいましたか、と言うべきだよ」と答え、アルバレスは自分に語りかけた。「やはりぼくは誰ともわかりあえない人間なんだ。一人で死ぬってことは、昔からわかっていたけれど」

シチューの大皿を運びながら、イルダがアルバレスの耳元でささやく。

「ブランキータ、すっかりその気なんです。かわいそうに」

アルバレスが問い返した。

「どうしろっていうんだい?」いらいらしながらつけ加えて、「ぼくには関係ない」

ブランキータの運命など気にしてもしょうがないと、自分を納得させようとする。世界が終わるのであれば、みんな同じ運命をたどり、それまでに何があろうともすべて無意味だ。「彼女のことが気になるとしても」アルバレスは結論づけた。「同情しているからじゃなくて、ぼく自身の強迫観念のせいだ。つまり自分の短所を直すべきだと思っているだけなんだ」

女主人が椅子の背に右手をのせ、左手はリンチの肩に置いて立ちあがる。恭しく持ったグラスを高くかかげて乾杯した。

「わが娘、ブランキータに」

拍手のなか、ブランキータが母親へ駆け寄り、抱擁を受けた。

「幾久しく、幸多からんことを!」とリンチが興奮して叫んだ。

「マルティン、音楽を」とマダム・メドールはゆるぎない威厳をもって指示した。

しかし反応はなく、沈黙が返ってくる。みんなの視線がピアノの椅子にそそがれた。マルティンはいなかった。誰にも気づかれることなく、姿を消していたのだ！　イルダが何か言いたげな視線でアルバレスを見つめた。

　カンポロンゴが機転を利かせ、すぐにラジオをつける。ベートーヴェンの交響曲第七番の、もっとも陰鬱な一節が大音量で鳴り響いた。マダム・メドールは、王冠を思わせる髪型にふさわしい尊大さを崩さず、エメラルドの指輪をはずして娘の指にはめた。

　それを見たカンポロンゴがおもむろに言った。

「時々けんかをしても、こうやって愛しあえるから人間なんです」

「くだらない。どうかしているんじゃないか」とアルバレスが反論した。

「そんなこと言ったら、ブランキータがかわいそうよ」とビアンキ・ヴィオネ夫人。

「あなたもですか！」とアルバレスが呆れて言った。

「それに感動的じゃない」

「低俗だと思いながら泣いたりして、まるで映画ですね。つきあいきれませんよ」

「映画とくらべるなんて論外だわ。現実の、母親と娘の問題なのよ」

「おそらく」アルバレスは自信に満ちた態度で話しはじめた。「ぼくは誰よりも臆病な人間で、しかしこのなかで今の状況を直視している唯一の人間だとわかりました。みなさんのように目をそむけるつもりはありませんので」

「まるで子供ね。勇敢だと言いはる男ほど、うんざりするものはないわ」

　アルバレスはビアンキ・ヴィオネ夫人をじっと見つめた。その言葉の意図を理解するのに時間がかかる。

「なるほど、あなたは慈悲の心を説いているわけですね。実は若い娘がひとり、ぼくにそれを求めていました」

ビアンキ・ヴィオネ夫人は機嫌を損ねて冷たく答えた。

「その娘は偽善者ね。他人の犠牲になるなんて、わたしはまっぴらだわ」

アルバレスは穏やかな口調で答えた。

「しかしあらためて自分なりに考えて、慈悲も悪くないかなと思います。人間のすばらしい美徳ではないか、とね」

「あら、ご挨拶ね！」とビアンキ・ヴィオネ夫人は甘えたような声を出した。「その小娘はそんなに魅力的なの？」

しかしアルバレスは聞いていなかった。食堂の奥に目をやり、ブランキータが玄関ホールからトイレへ向かうのを目で追っていた。

「ちょっと失礼します」アルバレスは、ビアンキ・ヴィオネ夫人のところから離れる。

席を立ち、トイレへ向かう。ドアを少し開けると、ブランキータが見えた。櫛を手に持ち、じっと鏡を見つめている。アルバレスは手をドアの内側にさし入れ、鍵穴にさしてあった鍵を抜きとり、ほとんど聞きとれないくらいの声でささやいた。

「鍵がなくて出られないとブランキータが騒いでも、ベートーヴェンが鳴っているからみんなには聞こえないな」

アルバレスはそっとドアを閉めた。鍵をかけて振り向いたとき、そこにイルダが立っていた。「神父さまに会ったら」アルバレスは玄関の扉へ近づいた。「伝えてほしいんだ。あの詩はぼくが作ったんじゃない。思い出したんだ。名前は同じだけれど、ぼくとは別の人間の詩だってね」

「どこへ行くんですか?」とイルダが不安そうに尋ねた。

アルバレスはノブに手をかけて答えた。

「浜辺だよ。ここから出ていけとテラノーバたちに言うのさ、警察にも連絡したってね」

「殺されるわよ」

「かまわないんだ。君にはわからないだろうけど」

アルバレスは扉を開けた。イルダが以前と同じ質問をした。

「すべてが無意味なんだったら……」

「ぼく自身もそうだってことさ」

アルバレスを求めて、イルダが手をのばした。しかし一歩外へ踏みだすだけで、夜のおそろしい闇にまぎれることができた。少し歩いたところで道を見失った。遠くで光が揺れている。そこを目指して、アルバレスは歩きだした。

真実の顔

Las caras de la verdad

公証人のベルナルド・ペロータ氏が速歩《パスーコ》と呼ばれたのは、根拠のないことではなかった。町の人間をつかまえて、ベルナルド氏について尋ねたとしよう。「あの小走りは誰にもとめられないよ」という言葉が返ってくるはずである。個人的には、ベルナルド氏が動き回る姿はまったく想像できず、小走りという形容は承服しかねるが（我々のあいだでは馬のトロットとほとんど同じ意味である）、たしかに町での移動はいつもアメリカ型の馬車だった。馬車を引く大きな馬はオソ（熊）と呼ばれ、眠ったまま歩く芸当を身につけていた。オソの巨大な尻を臨みながら、ベルナルド氏は御者台に座っていた。しかし常識的に考えるなら、まず想起すべきは執務室の肘掛け椅子に座っている姿であろう。深々と腰をおろして、そこに固定されているのかと思うほどであった。私としては、自分の主人を怠け者だと言いたいわけではなく、尊敬の気持ちから申しあげている。手短に評すれば、氏には冷静とか沈着といった言葉がふさわしく、周囲の騒音に惑わされず、有言実行で確実に目的を達成する、まさしく古代ローマの執政官の範となるべき人物と言えるだろう。以上の寸描をふまえれば、ベルナルド氏がこの土地の五十周年式典にとった思いがけない行動は、謎としか言えないものであった。

私は時間をかけてこの問題を検討することができた。ベルナルド氏が自発的な〝陶片追放〟、つまり女中のラ・パロマをともない薄暗い家の奥へ隠遁する午後の時間、私は執務室で不意の来客にそなえて、とはいえ訪れるのは囲い場から迷いこんできた鶏や雛、犬や猫などであったが、とにかくそこで待機していた。長い午睡のあともまどろんで、マテ茶を何杯も飲みながら考えた。なぜベルナルド氏の行為はあれほど辛辣に受けとめられたのか？　なぜ政治家たちは慈悲をもってベルナルド氏を許してやらないのか？　こうした検討は実り多きもので、その成果のひとつとして、あれは党派的な反応であったという結論に達した。忌まわしい時代ゆえ、政治家たちは驚くほど愚鈍な見識を堂々と示し、中傷、約束の不履行、警察の横暴、不正、役人の着服など、ずさんで抑圧的な統治権力の行使を顧みることもない。また彼らは思索を旨とする哲学者でもないため、ベルナルド氏に好意を抱いていたとしても、式典や行事に水をさす相手は許せないのである。この点は民衆も同様で、記念祭、誕生日、聖体拝領、母の日、祝賀行事、バーベキュー、また演説や扇情的な弁論などでも文字どおり夢中になる。

ご本人も認めているように、ベルナルド氏が不興を買ったのは地元の名士たちであった。その中には州知事の代理としてわざわざ五十周年の式典のためにやってきた副知事や、県庁所在地の市長、市民代表、地方政治の中枢をにぎる委員会や分科会の有力な幹部もいた。決定的だったのは民衆が一丸となって彼らを支持したことである。不敬以外の何物でもないという非難とともに、それを行ったのが我々の小規模な社会であまねく慕われていた人物、つまりベルナルド氏だったことで落胆はさらに大きくなった。その原因について、下層階級も含めてさまざまな意見が開陳され、かまびすしい議論は、ほどなく古典的とも言える二つの選択肢のあいだを逡巡しはじめた。つまり飲酒か、ラ・パロマのせいというわけである。しかし幸いにして私は十分な反証をあげることができる。ベルナルド氏は女の言いなりになったり、すぐ使用人に手をつける人間ではなく(これは家の女との接触を否定するものではない)、酒はマラスキーノ(サクランボを原料とするリキュールの一種)一筋で、しかも節度を持って愛飲している。こうした人物を酔っ払いと言えるだろうか。もっとも、論証によってデマを払拭しようとしても懐疑主義を招くだけであろうから、検証された事実もふまえて申しあげる。髪を三つ編みにしたラ・パロマを含め、女中と関係をもった可能性はあり、輸入物のリキュールについては物的証拠もある。しかしそれらが原因で私の主人が決定を変えることはないと断言できる。だからこそあの信じられない出来事、つまりベルナルド氏が式典での演説をやめると決めたとき、私は誰よりも驚いたのだ。

私は毎晩ベルナルド氏が肘掛け椅子に座り、机へ向かっている姿をこの目で見ていた。氏は、市民広場の代替地で大勢の聴衆を前に演説するため、修辞を凝らした文章を練っていた。この土地の開拓者であり、地名にその名を残すクレメンテ・P・ラゴリオ氏の偉大なる記憶をよみがえらせようとして、ベルナルド氏のペンが格調高い言葉をつむいでいたときである。不意に一粒の涙が尊い頬を流れたのだ。予想外の出来事を前にして、私は執筆への熱意によって額の汗が流れたのだろうという程度に推測した。

しばらくして、ベルナルド氏が書きあげた原稿に目を通す機会を得た。そうした恩恵にあずかった人間として断言しよう。それは計り知れない価値を持つ証言であった、と。ベルナルド氏は、我々の師父とも言うべきクレメンテ氏の平生を知悉していた。かつて私と同じ仕事、つまり公証人だったクレメンテ氏の執務室で細かい作業に従事していたのだ。それゆえ親密とも言える視点でクレメンテ氏の略歴というか、人物像を描出していた。ベルナルド氏の語るクレメンテ氏はまさしく巨人であり、英雄であり、剣と十字架をたずさえて兜をかぶった征服者であった。単なる事実の記録が、辺境であるこの土地の偉業を歌う真実の叙事詩となっていた。特筆すべきは氏の雄弁な語り口で、私はその熱意に圧倒された。しかし読むのを中断して、この地の黎明期だった当時の状況を想像したとき——五十五年前のことで、少なからぬ年月は経過しているが——周囲にインディオは存在しなかったことを思い出して唖然とした。私は両目をこすり、堅苦しい歴史に反旗を翻そうとして、むなしい敗北感を味わった。

短い年代記のごとき氏の演説は、英雄的な時代を慈しみ、伝説の霧に包まれて今では神話のごとき存在となった人物たちが列挙されていた。例えば、ラ・セグンダ農場を築いた最初の入植者で、公証人だったクレメンテ氏の生涯のライバルたるオリーバ・カストロ氏。ウルグアイ人のアンソレーナ。彼は元々一番下っ端の役人だったが、気まぐれな文才を発揮して《村風《ブリサス・ルガレーニャス》》紙に埋め草を書いて名をあげた。ちなみにこの短命な新聞は出来事よりも当事者たちの心情に長く訴えることを旨としていた。愛想が良く、冗談をとばしていた老マランブレは、無邪気で性根は悪くないものの、悪ふざけの好きな人物であった。そして宿屋の主人として敬愛されていたモデスト・ペレス。彼こそ、私がベルナルド氏の逸話集として記している短くも麗しいこの物語と密接に関係する人物である。ペレスの名を挙げるとき、彼がこれまでと変わらず忠犬パチョンをともない（毛の長い、滑稽なほど太ったウォータードッグである）、愛用の杖と健康な体を支えとして、幾久しく我々とともにあらんことを祈らずにはいられない！　回顧を目的とする壮大なフレスコ画とも言うべきベルナルド氏の演説原稿には、正否を問わず皮肉っぽいところはまったくなく、卑俗さや不協和音も皆無で、そこに登場する我々の先人たちは、まるで別人のようであった！

式典の実行委員会を率いていたのがベルナルド氏自身ゆえ、演説の依頼は当然だったと言っていいだろう。氏は、この土地のもっともすぐれた人格者であり、また最高の、事実上唯一の歴史家でもあった。昔日の朝、まだ子供だったベルナルド氏は、すでに学校用の外套のポケットにアウビン著の入門書『アルゼンチン史』をしのばせていた。まれに気晴らしをするとしても、地元の文書保管庫で調べものをするか、通信会員として所属していた数多くの団体の秘書や弁護士と書簡のやりとりをしていた。この活動が、やがて人心収攬の観点から賞賛されることになった。というのも、ベルナルド氏は――信頼できる競売人から聞いた話である――経歴の修正を認める人々に与したのである。その競売人が請けあったように、氏はけっして往年の名士たちを栄光の座から引きずりおろすことはなかった。あまり好ましくない気どり屋を褒めそやすこともあったが、ベルナルド氏の見解は礼を失することなく、しかも実証を積みあげたものだったと言っていいだろう。

今から、なぜベルナルド氏が式典での演説を放棄したのか精査してゆくが、臆病な人のために警告しておく。我々はおそろしい謎に肉薄しなければならない。数えきれない非難と、絶縁宣言の原因となった痛ましい出来事の中心にいるのは、一羽のバタラサ種の鶏である。平素から公証人事務所には鶏の群れが入りこんでいた。問題の一羽は、病気を予防するかのごとく、首の周囲に羽毛をたくわえていた。しかし他に大きな特徴はなく、私は気にとめなかったのだが、ベルナルド氏には注視すべき理由があり、たしかにその鶏の様子を詳細にとらえていた。おそるべき眼力と言ってもいいだろう！

ここで重要な点は、この件に関わるのが一羽の鶏だけでなく、他の家畜も含まれていることである。なぜなら、鶏は群れにまぎれて私には認識できなかったが、他の動物およびそれに関連する出来事を証拠として提示できるからだ。

そうした事例としては適切でない可能性もあるが、いま私の筆によみがえるのはベルナルド氏の家でおきた偶発的な些事である。偉大なるベルナルド氏の知遇を得ていない人間にとっては、特に重要であると認められず、瞠目すべき点はないと思われるかもしれない。あれはカプラ氏の未亡人に署名をもらうため、ベルナルド氏が農場地へ赴いて、帰宅したときであった。氏は私を自室に呼び、ブーツを脱ぐのを手伝わせた。ほどなく髪を三つ編みにしたラ・パロマが、落ちつきはらい、甘いマテ茶を盆にのせて聖域であるその部屋へあらわれた。あのとき我々三人のあいだには見事なほどの調和が成立していた。ベルナルド氏はマテ茶の最初の一口を味わい、脱いだばかりの大きなブーツを横に置き、カフェオレ色の分厚い靴下をはいて判事のごとく座っていた。ラ・パロマは主人の表情を注視し、私も彼女と同じ気持ちで、しかし主人に敬意を表するため少し距離をとっていた。その直後、私の記憶に間違いがなければ、外で群れていたガチョウか、アヒルだったかもしれないが、おそらく家の先にある沼へ向かうために部屋を通り抜けようとした。ベルナルド氏は、まるで敵に遭遇したかのごとく立ちあがり、群れの一羽の行く手をはばむと、手近にあったブーツの片方を振りあげ、驚いている我々の前でその野鳥に投げつけたのだ。

もうひとつ、これまで私の記憶の底に沈んでいた逸話を語ろう。

ある日、仕事を終えたベルナルド氏が身支度をしてあらわれ、小屋の柵を出て、馬車の横でおとなしく待っている馬のオソのところへ歩いてきた。帰路についたとき、氏が突然こぶしを振りあげ、驚くほど巨大なオソの尻を殴打したのだ。殴ったと言っても腕力は大して強くないであろうが、虐待しようとする意図は明白であった。オソは家族の一員と言える存在だが、危害を加えた相手との関係によって行為自体が変わるわけではないので、その点は検討からはずそう。

私がわきまえもなく、おそらくけげんそうにその様子を見ていたからであろう。氏は表情を変えず、空虚と言えるほど平然と私を見つめて、おもむろに口を開き、こう尋ねた。

「ガルシア・ルポよ、動物の世界が何のためにあるのか、考えたことはあるかね？」

ベルナルド氏の口調には私を震撼させる響きがあった。しかし雌羊の出現によって、私はその質問から解放された。仔羊を連れたその雌羊は、どうやらベルナルド氏の両足のあいだを通るつもりらしく、しかし足蹴にされて追い払われてしまった。

一連の出来事の、最後の逸話を紹介しよう。土曜日、私は支離滅裂な夢とともに昼寝からさめて、家の人間が不在であることを確認したのち、玄関に立った。ラ・パロマが裁縫学校からもどる刻限だったので、通りの先に視線を向けたところ、宿屋の主人のペレスが酒場へ入ってゆくのが見えた。忠犬パチョンは店には入らず、プラタナスの木をしつこく嗅ぎ回っていた。次の瞬間、酒場の観音開きの木戸をあけてベルナルド氏があらわれたのだ。氏の出現によって私は物思いからさめて──威厳のある、雄弁とも言える姿であった──彼に仕えることの誇りで満たされた。しかしその感慨は目の前で起きた思いがけない出来事によって当惑へと変わった。記憶をたどり、その場面を再現してみよう。突然ベルナルド氏の尖ったブーツが犬のパチョンの丸い体を蹴りあげたのだ。悲しげな吠え声のあと、よどんだ静寂があたりを包んだ。老人の杖代わりの犬を虐待するのは非道な行為に思われたが、毛深くて丸いパチョンの体軀は、笑いの対象にならない場合、不興を買うものだと認めるのはやぶさかではない。

普段の礼節をとり戻すのに時間を要したためであろう。家へ入ろうとするベルナルド氏の言葉によって、私は言い逃れのできない状況に追いこまれてしまった。

「そこで惚けていないで、先日の質問に答えてくれないか」

「質問とおっしゃると?」私は答えに窮して言いよどみ、氏の靴を見つめていた。

「動物に関することだ」

言葉をにごして時間をかせいだものの、ベルナルド氏の関心がそれることはなく、応じざるを得なかった。

「どういった動物のことでしょうか」

「とりあえず執務室へ行こう。ここでは話しにくい」

「動物は」無能だと思われぬよう、私はあわてて意見を述べた。「牧畜によって富をもたらします」

私の返答がベルナルド氏の耳にとどいたのか、定かではない。氏は肘掛け椅子に身をあずけて、淡々とした口調で私に告げた。

「ここなら落ちついて話ができる。今から重大なことを明かさなければならない。実は思いがけない偶然によって大きな秘密を抱えこむことになったのだ。ガルシア・ルポよ、これは冗談ではなく、もしそれが世間の知るところとなったら、多くの不都合な事態が生じるだろう。それゆえ私は、いにしえの料理人たちの知恵を手本とすることにした。彼らは経験から生まれた精華を受けつぐだけで、広く知らしめたりはしなかった。大衆を信頼してゆだねるなど、酔狂というものだ。私には血を分けた子供はいない。しかし事務所にひとり、しかるべき人間がいる……軽率な行動はしないと誓えるかな」

「もちろんです」

「今から思えば、発端は冷えこむ季節をむかえて尿の出が悪くなったことだった。私がコロンボ医師の指示で、決められた時間に糖衣錠を飲んでいたのはお前も承知しているだろう。純度の高い砂糖をまぶした錠剤で、服用当初は害をおよぼす兆候は見られなかった。しかし二週目に入って最初の一錠を飲んだとき、あれが始まったのだ」

「あれといいますと?」

「ある現象だ。あきらかに異常な症状だとみずからに言い聞かせ、コロンボ医師に相談するべきかどうか考えた。半時間ほど、あらゆる角度から自分の肉体および体調の変化を検討した。その結果、およそコロンボ医師のあずかり知るところではないという結論に達し、言わないことにした」

ベルナルド氏は無言になり、説明は終わったのかと思っていると、ふたたび威厳に満ちた態度で語りはじめた。

「そのうえで何らかの指針を得るため、つまり事態を見極めるために、迷わず最良の方法をとることにしたのだ。月曜日、眼科が専門のペルエロ医師がラス・フローレスからくる日に救急外来の診療所へ出向いた。医師が私に尋ねた。

『どうしましたか』

『視力に問題がないか、診てもらいたい』

あの女医は、何か言いたそうな顔でこちらを一瞥してから丁寧に診察し、最後に診断を告げた。

『異常なしですね』

その場合でも染みのようなものが見えたりすることはあるか、私は質問した。ペルエロ医師は、医者としても女性としても適当ではないと思われるが、彼女らしいざっくばらんな口調で答えた。

『あなた自身でわかるでしょ』

『染みは見えない』

『じゃあ、見えないのよ』医師は実にあっさりと結論づけ、よどみなく話しつづけた。『あとは食欲が衰えないことを祈るしかないわ。そもそも視力はね……』

たしかに眼科の女医の言うとおり、染みは見えない。しかし人間の顔が見えて——正確には全体的に卑小化された顔と言うべきだろう——それが愚鈍な動物の顔と重なって、はっきりとあらわれるのだ」

「あの、よくわからないのですが」私はとまどいながらベルナルド氏に尋ねた。「つまり動物の顔の上に、別の顔があるのですか?」

「まだ話は終わっていないぞ。とにかく種を問わず動物の顔を見ると、そこに小さな人間の顔が重なっているのだ。知っている顔もある」

「知っている顔?」

「そうだ。なにしろ子供のときに親しかった老人とか、辞書の挿絵で見たローマ皇帝だからな」

「そのようなことがおこるとは思えないのですが」

「なぜかな」

「失礼ながら、とっくの昔に死んで埋葬された方々ですし」

「生きている人間の顔でも見ろというのか?」

「そのほうが自然だと思います」

「生きている人間の顔は、その人間とともに存在している。頭を使って考えるんだ。私はお前に動物の有用性を尋ねた。人間の食料だなどと言わんでくれ。もしそうなら、わずかな知性さえも与えられなかったはずだ。食料となるべき哀れなものに知性など必要ないからな」

私は読書量には自信があり、神の創造は何らかのバランスを考慮したものだったことを思い出して、氏に告げた。

「では、尾でハエを追っている馬がそのバランスにどう寄与するか、説明できるかな。世界とは、すべてが有機的に結びつく形で考案された機械のごときものだ。その中で動物の存在を正当化しうる理由はひとつしかない。魂の輪廻だ。大昔からとなえられている説で、我々は死んだあと動物に生まれ変わる。私はそれを裏づける発見をしたのだ。鶏の顔に突然クレメンテ氏の顔がはっきりとあらわれて、今もそれが見える。こんな状況で思慮深い言葉を重ねて賛辞を呈することができると思うかね?」

私はひとつのひらめきを得て、尋ねた。

「最近あなたが馬のオソ、ガチョウ、犬のパチョン、他の動物たちを痛めつけていたのは、それが理由だったのですね」

「クレメンテ氏以外の地元の名士もいるし」と氏は答えた。「一見して歴史上の人物とわかるものもいる。これまで私が歴史について考えたことは、とんでもない間違いだった!」

ベルナルド氏が消え入るごとく人前に姿を見せなくなったことは、誰の目にもあきらかだった。また秘密を洩らさないためにみずからの行為を正当化せず、その結果、氏が精力をかたむけて築いてきた体面は人々の怒号に屈することとなった。しかし私の記したこの紙片がいずれ氏の記憶を復権させるであろう。

ところで、万人に効く薬はないと言うが、あの錠剤も例外ではないことを私は思い出すべきであった。ベルナルド氏が処方されたとおりに服用してみたのだ。その結果、排尿がおかしくなっただけで、重なった顔があらわれることはなかった。

雪の偽証

El perjurio de la nieve

グスタフ・マイリンクの著作では、『世界の秘密の王』と題された遺稿が思い出される。
ウルリッヒ・シュピーゲルハルター
『オーストリアと幻想文学』（ウィーン、一九一九年）

現実はここ数年で（まるで大都会のように）多様な広がりを見せている。その影響は時間にも及び、過去がすさまじい勢いで遠のいてゆく。たとえば、昔の狭苦しかったコリエンテス通りは数軒の家を残して忘れ去られた。第二次世界大戦はその前の大戦と混同される。かつてポルテーニョ劇場で踊っていた「美人三十姉妹」がたたえられるのも我々の記憶があいまいだからだ。チェスがはやったころは、ブエノスアイレスのあちこちに臨時の売店ができて、住民たちはテレビに映る（つまり架空の）盤面を見つめながら、すばらしい手を繰りだす遠くの名人に勝負をいどんだが、そうしたことも忘れられた。カンパーナ、メレーナ、シリェテーロらのブスタマンテ通りでの犯罪も、市民たちの「宣言」も、アデーラのテント小屋で繰り広げられたミロンガや激しい踊りも、バイゴーリ氏がビリャ・ルーロで呼び起こした嵐も、あの「悲劇の一週間」のことも、完全に忘れられているのだ。それゆえ、ファン・ルイス・ビリャファーニェという名を聞いても、ぴんとこないかもしれない。ここに書き写すのは、十五年前、国じゅうを震撼させた事件の記録だが、いまとなっては馬鹿げた空想によるくだらない絵空事だと思われたとしても、驚くべきではないのだろう。

ビリャファーニェはかなりの読書家で、それも手当たり次第に読んでいた。知的好奇心にあふれ、英語とフランス語が堪能で、慎ましくも有用なこの二つの言語によって、ギリシャ語やラテン語の素養を補っていた。《われら》《ノソトロス》誌など数誌に寄稿し、叢書《アルゼンチン文化》《ラ・クルトゥーラ・アルヘンティーナ》に携わるだけでなく、出色の新聞記事を匿名で書いたり、上院では党派をこえて数多くのすぐれた演説原稿を手がけていた。ビリャファーニェとすごす時間は楽しいものだった。彼が無秩序な生活をおくっていたことは知っているし、誠実とは言えない面もあったらしい。大酒飲みで、酔っぱらうと自分の恋の火遊びを詳細に生々しく語っていた。「上品な話し方をする人」（親友の一人だったパレルモ競馬場の調教師がそう言っていた）にしては意外な一面に思えるが、女性や恋愛のことは気軽に考えていて、礼を失することはなかったものの、すべての女性をものにすることが国民の義務、というか自分に課されたいい義務であると考えていた。身長は低く、顔はヴォルテールを思わせた。額は広く、目には気品があり、高慢そうな鼻だった。

私がビリャファーニェの著作集を出版したとき、トマス・ド・クインシーのような文体だと評する者もいた。しかし《青》《アスール》誌に掲載された匿名記事は、そうした意見よりも真実を重視していた。「ビリャファーニェのつば広帽が大きいことは認める。しかし並はずれた個性をもっていても、また『帽子をかぶったチビ』とか、正確ながら据わりの悪い『帽子をかぶった小男』というあだ名で呼ばれていても、少なくとも文学の面でド・クインシーと同一視することは容認しがたい。むしろ（人間的な面では）あのジャン・パウル・リヒターのおそるべき好敵手と呼ぶほうが適切であろう」

ここに書き写すのはビリャファーニェが残した記録だ。彼はこのおそるべき冒険に単なる傍観者として以上にかかわっている。一見すると単純明快な話に思えるが、けっしてそうではない。この出来事が起きたのは少なくとも十四年前で、主要な人物は九年以上前にみんな亡くなっている。忘却の彼方に葬られるべきで、そもそも事実と異なると言って公表に反対する者もいるだろう。反論するつもりはない。私はただ、ビリャファーニェが亡くなった夜、今年この記録を公表するように頼まれ、友人として約束を果たしているだけだ。ただし不快な思いをする人がいると困るので、いくつかの箇所で子供のように年代を間違えたり、本来とは異なる特徴を挙げたり、人物や場所の名前を変えたりしている。また個別に言及しないが形式的に変更した部分もある。理由はビリャファーニェが決まった指針をやみくもに守るだけで文体を考えていないからで、たとえば「なにか」という言葉は、必要でもすべて削除し、文意が曖昧になっても同じ言葉の重複をさけているのだ。これらを修正したとしても、ビリャファーニェを侮辱することにはならないだろう。シェイクスピアやセルバンテスのごとき完璧な作家ならいざしらず、これが草稿にすぎないことはビリャファーニェも承知していたはずだ。私自身の良心の呵責はともかく、修正を加えたこの記録によって、ある悲劇の真相がはじめて明かされ、これまで恐怖の対象でしかなかった事件の詳細がその原因とともに理解されるだろう。

ひとつ言いそえておくと、いまは亡きあの不滅のカルロス・オリーベ（彼との友情は日毎に誇らしいものとなってゆく）についての見解が示されている。これは単にビリャファーニェが、我々若い世代の人間に対して、一人の男として反感を抱いていたからだ。

A. B. C.

ヘネラル・パス（チュブ州）で秘かに起きたおそるべき出来事の記録

私が詩人カルロス・オリーベと出会ったのは、見るからに荒涼としたヘネラル・パスの町だった。新聞社に依頼され、政府の無策によってパタゴニアが放置されている現状を取材していたときのことだ。その程度の記事はわざわざ足を運ばなくても書けるが、私はビジネスマンではないので、そう簡単に割り切ることもできず、出向くことにした。移動で消耗した身体を引きずり、埃まみれになりながらバスでヘネラル・パスの〈ホテル・アメリカ〉に着いたとき、正午の太陽が照りつけていた。建設中だった大きなホテル以外に、町には国旗の色をあしらったガソリンスタンドや町役場とか、どんな家並みか忘れてしまったが、私が思っているよりもたくさんの家があったはずだ。そんなぼんやりとした町の風景がおそろしい記憶と重なる。あの出来事によって、これまで私がやってきたことも、これからおこなうであろうことも、まったく無意味になってしまった。日々の暮らしでも、夢の中でも、眠れない夜も、あの出来事はけっして忘れない。私という存在はその記憶にすぎない。あの町に着いたときの印象も含めて、すべてが——たとえば（ホテルの別棟としての）商店の木材、藁、おがくずの匂いとか、真昼の太陽に照らされて白っぽい埃を舞いあげる街とか、ホテルの窓から見た遠くの松林が——忌まわしく、ほとんど象徴的な力をおびている。はじめてあの松林を見たとき、私は何を思ったのか。不毛な土地にそぐわないとしてもただの林だったはずで、しかしいまでは思い出すだけで恐怖を覚える。

案内されたホテルの部屋には、別の客の荷物と服が置いてあった。ホテルの主人は、昼食の準備が済んでいるので、できれば早く食べてほしいと言った。しかし私は大して急がず、しばらくして食事の時間を過ぎていることに気づき、食堂へ向かった。そこで聞いた話こそ、秘められた暴力によって多くの人生を狂わす物語の序章となる。

食堂には長テーブルがあり、主人は椅子を少しさげたが立ちあがることもなく、その場にいた人々を紹介してくれた。町長、セールスマン、別のセールスマン……翌日になれば二度と会うこともない相手だと考え、ラジオもうるさかったので、名前は聞き流していた。そのとき、ある人物の名前——カルロス・オリーベという名前——が耳に飛びこんできた。それは驚くべき、まさしく信じがたい出会いで、頭で理解する前に笑みがこぼれ、私は紹介されたその若者に手をさし伸べた。相手は甲高い声で話し、わざとそうしているのではないかと思うほど無愛想だった。年齢は十七歳ぐらいで、背は高く、姿勢が悪い。髪はぼさぼさでうねっていて、小さいはずの頭が奇妙に大きく見えた。ひどい近眼らしい。

「オリーベというと、あの作家の?」と私が尋ねた。

「詩人です」若者は曖昧な微笑を浮かべて答えた。

「こんなに若い方だと思わなかったな」と私は正直な感想を言った。「先ほど紹介してもらいましたが、私は……」

「すみません、さっきは聞いていなかったもので」

「ファン・ルイス・ビリャファーニェです」と名前を告げた。それで了解してもらえるだろうと思った。

事情を説明しておくべきだろう。オリーベと出会う数ヶ月前、私は《われら《ノソトロス》》誌に「アルゼンチンの期待の若手」と題した記事を寄せ、その中でオリーベの本について好意的なことを書いていたのだ。オリーベの『歌とバラッド』を読んだところ、頭角をあらわしてきた若手作家にありがちだが、自国の伝統や主題についてまったく知らず、しかし外国の作品は熱狂的な模倣と言っていいほど詳細に研究している。またうぬぼれの強い、女のごとき気まぐれな記述や、構文や論理性を無視している箇所が少なからずあり、そういうところは興ざめだった。それでもこの作品の随所に、彼の詩人として真の天性と、文学への情熱を見ることができた。その情熱はひどく押しつけがましいものの、つねに美しかった。天才は――あるいはそれらしくふるまう人物は――少なくないし、オリーベにもそういう連中と似通った点があることは認めざるを得ない。それでも両者の違いを指摘しておくことは無駄ではないだろう。前者はそもそも芸術に関心がない。それほど興味深い差異ではないかもしれないし、作品を読んでもわからないが、私としては、オリーベが文学をこころざす人間として我々の仲間になったことを歓迎したかった。

「以前どこかでお目にかかったかもしれませんが」不意にオリーベが最初よりも高い声で話しはじめた。「ラジオのせいで、どうやら記憶の声もよく聞こえないので」

オリーベが何か的外れなことを言いだす前に、私は事情を説明した。

「実は《われら《ノソトロス》》誌で君の本について書いたことがあって、名前を言ったら、わかってもらえるかと思ったので」

あどけない顔が輝いて、興味を抱いていることはすぐにわかった。

「ああ、そうなんですか！」と彼は大きな声をだして、いかにも残念そうに「読んでいないんですよ。ラ・ナシオン紙が詩を掲載してくれるとき以外は、新聞も雑誌もまったく読まないので」

私は『歌とバラッド』が称賛に値する理由を説明し（当時もいまも文句なくすばらしい作品だと思っている）、いくつか秀逸と思われる詩を朗誦したところ、オリーベはいきなり私の背中を叩き、祝福の言葉を口にした。

「すばらしい、すばらしいですよ」と、激賞するように繰り返していた。

オリーベとの交流はそのあともつづいた。二日後バリローチェまで一緒に行ったときのことを話しておこう。実はその前に、おそろしい出来事に遭遇していたのだが。

我々のバスには、もうひとり喪服を着た老婆が乗っていた。こちらに話しかけたそうにしていたが、私とオリーベはあまり気乗りせず、むっつりと黙りこんでいた。給油のために停車したバスを降りてぶらぶらしていると、オリーベが意外なほど冷たい口調で、はき捨てるように言った。

「あんなやつの機嫌をとるなんて、まっぴらだ」

もちろん老婆のことを言っていて、確かに話し相手として魅力的ではないが、私にはそれほどひどい成り行きとも思えなかった。しばらくすると、老婆がわざとらしくつぎの町はモレーノかと尋ねてきた。私が答えようとすると、オリーベはあぐらをかいてバスの床に座りこみ、腕を広げ、私の目を見つめながら、どら声で朗誦をはじめた。

さあ、みんなこの大地にすわってくれ、そして
王たちの死の悲しい物語をしようではないか
これからは墓場や蛆虫や墓碑銘のことのみ話すとしよう

オリーベのふるまいは、なんとも場違いで、仰々しく、子供っぽいと思われるかもしれない。ただ(意図はあいまいだが)彼なりに良かれと思ってやったのだろう。憂鬱な気分をふきとばそうとしたのだ。老婆は大笑いし、三人で話しはじめた。それこそオリーベが避けようとしていたことではないかと言われるかもしれない。それでもオリーベは称賛を受けることにとても敏感だったし、彼と出会った多くの人たちと同じく、オリーベを見て老婆が大いに感銘をうけていたのも事実だ。オリーベが朗誦したのはシェイクスピアの一節をもじったもので、彼がしばしば見せる奇矯なふるまいはシェリーの真似だとわかっていたが、あえて指摘しなかった。

オリーベの行動がすべて剽窃であったと言うつもりはない。人にはその人物像を語る逸話がある。あれはホテルに着いた日の午後だった。私が昼寝をしようとしていると、庭からオリーベの声が聞

こえてきた。オリーベは、円卓の騎士トリスタンが死を迎える場面をまるで不死鳥の復活のごとく、何度もうたっていた。お茶でも一緒に飲もうと思って庭へ出たが、姿は見えない。戸口にホテルの主人がいたので、オリーベを見かけなかったかと訊いた。

「見ていませんね」と頭上からオリーベの大声がした。「誰もぼくを見ていませんから」そう言って、得意そうにつづけた。「ここです、木のうえですよ。考えごとをしたくなると、いつも木にのぼるんです」

それから同じ日の夕方、セールスマンや町長と話しているときのことだ。オリーベも会話を楽しんでいると思ったが、突然何か抑えがたい衝動を感じたように部屋の奥へ走っていった。話をしていた人はその続きを忘れてしまい、周りにいた我々も啞然として、なんとかその場をとり繕おうとした。そのうちオリーベがもどってきた。顔を見ると、安堵の表情が浮かんでいる。一体どうしたのかオリーベに尋ねた。

「大したことじゃない」彼は屈託のない表情で、おだやかに答えた。「椅子が見たかったんです。どんな椅子か思い出せなかったので」

こうした逸話で、オリーベに対する私の考えが誤解されていなければいいが。何かを正しく表現するのはとてもむずかしい。欠けている部分があってもいけないし、度を越してもまずい。私はオリーベの独創性を認めていて、それが奇怪ともいえる二つの逸話によってゆがめられていないだろうか。いまの箇所を読み返したところ、曲解というか、私の意図に反して誤解を受けそうで不安を抱く。むしろ彼の『歌とバラッド』にこそ目を向けるべきなのだろう。好みはあるだろうが、将来にわたってうたいつがれ、いつまでも称賛されるべき作品で、人類の遺産であることは間違いない。またオリーベをつき動かす、詩人としての気質にも注目するべきだ。彼はとても文学的な人間で、みずからの人生をひとつの作品にしようとしていた。オリーベはお気に入りのモデル――シェリーとキーツ――をなぞっており、作品だけでなく彼の人生そのものが、そうした記憶の寄せ集めに他ならない。もっとも、並はずれて大胆な知性を持っていたり、絶えず幻想の世界に生きている人間に対して、それ以外のことを期待するのは不可能だろう。ありふれた批評的な観点でオリーベについて考え、この国のきわめて短い文学史と重ねた場合、その歩みはいつまでも象徴として、つまり詩人の象徴として理解されてゆくだろう。

ヘネラル・パスでの昼食時に話をもどそう。すでに述べたが、テーブルは窓際にあり、そこから遠くの松林が見えた。

「あれは農場かな?」と、誰かが訊いた(オリーベか、セールスマンのひとりか、あるいは私だったかもしれない)。

「ええ、フェアミーアンというデンマーク人の農場です」と町長が答えた。「〈ラ・アデーラ〉と呼ばれています」

「とても厳格な人で」とホテルの主人が言った。「やたらと規律にうるさくてね」

「アメリコさん、規律だけじゃないでしょう」と町長が答えた。「二十年前の一九三三年ならともかく、この文明の進んだ時代に、荒野の農場のような暮らしをしているんですから」

突然オリーベが立ちあがった。

「さあ、文明に乾杯しよう」と甲高い声で叫んで、「ラジオに乾杯だ」
くだらない軽口をたたいているオリーベをのぞいて、この国には隅々まで文明が行きわたってい
ると、私は心の中でつぶやいた。他の人たちはただ黙って彼を見つめて、そのうちオリーベも腰を
下ろした。
「あの〈ラ・アデーラ〉は、得体の知れない、異様なところだ」と、誰に言うともなく町長がつぶ
やいた。
なぜ二十年前の暮らしが得体の知れない異様なことなのか……その理由を知りたいと思ったが、
興味を示すとオリーベに軽蔑されるのではという不安が頭をよぎった。ホテルの主人は何も言わず
部屋を出ていった。こちらが訊く前に、町長は説明をはじめた。
「あそこに木戸が見えるでしょう」
私は立ちあがって、目を凝らした。松林の中に、小さな屋根のついた白い木戸が見えた。
「一年半前から、あの木戸をくぐった人間はひとりもいません」と町長はつづけた。「毎日同じ時
刻に、葦毛の牝馬がひく籐製の車で、フェアミーアンさんがあらわれる。そして配達された荷物を
受けとって、農場へもどってゆく。いつも「こんにちは」「さようなら」といった挨拶を交わすだ
けで、ろくに話もしません」
「ぼくらも会えますかね?」とオリーベが言った。
「五時になれば会えますよ。でも私だったら弾が飛んできそうなところには近づきませんね。あの
先で待っているのはブローニング社の銃だそうです。農場から逃げだした作男が言っていました

よ」

「ええ、外へ出ることが禁じられていて、ほとんど誰とも接触しない。あれでは娘たちがかわいそうだ」

「逃げだした?」

私は〈ラ・アデーラ〉の住人について尋ねた。

「フェアミーアンさんと四人の娘、使用人の女が数人、あとは畑で働く作男です」と町長が答えた。

「四人の娘の名前は?」とオリーベが目を輝かせた。

町長は俗っぽい質問に答えるべきかまよっていたようだが、名前を挙げた。「アデライダ、ルス、マルガリータ、それにルシーアです」

彼は〈ラ・アデーラ〉の庭園や森についても長々と説明してくれたが、それはずいぶん冗漫で、聞かなくてもいい話だった。

後日ブエノスアイレスへもどってから、私はルイ・フェアミーアンに関する情報を得た。彼はニルス・マティーアス・フェアミーアンの子として生まれた。父ニルスはデンマーク学士院の会員で、ショーペンハウアーの著書に賞を授与するために票を投じた、ただひとりの人物として知られている。ルイは一八七〇年ごろに生まれ、二人の兄がいた。ひとりはアイナという名で、ルイと同じく聖職者の道にすすんだ。長兄のマティーアス・マティルドゥス・フェアミーアンは軍艦の船長だった。船内の規律にうるさく、いつもひどい格好をしていて、おそろしいほど信心深いことで有名だった。また「難破した船から夜間に鼠のごとく逃げだして」(H・J・モルベク『デンマーク海軍年報』コペンハーゲン、一九〇六年、コング・カールス・ラン群島でみずから命を絶ったことでも評判になった。これに対して、アイナとルイは堕罪前予定説との戦いで名をはせた。この争いは、単なる論争の域をこえて激化し、平和だったデンマークの空が燃えあがる教会の炎で染まり、ついに政府が介入したことで有名だ(「自由な国にあって、ルイは三百年眠っていた情熱をふたたび呼び起こしたのです。もし弟が十六世紀の人間だったら、あのカルヴァンを火刑にしていたでしょう」と、のちにアイナが述べている)。王の名代として派遣された人々は、兄弟を含むアルミニウス派の牧師に対して和解案への署名を求めた。最後まで拒んだ牧師のひとりがアイナで、しかし結局は署名に応じた。物語は思いがけない結末をむかえたりするが、このときも当初はアイナこそ激しい宗教運動の英雄と思われていたが、英雄になったのはルイだった。彼は和解案を受け入れようとしなかった。妻の体調が思わしくなかったにもかかわらず(娘のルシーアを生んだばかりだった)、ルイはデンマークから去ることを選んだ。それからまもなく、一九〇八年十一月の夕刻、一家はロッテルダムで船に乗りこみ、アルゼンチンへ向かった。妻は船上で死んだ。宗教的な闘争や兄の裏切りばかり考えていたルイにとっては思いもよらないことで、容認しがたい罰か、おそるべき警告に思われた。ルイ・フェアミーアンは、娘たちをつれて人のいない場所へ逃げこむことを決め、「あの孤独で果てしない国」たるアルゼンチンの深淵にあるパタゴニアを目指した。そしてチュブ州の原野に土地を買い、すべてを忘れるために働きはじめ、やがてそれに没頭した。借金をしてかなりの金額をかき集めると、常人では考えられない規律と意志の力で生活の場を見事に築きあげ、荒れた土地に庭園や屋敷を建てた。そして八年たらずで莫大な借金をすべて返済してしまった。

〈ホテル・アメリカ〉に着いた日の午後に話をもどそう。お茶の時間で、ビスケットをつまみながら、ほうろう引きの大きなカップでマテ茶を飲んでいるときだったと思う。フェアミーアンが木戸のところにあらわれるのを待って、こっそり覗こうという話になった。

「そろそろ五時だ」と私は言った。「ここからは遠いし、急がないと間にあわない」

「ぼくらの部屋に行きましょう。そのほうが近くから見えますよ」とオリーベが主張した。

オリーベの意図がよくわからないまま、私は彼について行った。部屋へもどると（我々が同じ部屋であることは述べたと思う）、オリーベはホテルラベルが貼られたスーツケースを乱暴にあけ、笑みを浮かべながら手品師を思わせる仕草で立派な双眼鏡をとりだし、私を窓のそばへ招いた。彼が双眼鏡をもちあげて覗きはじめた。私はオリーベが双眼鏡を貸してくれるのを待った。

遠くの木々のあいだに屋根つきの小さな木戸があり、その先に小道がのびて、林の奥へつづいている。突然、白いものがあらわれ、やがて荷車をひく葦毛の馬だと気づいた。オリーベに視線を向けたが、双眼鏡を渡す気配はなかったので強引にとりあげた。焦点をあわせると、馬のひく黄色い荷車をはっきりと確認できた。荷車には黒い服をきた男が微動だにせず座っていた。男は荷車からおりると、木戸のほうに歩いていった。みすぼらしいなりだが動作はきびきびとして、その一連の動きが過去から未来へと繰り返されているような、妙な感慨をいだいた。双眼鏡で拡大された光景が、永遠の時間の中に存在している気がした。

私は双眼鏡を拝借した礼を言って、オリーベと飲みに行った。

「皆さん、聞いてください」とオリーベが鼠のような甲高い声で叫んだ。「さっきこの目で実際に見て決心しました。〈ラ・アデーラ〉に行ってみるまで、ぼくはこの地を去りません」

　ホテルの主人は、その話を額面通りに受けとった。

「私なら行きませんね」と主人は何の感慨も交えずに言った。「あのデンマーク人は、頭はおかしいけれど、腕は悪くない。それに犬がうろうろしているし、おそわれたらずたずたに食いちぎられてしまう。やめたほうがいい」

　話題を変えようとして、私はオリーベにブエノスアイレスでの交友関係を尋ねた。

「友人と呼べる人はいませんが」と彼は答えた。「でも、アルフォンソ・ベルヘル・カルデナス氏なら、その称号を与えることはできると思います」

　私はそれ以上訊かなかった。オリーベが怪物めいた存在に、というか私とオリーベが相容れない怪物同士に思われた。アルフォンソ・ベルヘル・カルデナスの本は一冊読んでいて、この早熟な作家についての記事も書いていた。『混沌』という著書があり、駆けだしの現代作家が陥るほとんどすべての誤りも見受けられた（ほとんどすべてというのは、彼の作品にはまだ脱稿していない短篇やエッセイがいくつか含まれていたからだ）。余談だが、のちに私は考えをあらため、いまではベルヘルこそ得がたい友人であり、また私のあとを託せられるただ一人の弟子だと思っている。しかしあのときはオリーベの答えを聞いて、そのまま席を立った。

「書いておきたいことがあるので部屋へもどるよ。またあとで」

　たぶん、いらいらしながらオリーベをあしらったと思う。原因はオリーベ自身にあったと言ってもいいが、それでも思い出すとオリーベが哀れになってくる。陽気で快活で場違いな行動をするオリーベは、パタゴニアで迎えたあの夜、思いもかけない迷路に入りこみ、逃亡しなければならなくなるのだ。

十時十五分ごろ、オリーベは詩作のために散歩をしてくると言って、ホテルを出ていった。とんでもないことばかりする人間ではあったが、あの晩はひどく寒かったので、まさしく狂気の沙汰だった。私は真面目に受けとらず、返事もしないでそのまま見送った。オリーベは、まるで何かおそろしい約束でも果たすように思いつめた様子だった。私もあとから外へ出たが、暗い夜で、いくら歩いてもオリーベの姿はなく、そのまま松林に入りこんだ。犬が怖いとは思わなかった。幼いころはいつも家に犬がいたので、どうあしらえばいいのかわかっている。そのうちに月が出て、雪が降りはじめた。ホテルまでは五十メートルほどの距離で、しかし降りが強く、戻ったときにはブーツが汚れていた。部屋ではオリーベが寒さでぼうっとしながら、私を待っていた。彼はまた詩作の話をはじめたが、このときも私はまともにとりあわなかった。二人で酒を飲んだ。そうすることがオリーベにとって、たぶん私にとっても必要だったのだ。私は外へ出たときのことを語った。少し酔っていたのだろう。オリーベがすべてを打ち明けることのできるすばらしい友人に思われたので、夜明けまでつきあわせた。私はひたすら飲み、しゃべりつづけた。

目が覚めたとき、日はもう高くなっていた。窓のそばに立っていたオリーベが、驚きの表情を浮かべながら、両手をひろげて叫んだ。

「またひとつ神話が消えてしまった！」

何のことかあえて訊かなかった。知りたいとも思わず、それよりも寝ていたかったが、オリーベは話をつづけた。

「いま〈ラ・アデーラ〉へ車が一台入っていった。何かあったんだ」

オリーベは部屋を出ていった。私はようやくベッドから起きあがる。しばらくすると、オリーベがもどってきた。見るからに落胆していて、その様子は芝居がかっているといってもいいほどだった。

「何があったんだい?」と私は訊いた。

「もう森に入っても大丈夫です……娘の一人が死んで、禁制は解かれましたから」オリーベは答えた。

外へ出たオリーベと私がゆっくりと歩いていると、ホテルの主人が年代物の車でやってきた。

「どこへ行くんですか」と、またオリーベが遠慮なく尋ねる。

「モレーノの町さ。医者が必要でね。この町にいるのはろくな医者じゃない。死亡証明書が必要だから今朝わざわざ医者の家まで行って農場へ出向くように頼んでおいたんだ。ところがさっき農場から連絡があって、きていないというので呼びに行かせたら、ネウケンへ出かけて留守なんだよ」

セールスマンの一人が通夜に出席するかと訊いてきた。オリーベが自分たちは行かないと答えた。

「行ったらどうですか」と主人が言った。「町じゅうの人間も行きますよ」

しかしオリーベの気持ちは変わらなかった。それも無理からぬことで、通夜に出るのはあまり楽しいことではない。ただオリーベが私の意向を訊かず、勝手に答えたのは不愉快だった。

我々はその日の午後を無為に過ごした。つぎの日までバスが出ないので町を去るわけにもいかなかった。ヘネラル・パスの住民は、みんな通夜へ行っていた。話をする気にもなれず、私は死んだ娘のことを考えていた。オリーベもそうだったと思う。死んだ娘の名前を知っているのか訊いてみたい気もしたが、やめておいた（オリーベには威厳をもって接していたものの、ときどき彼の意見をおそれるように顔色をうかがってしまうことがある）。

オリーベがやっと口を開いた。

「やっぱり通夜へ行きませんか？」

私はうなずいた。ヘネラル・パスに車は一台ものこっていなかったので歩いていった。〈ラ・アデーラ〉の木戸をくぐったときは、すでに日も暮れようとしていた。二人とも黙って厳かに足を踏み入れ、いまから考えると、そんな自分たちのふるまいが愚かに思えるし、また予兆にも思える。

オリーベがつぶやいた。

「犬はつないであるかな」

「当たり前だろう」と私は答えた。「人がくるんだから」

「田舎者は信用できませんからね」と言って、オリーベは周囲の様子をうかがっていた。

木立の中を十分間ぐらい歩くと、ひらけた場所へ出た（見渡すと、木々が周囲を覆っていた）。一番奥にフェアミーアンの家がある。かつてデンマークの写真で見たような家で、それをパタゴニアで目にするとは思わなかった。とても大きな二階建ての家だった。屋根は藁葺きで、壁は白く塗られ、窓や扉には黒い木枠が組んである。

ノックをすると、中から扉を開けてくれた。ずいぶんと広く、かなり明るい回廊（田舎の家にしては明るすぎる）へ案内された。扉や窓は群青色で塗られ、棚には磁器や木製の置物がびっしりと並べられ、きらびやかな敷物がしかれている。オリーベはその家に入ったときの印象を、孤島や船上よりも隔絶された世界に入ったようだと形容した。室内の置物、カーテン、敷物、さらに赤、緑、青で塗られた壁や額縁のあいだに、触れることができるのではないかと思うほど濃密な空気がただよっていた。オリーベが私の腕をつかんでささやいた。

「まるで大地の中心に建っているみたいですね。朝がきても鳥のさえずりさえ聞こえないんじゃないかな」

オリーベの言葉は嫌味なほど誇張され、気どっていたが、家へ入ったときの印象を的確に表現していた。

我々は巨大な広間へと進んだ。大きな暖炉が二つあり、くべられた松薪が激しい炎をあげ、ぱちぱちと音をたてて燃えている。部屋の奥の薄暗い一角に人々が集まっていた。その中のひとりが立ちあがって、こちらへ歩いてきた。町長だった。

「フェアミーアンさんは、だいぶ気を落としていますよ」と町長は言った。「ひどく落胆している。お悔やみを述べられてはいかがですかな」

我々は町長のあとにつづいた。周りの人間は誰も口を開こうとしなかった。喪服を着たフェアミーアンは、うなだれて（とても白い、肉づきがよい顔をしていた）大きな肘掛け椅子に座っていた。町長が我々を紹介しても、フェアミーアンは言葉を返すどころか、ぴくりとも動かず、話を聞いているのか、そもそも生きているのかもわからないような状態だった。周囲の人間はあいかわらず押し黙っている。しばらくして町長が我々に言った。

「亡くなった娘さんに会いたければ」と腕をのばし、「あの部屋ですよ。他の娘さんたちが夜伽でつきそっています」

「あとでいいです」と私は即答した。「急ぐ必要はありませんから」

見あげると、天井はかなり高く、その広間の一辺を占める形で、聖歌隊席を思わせる中二階があった。中二階の端の部分に赤い手すりがついていて、奥には二枚の赤い扉が見える。中二階のところから緞帳のようにぶ厚い緑色の垂れ幕が下がり、広間の一辺を覆っていた。

フェアミーアンの椅子の横には鷲の飾りのついたフロアスタンドがあり、オリーベが無遠慮にもたれていた。何やら落ちつかない様子で、オリーベが私に尋ねた。

「何を考えているんです?」

私はふと思いついたことを答えた。

「しばらく記事を書いていないと思ってね。いいネタがみつからないもんだから」

「じゃあ、このことを……」とオリーベが訊いてくる。

「それはいい」と町長が言った。

「いや、それはちょっと」と私は遠慮したが、町長はめげなかった。

「フェアミーアンさんにとっても名誉なことじゃないだろうか」

「しかし」と私は主張した。「記事にするといっても写真がないので」

自分が腹黒い人間になった気がした。そうほのめかすと、町長とオリーベは意図を察した。

「フェアミーアンさん」と町長が大きな声で呼びかけ、相手の顔色をうかがいながら切りだした。「こちらは新聞社の方で、娘さんが亡くなった記事を書きたいそうなんだ」

「それはどうも」とつぶやいただけで、フェアミーアンは何の反応も見せず、うつむいている。まるで死人と話しているようで気味が悪かった。「申し出はありがたいが、できればそっとしておいてやりたいのでね」

「この方は」と私を指さしながら、町長はつづけた。「写真が一枚ほしいだけなんだ。記事に必要だから」

「記事にするべきですよ」とオリーベが無邪気に主張した。

「そうですか」とフェアミーアンはつぶやく。

「写真をいただけますか」とオリーベが尋ねた。

執拗な申し出に抗せず、フェアミーアンはうなずいた。私は哀れみさえ感じ、手をさし伸べてやりたいと思ったが……なりゆきを見守ることにした。

「いつ、もらえますかね?」とオリーベが言った。

「娘がきてからでいいですか。私は疲れてしまった」

「そんなことおっしゃらずに」とオリーベは尊大な感じで、しつこく頼んだ。「どこにあるんですか」

「私の寝室に」と、フェアミーアンがつぶやいた。

オリーベは、うえを向いて目を閉じ、しばらくじっとしていた。そのあと、突然何かを思いついたように動きだし、緑色の垂れ幕の奥へ消えて、ふたたび中二階の聖歌隊席のところにあらわれた。二つの扉の前で少し思案している様子で、やがて左の扉を開けて中へ入った。

だまって聖歌隊席を見つめていた町長が両目を見開いて大声で言った。

「何をしようっていうんだ?」

私は騒ぎになる前に、なんとかその場をとり繕わなければならなかった。「彼は詩人で、そう、詩人なんですよ」と愚にもつかぬ理由を繰り返した。

部屋から出てきたオリーベは、下へ降りるために中二階の奥へ消えて、ふたたび垂れ幕の後ろからあらわれた。手に写真を持っている。私は写真を覗きたいと思いながら、オリーベがフェアミーアンに尋ねるのを不安な気持ちで聞いていた。

「これですか?」

フェアミーアンはしばらく動かなかった。それは一秒にも満たない短い時間だったかもしれない。うなだれて、心労で意識をうしなっているかのごとく身動きひとつしなかったが、やがて写真の存在を感じて息を吹き返したように立ちあがり、明かりをつけた。背は高く、痩せている。顔立ちは女性的で、色白でふっくらとしているが、薄い唇と大きな青い目のせいか、何事にも動じない非情さを感じた。

そのとき、娘の一人がやってきてフェアミーアンの肩に手をのせた。

「お父さん、興奮するとよくないわ」

そう言って娘は明かりを消して、行ってしまった。

町長は後になってオリーベに言ったそうだ。私がその娘をじろじろ見ていた、と。入口のわきにソファーがあり、私はそこに腰を下ろした。その場所から死体を安置している部屋まで回廊が伸びている。弔問客は私の横を通って、故人と対面しにいくのだ。私は長いあいだ、たぶん何時間もそこにいた。フェアミーアンの娘のひとりが横を通った。オリーベもそこを歩いて部屋へ入り、出てきたときは涙をうかべて私と目をあわせようとしなかった。もうひとりの娘が私の横を通りすぎた。

私はようやく立ちあがり、おいとましようとオリーベに声をかけた。死体を見るのは好きではない。見てしまうと、生きていたときの姿を思い出せなくなる。オリーベに写真を持っているのか尋ねると、震える声で持っていると答えた。外へ出てから、写真を渡すように頼んだ。暗闇といってもいい状態で道に迷ってしまいそうだった。

ホテルへもどり、オリーベはアニス酒を頼んだ。私は酒を飲む気分になれなかった。二人ともむっつりと黙ったまま夜を過ごし、やがて朝になった。私は八時前ごろに眠ったが、オリーベは一睡もしなかったと思う。

すぐに目が覚め、しかし何もする気がおきず、昼までごろごろしていた。オリーベは葬儀にも出席した。そのあと、我々はバスに乗り（バリローチェ、カルメン・デ・パタゴネス、バイーア・ブランカを経由する形で）ブエノスアイレスへ向かった。バスに乗った初日の午後、オリーベはひどく落ちこんで、それまで以上に奇嬌なふるまいをしていた。

別れるとき、オリーベがもう一度ルシーア・フェアミーアンの写真を見せてほしいと頼んだ。彼はひったくるように写真を受けとると、数秒間じっと見つめ、そのあと急に目を閉じて写真を返した。

「この娘は」と言ったあと、オリーベは言葉をさがして、つぶやいた。「この娘は地獄にいたんだ」

その意味をよく考えたわけではないが、私はオリーベに答えた。

「確かにそうだが、どこかで聞いたセリフだね」

「そんなことは大して重要じゃないですよ」とオリーベは穏やかに答えた。私は心の貧しさをさらけだしてしまった気がした。「ぼくたち詩人に独自性なんてありません。たまたま宿った肉体を動かしているだけなんです」

本当にそうなのかわからないが、ただオリーベの言葉はその奇妙な行動の一端を説明している。つまり即興でひとつの人格をつくりあげようとする願望に起因しているのだ。あるいは、文学的な動機に由来すると言ったほうがいいかもしれない。オリーベは、おそらく自分の人生で起きたことを書物の出来事として見ている。注目すべきは、オリーベがルシーア・フェアミーアンの写真を見ながらつぶやいたことだ。他人の言葉であったとしても、それを言わせたのは予見する力、つまりいにしえの詩人たちが備えていた能力だった。

ブエノスアイレスでオリーベと会うことはほとんどなかった。留守中に何度か電話があったことは下宿の女中から聞いていた。ある晩、オリーベが私の働く新聞社へやってきた。彼と会ったのはそのときが最後で、一番鮮烈な思い出でもある。彼は髪を振り乱し、異様な目つきだった。

「話があるんです」とオリーベは大声で言った。

「いいとも、話してくれ」

「ここじゃだめなんですよ」と、周囲をうかがった。「二人だけで」

「申し訳ないが」と私は答えた。「まだコラムが半分残っているんだ」

「終わるまで待ちます」とオリーベが言った。

そして立ったまま、身動きもせず、じっと私を見つめていた。こちらの邪魔をするつもりはなかったのだろうが、見られていると思うと落ちつかない。「しかしここで負けるわけにはいかないな」と考えて、私は気持ちを鎮め、鈍くさいと言ってもいいペースでコラムの記事を書きつづけた。

新聞社を出ると、雨が降ったせいで冷えこんでいた。オリーベは建物に沿って歩道を歩こうとしたが、私がいたので反対の車道側を歩くしかなく、ずぶ濡れになって咳をしはじめた。私は間を置いてから、おもむろに話しかけた。

「いったい何の話だい?」

「一緒に旅行しませんか。行き先はコルドバ、旅費は全部だしますから」

オリーベは単に裕福なだけでなく、裕福ゆえに傲慢なところがあり、私を親しい友人だと思いこんでいることも不愉快だった。たまたま一緒にパタゴニアを回っただけで、私が同行しなければならない理由などはない。

「無理だよ」と答えたあと、私は彼の気持ちに配慮して「仕事が忙しいんだ」と言いそえた。それはいまでも良かったと思っている。

オリーベの不満そうな態度を見て、私はいらだちをつのらせた。ようやくあきらめてオリーベが言った。

「わかりました。その代わりお願いがあります」

私はこれ以上何を頼むのだろうと考えた。

「コルドバへ行くことは誰にも知られたくないんです。秘密にしておいてください」

それ以降、オリーベから電話があったかどうか、わざわざ下宿の女中に訊くこともなかった。コルドバ行きを他言しないという約束は果たしたかどうかも、覚えていない。そもそもオリーベが本気で頼んでいるとは思えなかったし、いま思い出しても、やはりそういう気がする。いずれにしても、良心の呵責を感じることはない。私が話しても話さなくても、そのあとの出来事には何の影響も与えなかったのだから。

オリーベが落ちつかない様子でブエノスアイレスの狂騒的なイルミネーションに照らされながらすごすごと去ってゆくのを、私は冷ややかに見つめていた。二ヶ月後、つまりオリーベが苦悩と迫害に彩られた狭隘な土地へ旅立って二ヶ月がすぎたころ、遠くアントファガスタの町で庭先に横たわるオリーベの死体を警官が発見した。数日後ルイ・フェアミーアンが逮捕され、オリーベの殺害を認めた。しかし地元の警察も、首都サンティアゴから派遣された捜査官も、動機を明らかにすることはできなかった。彼らが知りえたのは、オリーベはコルドバからサルタとラ・パスを経由してアントファガスタに着き、フェアミーアンも同じルートをたどったことだけだ。私はこの事件を冷静に受けとめた。フェアミーアンがオリーベを追いつめる過程を、教会による啓蒙主義の迫害と重ねて連載するアイデアを思いついたが、結局あきらめた。他になすべきことがあると気づいたのだ。

かつて必要のないパタゴニア行きを命じた編集局長をくどき、かなり苦労したものの、国内外を問わず新聞社の費用でオリーベ殺害の取材へ出かける許可を得た。

それが木曜日のことで、まず知りあいを通じて、日曜日にバリローチェまで飛ぶ軍用機に乗せてもらう手はずを整えた。さらに翌週の水曜日にチリへ行くための航空券を購入した。

私はベラという名前のデンマーク出身の友人を訪ねた。彼女はトレス・アローヨスで働くエンジニアの妻で、もちろんデンマーク生まれだからといってフェアミーアン一家のことを知っている理由にはならず、あまり期待していなかったが、まったく見通しがないわけでもなかった。アルゼンチン国内に住んでいるデンマーク人はそれほど多くないので、お互いのことを知っているか、さもなければ知っている人を教えてもらえる可能性があったのだ。ベラは、トレス・アローヨスの住人でたまたまブエノスアイレスに滞在していたグロントヴィ氏を紹介してくれた。ある晩、タンゴの流れるエル・ヘルミナルの店でグロントヴィ氏と会った。私がフェアミーアンについて知りえたことのほとんどは、そのときに聞いた話だ。翌日の晩もグロントヴィ氏と会い、そこでより詳細な情報を手にすることができた。夜明けを迎えるころ、私とグロントヴィ氏はすっかり打ち解けていた。そして物憂い気分で、我々が権力に対して抱いている反感は、正当ではあっても不毛であると話し合った。またこの土地、特に我が国における政治活動は、その見通しが暗いことでも意見が一致した。それでも、こうした展望や諦めの気持ちによって落ちこんだりはしなかった。タンゴの演奏がはじまり、「酒宴の一夜《ウナ・ノチェ・デ・ガルーファ》」、「かんなくず《ラ・ビルータ》」、「アカスズメフクロウ《エル・カブレー》」といった曲が奏でられると、私とグロントヴィ氏は、胸に秘めた愛国心と、とにかく行動しようという意欲と、勇壮な歓喜とともに高揚感でつつまれた。

バリローチェに着いたのは日曜日の夕方だった。車で空港からホテルへ向かい、その運転手と交渉して、翌日ヘネラル・パスまで乗せてもらえることになった。

早朝に出発して、終日あちこちを回った。サヤーゴという医師がヘネラル・パスでまだ診療をしているか運転手に尋ねた。しかし彼はヘネラル・パスのことを何も知らなかった。

ヘネラル・パスに着いて医師の家の前で車を降りたとき、私は埃まみれで、へとへとに疲れ切っていた。サヤーゴ医師が扉を開けてくれた。医師は自分の名を告げ、右手をさしだした。とても青白く、しっとりとした冷たい手だった。あまり背は高くなく、髪と髭はそれぞれ真ん中から左右に分けられ、平行になでつけられていた。ひどくまずい飲み物がだされ、自家製のワインということだった。医師は自慢げにラジオを持ちだしたり（ラジオのおかげで「コロン劇場の中継や要職にある人々の演説もたくさん聞くことができる」と言っていた）、椅子を勧めたりした。しかし私が新聞記者だと知り、目的も彼の取材でないとわかると、こちらを気づかう態度を徐々にあらためていった。私は医師に尋ねた。

「かつてルシーア・フェアミーアンの死亡証明書が必要になったとき、あなたは〈ラ・アデーラ〉に行こうとしなかったですよね。その理由をお訊きしたくて、やってきました」

医師は目を見ひらいた。たぶん、わざわざラジオを持ちだしたことを後悔して、できることならまずいワインを吐きださせたいと思ったのではないか（ひどい代物だから、それもむずかしくはなかっただろうが）。医師は威厳を保ちながら話そうとして、しかしフェアミーアンの件には触れようとしなかった。それも無理からぬことで、彼にしてみれば私との会話がどんな結果を招くのかわからなかったし、それに良識のある人間なら、警察とかかわることは避けたいと思うものだ。私は相手が答える前にこちらの意向を伝えた。

「いま話さなければ、当局の前で話すことになりますよ。私に話しても後悔することはないとお約束しましょう。個人的な調査で、その結果を公表する気はありません。どうするかは、あなたが決めてください」

医師は自分のグラスのワインを飲みほし、生気をとり戻したようだった。

「なるほど」と大きな声で答え、勝者然として話しはじめた。「あなたが分別のある人間だということなら話しましょう。亡くなったとされる日の一年半前、私はフェアミーアンの娘を診察し、余命が三ヶ月であることを知りました」

「つまり死亡証明書をだした場合」と、私は自分の考えを淡々と述べた。「誤診を認めることになって……」

サヤーゴ医師は、手をこすりあわせた。

「そう思いたいなら、それでもかまわない。しかしフェアミーアンの娘は、私が診察した時点で間違いなくあと三ヶ月しか生きられなかった。それが四ヶ月か、あるいは五ヶ月まで延びたかもしれないが、せいぜいその程度です」

その日の夜、私はヘネラル・パスへもどった。翌日ブエノスアイレスへ向かう飛行機の中で夢を見た。自分が死体になる夢だった。この奇怪な空想が生まれたのは、気持ちが高ぶり、あちこちを移動して疲れていたせいだろう。早く旅を終えたいという気持ちが、死体の自分を早く埋葬してほしいという願望として夢にあらわれたのだ。友人たちもみんな死体で、とりあえず亡霊として存在しているが、それもつかの間で、やがて亡霊としての死を迎える運命にあった。夢の中で私はルシーア・フェアミーアンの写真を見ようとするが、言いようのない恐怖を感じて、なかなか見ることができなかった。私が見つめ、大事に持っているのは、もう写真ではなかった。突然何かが変化した。一度も目をそらしていないはずだが、あらためてそれを見る。不意にあることを思い出して、自責の念にかられた。写っていたものが消えて、ただの白い紙になった写真を見て、私はルシーア・フェアミーアンが死んだことをはっきりと悟るのだ。

ブエノスアイレスへ着いたのは夕方だった。疲れていたが、翌日チリへ行かなければならず、ベルヘル・カルデナスと会うにはその日しかなかった。ベルヘル・カルデナスの家に電話をすると、不在だという返事が返ってきた。しかし電話に出たのが本人だと気づいたので、その晩に訪ねる旨を伝えた。

あれから何年もたつが、あのときの会話を思い出すと、当時と同じくひどく後悔し、不快な気持ちになる。ベルヘルは一種の象徴的な存在で、彼のことを考えると、たえずあの恐怖がよみがえってくる。我々の感情の流れは計り知れないものだ。なにしろベルヘルは、私の友人ではもっとも傑出した人物であり、私が長い闘病生活で絶え間ない苦しみを味わっていたとき、誰よりも献身的に尽くしてくれたのだから。

ベルヘルの家には大きな犬が何匹もいて、音もなく出てきたかと思うと、また闇へと消えていった。犬のあいだを縫いながら、私は早足で案内する管理人のあとを追った。統一感のない中庭を抜けると庭園があらわれた。外階段のある屋敷と一本の樹木があり、夜の闇に浮かぶその姿は、とてつもなく巨大に見えた。階段をのぼって扉を開ける。ひどく明るい部屋で、壁一面に本が並んでいた。金属の肘掛けの変わった椅子があり、そこに座っていたベルヘルが立ちあがって、ほおを紅潮させ、親しみをにじませながら私を迎えようと歩いてきた。

挨拶もそこそこに、私はオリーベがパタゴニアのことで何か書きのこしていないか尋ねた。

「ええ」とベルヘルは答えた。「詩をひとつ書いていて、その原稿がどこかにあったはずです」

ひきだしをあけ、薄汚れた紙片のあいだをしばらくさぐったあと、ベルヘルは赤い表紙のついたノートをとりだした。それを読もうとして、ベルヘルが言いそえた。

「これは手書きで」と説明した。「ぼくが書き写したものなんですが」

「それでもかまわない」と私は言って、ノートを受けとった。「癖のある字でも読めるから」

『ルシーア・フェアミーアン——思い出』という題名を見て背筋が寒くなった。詩を読んでみると、回りくどい、つたない表現で激しい思いがつづられていた。もっともそれは時間がたってからの評価で、あのとき実際に感じたのは形にならない荒ぶる感情だった。感情に基づく批評ほど低俗なものはない。しかし気持ちに訴えるからこそ、オリーベの作品（いつも熱心にシェリーを模倣して、ただし真情を吐露するよりも言葉遊びを好む傾向がある）は特筆すべき詩と言えた。形式上の欠陥があり、音調のよくない箇所もあったが、それでも感情に訴えるものがあったのだ。この詩は話題を呼んだオリーベの遺作集にも収められていて、手元にないのでうろ覚えだが、引用しておきたい。

ただし残念ながら、あまりぱっとしない一節しか思い出せない。一行目は面白味に欠ける。「荒地」、「森」、「伝説」という言葉が出てきて、これらは詩語として同じような働きを担っているだけで、たがいに補強されることがない。二行目は、詩人カンポアモールのつまらない栄光を思わせ、オリーベらしくない。最後の行は休止の置き方が不自然だし、それに「絶望」という言葉の選択はいただけない。影響とまで言えないが、この連の全体に(悲哀も含めて)シェリーっぽいところが感じられる。ただしあやふやな記憶で、具体的に指摘することはむずかしい。

荒地で見つけたのは森と伝説
森で出会ったルシーアが今日死んだ
記憶よ、立ちあがり讃歌をささげよ
たとえオリーベが絶望の淵に沈もうとも

パタゴニアに行ったときのことをオリーベが話していなかったか、ベルヘルに尋ねた。

「そう言えば」と彼は答えた。「とても変わった恋の冒険を聞かせてくれましたよ」

ベルヘルは松林の秘密から説きおこした。

「ご記憶でしょうが、あの晩オリーベは詩作のために十時ごろホテルを出ています。とても暗い夜で(ホテルにもどってブーツを見るまで、雪の中を歩いていたことに気づかないほどだから、相当暗かったのでしょう)、それでもオリーベは何とか松林まで行こうとした。犬があらわれなかったので、ほっとした。犬が嫌いでね。ただ扱いには慣れていたそうですが……」

「オリーベも犬を飼っていたんじゃなかったかな」と私は口をはさんだ。「子供のころに」

「ええ、そんなことを言っていたような……で、気がつくと目の前に〈ラ・アデーラ〉の母家があった。南側に回りこみ、側面の扉が開いていたので魔がさしたというか、家へ入りこんだそうです。部屋と回廊を抜けると、緑色の垂れ幕があり、その裏で螺旋階段を見つけた。階段で中二階へあがり、そこからは大きな広間が見えた。広間では黒服の男が三人の若い女性と話していて（そこで初めて人を見たそうです）彼らはオリーベの存在に気づいていなかった。中二階には二つの扉があって、右の扉を開けると、ルシーア・フェアミーアンがいた」

　私は眩暈を覚えながら、つぶやいた。

「それで？」

「オリーベは二つのことを強調していましたね」ベルヘルは順番に説明した。「ルシーアは彼を見てもおどろかなかった。まるでオリーベがくるのを待っていたように、ごく自然な様子だったそうです。その話を何度も繰り返すので、そのとき思ったことをごく自然に語ってほしいと頼みましたが、無駄でした。あなたもご存じでしょうが、オリーベは思いこみが激しくて、相手に気を使う男ではないですからね。もうひとつ強調していたのは、ルシーアが清楚に、そして素直に身をまかせたことでした」

　ベルヘルは頬を紅潮させ、しかし目の表情は変えることなく詳細に語った。私は嫌悪を感じた。それは自分自身と、オリーベ、ベルヘル、そして世界に対する嫌悪だった。できることならすべてを放りだしたかった。しかしあのときは夢の中にいる気分で、あまり深刻に考えるべきではなく、また自分の負うべき責任もその程度にすぎないと思われた。それに（もっと早く気づいてもよさそうだが）ようやく事情がわかってきて、事の真相をはっきりさせたいと思った。しかしそれは誤りだった。本当はうやむやにしておくべきだったのに、私は翌朝サンティアゴへ向けて出発した。

オリーベに対して腹を立てるべきではないことはわかっていた。努めて平静な気持で考えようとしたが、なかなかうまくいかなかった。オリーベが恋の冒険を語ったことに憤りを感じたのは、相手の娘が死んでしまったからだ。同じ理由で、オリーベはそれを語った。つまり娘が死んでしまい、その生涯と死にまつわるエピソードがロマン主義的だったからこそ語ったのだ。オリーベは現実を文学作品として見ていて、彼女との話でもそうした相克が抗しがたいほどに魅力的だったのだろう。彼のやり方は子供っぽいし面白味に欠ける。だからと言って、あまり厳しい評価をくだすべきではない。オリーベに罪があるとしたら、邪悪な人間としてではなく、無能な作家としての罪なのだから。しかしどのような理由づけをしても、私の激しい怒りはおさまらなかった。

アントファガスタへ着くと、私は警察署長を訪ねた。編集局長の自筆署名の紹介状を携えて行ったが、署長は興味を示さず、私の話を無表情に聞いたあと、いつでもフェアミーアンと面会ができるように許可書を発行してくれた。

その日の午後、フェアミーアンと会った。いかめしい目つきで、私のことを覚えているかうかがい知ることはできなかった。いくつか質問をすると、フェアミーアンはゆっくりとした口調で私をののしりはじめた。つぶやくほどの小さい声で、しかしそこには嵐のような憎悪が感じられた。

気の済むまで文句を言わせてから、私は答えた。

「好きなようにお考えください。これは個人的な調査で、その結果を公表するつもりはなかったのですが、サヤーゴ医師から聞いたことは公表しますよ。お話を聞いて、誰にも迷惑はかからないとわかりましたから」

そう告げて、私はその場をあとにした。翌日は面会へ行かなかった。

ふたたび訪れると、フェアミーアンは最初の面会のことにはほとんど触れず、好意的に応対してくれた。

「今度のことを説明しようとすると、どうしても娘の話になる。あれが不憫で、できれば話したくなかったんだが」

フェアミーアンは医師の話を追認し、そのつづきを語った。ある晩、ルシーアが寝室にあがったあと、娘のひとりがつぶやいた。自分たちの生活は毎日同じことの繰り返しで、そうした日常に変化が生じ、それも死という決定的な変化が起こるとは、とても信じられない、と。眠れない夜を過ごしていると、盲信と焦燥がつのる。フェアミーアンもそうで、娘の言葉を思い出して、「あの家で時間が流れないようにするために」家族全員で、毎日まったく同じ生活を繰り返そうと決めた。

それを邪魔されないため、いくつか予防的な策を講じなければならなかった。家の人間が外へ出たり、外から誰かが入ってくることを禁じた。フェアミーアンは、いつも同じ時刻に出かけ、食料を受けとり、農場の人間に指示をだす。農場で働いている者の生活は以前と変わらなかった。作男がひとりで逃げたのは、きびしい規律から解放されるためではなく、奇妙な出来事、つまり理解できない何かが起きていることに気づき、おそろしくなったのだ。家の中ではきびしい規律が課され、毎日同じことを繰り返す仕組みが自然にできあがっていった。家から出ることはおろか、窓から顔をだすことさえできなかった。夜毎、時間の流れがとめられるかのごとく、同じ一日が繰り返された。それは第一幕の最後で中断する悲劇を生きているような日々だった。やがて一年半がすぎた。フェアミーアンは、自分が永遠の中に生きていると思っていた。思いがけずルシーアが死んだとき、医師の宣告した時期を十五ヶ月すぎていた。

通夜の日、啓示的な出来事が起こる。その家に入ったことのない人物が、教えられることもなく目指す部屋へたどりついたのだ。フェアミーアンはルシーアの写真を見せられて、はじめてそのことに気づいた。フェアミーアンが明かりをつけたのは、殺すべき相手の顔を見るためだった。

数日後、私がブエノスアイレスへ戻るころ、牢獄の中でフェアミーアンが死んだ。その死に私が関与しているという者もいて（私を貶めようとした相手について、いまは語るつもりはない）、取り調べをうけない立場を利用して（証言を得る見返りとしてフェアミーアンに頼まれた）青酸カリを運んだのではないかと嫌疑をかけられた。しかし私を誹謗中傷する者たちは、求めていた結末を見ることはなかった。私は沈黙を守り、チリ警察に拘束されることもなかった。

いま懸念しているのは、そうした騒動がふたたび起こることだ。医師の証言や、それを公表すると脅したぐらいでフェアミーアンから話を聞きだすことはできなかったはずだと主張する者も出てくるだろう。そういう連中は、私にとってアントファガスタで毒物を手に入れることが可能だったかという問題を無視している。こうして公にされた記録が動かぬ証拠だと言う者もいるだろう。しかしこれを読んでもらえば、私がフェアミーアンの自殺に関与しえなかったことがわかってもらえると期待している。そのことを証明し、さらにヘネラル・パスでの出来事においては運命が決定的な役割を果たした点を指摘しておきたい。また過失を犯したとはいえ、オリーベの記憶がくすんでしまうのはできるだけ避けたい。いま私は病に伏し、この世界から消える日が近いことを自覚している。それでも筆をとり、もはや自分にとって意味のない世界の情熱と事実を記録するのは、そうした理由からなのだ。

フアン・ルイス・ビリャファァーニェの原稿は、ここでとぎれている。

この記録は完結していないと思う。「フアン・ルイス・ビリャファァーニェの原稿は、ここでとぎれている」と書いたのは、それを明示するためだ。わざと完結させていないと言うべきかもしれない。最後の一節は壮麗であり、悲哀を感じさせ、後味が悪く、何よりも欺瞞に満ちた結末を狙ったものに他ならない。ビリャファァーニェの語りは、まるで読者を混乱させることを意図しているようだ。説明されていない点があり、内容もかなり省略されている。そのことを気づかせず納得させるために、このような結末を付したのではないだろうか。

私はその欠落部分を補おうと思う。個人的な解釈ではあるが、この記録と、ここで語られているオリーベとビリャファァーニェの性格のみに基づいており、充分に説得力があると確信している。これまで私見を述べなかったのは、読者を最後で驚かそうという、文学的あるいは子供っぽい意図があったわけではない。むしろこれを読む人が私の干渉を受けることなく、ビリャファーニェの言葉だけを拠りどころとしてほしかったからだ。そのうえで、もしこのエピローグが予見できるものであったならば、あるいは私と読者の結論が同じものであったならば、いまから述べる解釈にそれなりの説得力があるという証明になるだろう。

カルロス・オリーベとファン・ルイス・ビリャファーニェの二人の人物だが、彼らはちょうど一枚の版画の図柄のごとく、運命の中で対称的な関係にあり、補完しあっていると思われる。そう考えることでプロットは単純明快になる。彼らは（定理とか、単なる現実の話ではなく、芸術的な意味において）見事なほど対称的だ。

ビリャファーニェを黒幕のごとき人物として見るのは誤りだろう。一連の出来事で、ビリャファーニェはその本質的な部分に介入しているわけではなく、ただその表面を変えているにすぎない。冒頭でも述べたが、しばしばビリャファーニェは匿名で、つまり間接的に記事を書いている。彼が書いた最良の記事も匿名のものだったし、上院で白熱した激論が交わされたとき、実はそれが独白にすぎなかった事例も一再ならずあった。ビリャファーニェが多くの上院議員の口を通してひとりで提案し、それに反駁していたのだ。

私はカルロス・オリーベという人物の評価について、疑問を持っている。しばしば看過されている点があり、それを取り上げないとかえって誇張されたり、あるいは無視することになり、物語そのものを損なってしまう。自分の敬愛する人物を恥じて、人間的な部分をとりのぞいて象徴のような人物に仕立てたり、あるいは通りの名前や学校のパーティーに冠したり、またひっきりなしに宿題の教材として使う人もいるが、そういう連中は放っておこう。私はカルロス・オリーベがどんな人間か知っているし、彼を――あるがままに――敬愛していた。私としては、オリーベが度々剽窃をしていたことを認めるのにやぶさかではない。この微妙な問題を語るうえで、オリーベがコールリッジの剽窃について述べたことを想起するべきだろう。「コールリッジはシェリングから借りる必要などあったのだろうか。in forma pauperis、つまり貧民としての権利で借りたのだろうか。そんなことは全くなかった。だからこそ不思議だったのである」。カルロス・オリーベの場合は不思議でも何でもない。彼が模倣するのは、その豊かな才能に模倣する技術が含まれていたからだ。オリーベに模倣を認めないのは、戯曲を演じる俳優にそれを認めないのと同じことだ。

もう一度、この話を最初から見てみよう。ヘネラル・パスのホテルにいたオリーベとビリャファーニェは、窓越しに遠くの松林を見る。それは〈ラ・アデーラ〉と呼ばれる農場で、一年前から誰もそこに立ち入らず、そこから出てきた人間もいない。その日の夕刻、オリーベは農場を訪れるまでヘネラル・パスを去らないと宣言する。夜になって、あまり説得力のない理由を挙げてオリーベはホテルを出た。ビリャファーニェもホテルを出る。翌朝ルシーア・フェアミーアンが死んだため、〈ラ・アデーラ〉への立ち入りが許可される。最初オリーベは通夜へ行こうとしなかったが、結局その家を訪れる。中へ入ると、まるで家の造りを知っているかのごとく行動する。それを見て、フェアミーアンがオリーベを殺す。

私の結論はそれほど奇抜ではない。要するにフェアミーアンは殺す相手を間違えたのだ。オリーベは通夜の日までその家へ入ったことはなかった。入ったのはビリャファーニェだ。

読んでいて気づいたと思うが、ビリャファーニェの記録では随所にこうした結論を導くためのヒントがちりばめられている。この件に関するオリーベの行動を（a）とし、ビリャファーニェの行動を（b）とすると、つぎのように整理することができる。

（a）オリーベは、彼がフェアミーアンの家へ行ったと思われるように、パタゴニアの極寒の夜にいどんだ。しかし森へ入ることすらできなかった。犬がこわかったのだ。ビリャファーニェと一緒のときも犬をおそれていた。

通夜の日、オリーベがフェアミーアンの部屋まで行くことができたのは、前夜ビリャファーニェから〈ラ・アデーラ〉へ行ったときのことをくわしく聞いていたからだ。それを裏づける根拠もある。その夜ビリャファーニェは酒を飲んでいて、彼自身の言葉によれば「オリーベがすべてを打ち明けることのできるすばらしい友人に思われた」。冒頭で述べたが、ビリャファーニェはアルコールが入って何かを打ち明けるとき、「詳細に生々しく」語る。この二つの言葉が、すべてを物語っている。ビリャファーニェの話が詳細であったから、通夜の夜、オリーベはフェアミーアンの部屋へたどりつくことができた（オリーベが中二階の二つの扉の前で少し考えたのは、ビリャファーニェがフェアミーアンではなくルシーアの部屋に入ったからだ）。ビリャファーニェの語った話は生々しいものだった。彼自身がオリーベの嘘の話を聞いて、嫌悪と恐怖を感じるほどだ。ビリャファーニェが聞いたのは自分とルシーア・フェアミーアンの話で、ルシーア・フェアミーアンの死後、自分が語ったのと同じ話を聞かされたわけだ。酒と、昔から男同士だと交わされるだろう猥談などで欲情し、勝利に酔いしれながら語ったみずからの非道な行為を、ふたたび耳にすることになったのだ。

話の中では、ルシーアの死にうちのめされているオリーベの様子が語られている。語り手のビリャファーニェは「見るからに落胆していて、その様子は芝居がかっていると言ってもいいほどだった」と述べている。これはオリーベが役者のような能力をもち、自分の役どころを明確に思いえがき、心情の面でも演じている人物像とひとつになるからだ。

もうひとつ言っておかなければならない。オリーベは事実を歪曲し、他人の経験を自分がやったことにしてしまう。

たとえば、フェアミーアンが木戸にあらわれるのを窓から覗いた話で、オリーベは彼を見たと宣言する。しかし実際に見たのは双眼鏡を持っていたビリャファーニェだ。それにオリーベは近眼だった。それでもホテルの主人の前で堂々と言う。「さっきこの目で実際に見て決心しました。〈ラ・アデーラ〉へ行ってみるまでは、この地を去りません」

オリーベの話では、雪が降るのを見ていないことになっている。暗い夜で、ホテルへもどって汚れたブーツを見るまで、雪が積もっていることに気づかなかった、と。実はオリーベが外にいるあいだ、雪は降っていなかった。降っていたなら、「月が出て、雪が降りはじめた」のを見たはずだ。そして(これも改竄だが)自分のブーツではなく、ビリャファーニェのブーツに雪がついているのを見たのだ。

ビリャファーニェがオリーベの性格に言及したのは、単なる憎しみだけが理由ではなく(それと同じく)良心の呵責もあった。真実をあきらかにするうえで役立つ要素をすべて読者に提示しようとしたのだ。

（b）オリーべにつづいて、ビリャファーニェもあとを追うように外へ出た。しかしオリーべのあとを追ったわけではない。彼は〈ラ・アデーラ〉へ入りこむために外へ出たのだ。

そしてルシーアと時を過ごす。フェアミーアンの娘の一人が死んだと聞いたとき、ビリャファーニェは名前を尋ねようとした。通夜の席では（亡くなったのが前夜一緒だった娘ではないかと不安にかられ、そうでないことを期待しながら）死んだ娘の三人の姉を見るまで、その場を立ち去ろうとしなかった。同時にビリャファーニェは、最悪の事態を想定し、言葉巧みにオリーべと町長をそそのかして（遺品をもっておきたかったので）故人の写真を手に入れようとした。生きていたときの姿を思い浮かべることができなくなるので（もし生前のルシーアを知らなければ、こんなことを言うはずがない）、死体を見るのは好きではないと主張する。愛するルシーア・フェアミーアンを失ったことで（写真を見たり、詩情をそそられる運命を聞いたぐらいで、恋に落ちたりはしないだろう）ビリャファーニェは深く悲しみ、その晩は一睡もしなかった。ベルヘルからオリーべの語った話を聞いて、ビリャファーニェは恐怖をおぼえ、自分のおこなったことへの後悔をにじませている（ビリャファーニェは、オリーべの運命の対する自責の念を感じたときだけ後悔を口にし、またオリーべの話としてみずからの不面目な顚末を、相手の死という悲惨な形で締めくくられた恋の火遊びを聞かされたときだけ恐怖を口にする）。

最後に、ビリャファーニェが記した一節に注目しておきたい。ビリャファーニェは、フェアミーアンの人生に関する逸話を、物語の思いがけない結末というか、それまで単なるわき役であった人物が突然主人公となる展開になぞらえている。ビリャファーニェがこれを記したのは、その箇所を読んだ人間が謎を解く鍵を見つけて、物語全体を解釈するためではなかったか。

私にとってこれは事件の唯一の解釈というより、ただひとつの真実だ。

ビリャファーニェとルシーア・フェアミーアンについて、若干の補足をしておこう。ルシーア・フェアミーアンは、ビリャファーニェを死の天使として、父親によって課された過酷な不死性から解放してくれる存在として受けいれたのだと思う。ビリャファーニェにはつらい運命が、死をもたらす役割が与えられた。しかしそれに屈することはなかった。何があろうと男らしく落ちついて、つねに穏やかだったその人柄が損なわれることはなかった。いつだったか、彼がオリーベの死に言及して、その生涯にふさわしい死であったことを嬉しく思うと言っていた。どういう意味か説明しなかったが、おそらくビリャファーニェは……オリーベが身近な死に新たな意味を与えたと言いたかったのではないか。当時は身近な死と無縁な死についてよく議論が交わされたが、オリーベにとっては大した違いはなかったのだ。フェアミーアンの自殺にビリャファーニェが関与したという醜聞だが、実はそれを伝えているのは彼の原稿だけだ。だからと言って、ビリャファーニェが自分への激しい中傷を捏造して読者を誘導し、自分が潔白であることを納得させようとしたなどと言うつもりはない。

この話は、カルロス・オリーベの思い出で締めくくろう。旅立つ日の夜、麦わら帽子を振りながら去っていったオリーベの姿を覚えている。ふと気づくと、彼が繰り返していた言葉は十二音節の詩句になっていた。

皆、我を忘れたもうな！

詩人の願いは、かなえられた。

A・B・C・

訳者あとがき

本書は、アルゼンチンの作家アドルフォ・ビオイ＝カサーレスの短篇小説を収録した日本独自の作品集である。彼の生涯については回顧録『メモリアス』（一九九四）に詳しいが、簡単に作家としての歩みを追っておこう。一九一四年、アルゼンチンの大農場主の家に生まれたビオイ＝カサーレスは、文学好きだった父親からアルゼンチンの国民文学と言われる『マルティン・フィエロ』をはじめ、さまざまな詩を聞いて育つ。十一歳のとき、従姉妹の気を引くために初めて物語を書くことを思いたつが未完に終わる。その後、十四歳で推理小説風の短篇を書きあげ、一九二九年の『序章』から一九三七年の『ルイス・グレベ死す』までに六冊を上梓した。しかし短篇を中心としたこの時期の作品は手探りでの創作ゆえか、ビオイ＝カサーレスは再刊を許していない。

転機をもたらしたのはホルヘ・ルイス・ボルヘスとの出会いだった。二人はブエノスアイレスの文芸サロンで女王と呼ばれていたビクトリア・オカンポの紹介で知りあい、一九三七年、共同である乳製品会社のパンフレットを手がけることになった。

その仕事は私にとってまことに有益な体験だった。パンフレットが完成するころには、私は以前の自分とは別人の、経験を積んだ一人前の作家に成長していた。ボルヘスとの共同作業は、数年分の仕事に匹敵するほどの豊かな実りをもたらした。(『メモリアス』大西亮訳)

それ以降、ボルヘスとビオイ＝カサーレスは『天国・地獄百科』などのアンソロジーの共編者として、また『ドン・イシドロ・パロディ 六つの難事件』などの小説の共同執筆者として四十年に渡って活動をともにする。共作・共編者としては、前述のビクトリア・オカンポの妹であるシルビナ・オカンポの存在も忘れてはならないだろう。のちにビオイ＝カサーレスの妻となるシルビナは、彼が学業を捨てて創作に専念するべきか考えたとき、ボルヘスとともにその決断を後押しした。「三人寄れば、文学のあらゆるスタイル、あらゆるジャンルを網羅できた」(アルベルト・マングェル著『図書館 愛書家の楽園』野中邦子訳、白水社)とされる彼らは、ときに新たな小説の構想を練ったりしながら、本について語りあったという。そうした集いを契機として、『幻想文学選集』(一九四〇)など三人によるアンソロジーが編まれることになる。

ボルヘスとともにパンフレットを作成していたころ、ビオイ＝カサーレスは母親の部屋で見かけた三面鏡から長篇小説の着想を得る。一九四〇年に『モレルの発明』として発表されたこの小説は実質的な長篇第一作目にあたり、ブエノスアイレス市文学賞を受賞したことで作家として広く認められるきっかけとなった。序文を担当したボルヘスによって「完璧な小説」と称賛され、日本でも海外でもビオイ＝カサーレスの作品といえば、まずはこの小説が挙げられるだろう。

絶海の孤島を舞台にした『モレルの発明』は、奇妙な映写装置によって映しだされた女に絶望的な愛をささげる男の物語で、モチーフの一部は長篇第二作目の『脱獄計画』（一九四五）にも引き継がれている。これらの作品によって作家として本格的に活動をはじめたビオイ＝カサーレスは、その後も老いた男と仲間たちが若者からの襲撃におびえながら暮らすさまを若い女との恋愛模様をからめて描く『豚の戦記』（一九六九）や、精神を病んだ夫婦がロボトミー手術を思わせる施術をほどこされて「犬」めいた人格に変化する『日向で眠れ』（一九七三）などの長篇小説をものしている。『モレルの発明』をはじめとする長篇がとりあげられることも多いビオイ＝カサーレスだが、一方では短篇の名手としても知られており、短篇を発表するあいまに長篇を書いていたといってもいいほど数多くの短篇作品を手がけている。同じラテンアメリカの小説家でも、コロンビアのガブリエル・ガルシア＝マルケスやペルーのマリオ・バルガス＝リョサ、チリのイサベル・アジェンデなど一大絵巻ともいえる壮大な物語をつむぐ作家たちと比べて、ビオイ＝カサーレス、ボルヘス、フリオ・コルタサルといったアルゼンチンの作家たちは、短篇でその魅力を最大限に発揮するといっても過言ではないかもしれない。ビオイ＝カサーレスもこの点を意識していたようで、あるインタビューで次のように述べている。

短篇は大好きです（……）とてもアルゼンチンらしい様式です。世界の他の地域でこの様式が今も生きつづけているのかどうかわかりませんが、ずいぶん前にフランスでの私の担当編集者にこう言われたのをおぼえています。君たちアルゼンチン人は短篇にずっとかかずらっているのだね、と。（Mempo Giardinelli, *Así se escribe un cuento*）

ビオイ＝カサーレスの短篇集には、再刊を拒んだ最初期の作品をのぞくと、一九四八年の『大空の陰謀』を出発点として、『驚異的な物語』（一九五六）、『花輪と愛』（一九五九）、『影の下』（一九六二）、『大熾天使』（一九六七）、『女たちのヒーロー』（一九七八）、『途方もない物語』（一九八六）、『ロシア人形』（一九九一）などがある。日本でもこれまでラテンアメリカ文学のアンソロジーが出るたびに少しずつ紹介されてきたが、短篇集は刊行されていなかった。それゆえ本書はビオイ＝カサーレスの本邦初の短篇作品集ということになる。収録作品は次のとおりで、まず『モレルの発明』などとの関連性が指摘され、傑作短篇集として名高い『大空の陰謀』から四篇を選び、一九五〇年代および六〇年代の各短篇集から二篇ずつ入れることで、作家活動の初期から中期にかけてのベスト・セレクションをめざした（『花輪と愛』はごく短いテキストで構成された連作短篇集としての性格が強いため本書には収録していない）。このうち「パウリーナの思い出に」は平田渡、菅原克也各氏、「大空の陰謀」は安藤哲行氏による既訳がある。その他はすべて本邦初訳となる。

「パウリーナの思い出に」En memoria de Paulina
「偶像」El ídolo
「大空の陰謀」La trama celeste

「雪の偽証」El perjurio de la nieve
以上四篇、『大空の陰謀』La trama celeste（一九四八）所収。
「愛のからくり」Clave para un amor
「二人の側から」De los dos lados
以上二篇、『驚異的な物語』Historia prodigiosa（一九五六）所収。
「影の下」El lado de la sombra
「墓穴掘り」Cavar un foso
以上二篇、『影の下』El lado de la sombra（一九六二）所収。
「大熾天使」El gran Serafín
「真実の顔」Las caras de la verdad
以上二篇、『大熾天使』El gran Serafín（一九六七）所収。

これらの短篇集は、長篇で言えばSF的な要素の濃い『モレルの発明』や『脱獄計画』から、より日常的な光景を舞台とする『豚の戦記』や『日向で眠れ』への移行期に編まれている。ビオイ＝カサーレスの長篇小説の変遷は鼓直氏の「〈影のヒーロー〉、ビオイ＝カサーレス」（『ラテンアメリカ文学を読む』［国書刊行会］所収）にくわしいが、そうした作品に親しんでいる読者にとっては、長篇における作風の移り変わりと呼応する要素を見つけだしたり、移り変わっても変化しない個性をかいま見る楽しみもあるだろう。

作風の変化について付言しておくと、ビオイ＝カサーレスは『モレルの発明』の段階でひとつの試みを行っている。カスタリア版『大空の陰謀』の編者ペドロ・ルイス・バルシアによれば、『モレルの発明』を執筆する際、ビオイ＝カサーレスはそれ以前の作品に見られた傾向、たとえば曖昧な結末、プロットの軽視、心理小説的な手法などを改め、推理小説のごとき巧緻な作品を構想した。こうして生まれた『モレルの発明』やそれにつづく『脱獄計画』は、その精巧さのためか人間的な温かみに欠けると評されることもあったらしい。しかしエルネスト・サバトが『脱獄計画』についての一文で予言しているように、ビオイ＝カサーレスには本来「センチメンタルでロマンチック」な面があり、情感を抑制してSF的な幻想譚を著しながらも、その根底には人間的な部分が脈打っている。

周知のように、ビオイ＝カサーレスはボルヘスの盟友とも言える存在である。時間や無限性などボルヘスと同様のテーマをとりあげているが、かつてボルヘスの秘書的な役割を担い、前掲の『図書館　愛書家の楽園』や『奇想の美術館』といった著書もあるアルベルト・マングェルは、アルゼンチン文学のアンソロジーで両者の違いに触れ、ビオイ＝カサーレスは登場人物の人間的な側面により大きな関心を向けていると指摘している。彼の作品における幻想的な部分は、物語の中心的課題として解明される対象ではなく、登場人物たちの人間性が試される契機として機能する。やや極端な言い方をするなら、『モレルの発明』でボルヘス的な幻想を描いたあと、ビオイ＝カサーレスは幻想を媒介として人間の内面的な部分を語ることに軸足を移してゆく。

本書に収録された作品のうち、執筆年代の古い「大空の陰謀」と「雪の偽証」には、驚くべき真実が複数の語り手の視点で語られるなど『モレルの発明』を思わせる仕掛けが施されている。これに対して同じ『大空の陰謀』所収の作品でも「パウリーナの思い出に」や「偶像」では、物語の重層性は維持されながらも、それらはひとりの語り手の視点に収斂する。語り手たちはみずからが直面する不可解な状況を読み解く必要があり、言うなれば読者の鏡像としての性質を帯びている。「愛のからくり」では、日常的な秩序への回帰が描かれることで、マングェルの指摘したビオイ＝カサーレスの特徴がより鮮明になっている。この作家に関するエッセイでグラシエラ・シェイネスが述べているように、同じく幻想的な作風で知られるフリオ・コルタサルが秩序の崩壊を描くのに対して、ビオイ＝カサーレスは秩序の崩壊ではなく、そこからの乖離と、異なる世界との邂逅を描く。日常的な世界はそのまま維持されており、登場人物たちは別の世界を遍歴したのち、二つの異なる秩序を前に逡巡する。

この点で興味深いのは「二人の側から」の少女の反応で、彼女は別の世界への扉に恐怖をおぼえたり、あるいは魅入られたりすることはない。またそれが失われても「愛のからくり」の語り手のように哀惜を感じたりはしない。ビオイ＝カサーレスの作品には子供の存在感が希薄であるとされるが、その理由として彼の物語世界は幼少期など人格形成を終えた人間が当然のものとする秩序と、そこからの逸脱を基本としていることが考えられる。そこから敷衍して、確立されたはずの秩序を臆見《ドクサ》として解釈すれば、日常的な世界における幻想譚の地平が開かれる。

たとえば「墓穴掘り」では、本書の他の収録作品とは異なり、幻想的と形容すべき事象は出来しない。しかし推理小説あるいはサスペンスに近いこの作品からは、強迫観念という幻影にとらわれた人々の姿を見いだすことができる。登場人物たちはそれぞれの狭隘な視野から、あたかも幻覚を見るように現実を解釈し、みずからの幻影に惑わされ、神の遊戯のごとき運命に翻弄されてゆく。

同じく人間の錯誤と流転を描いた「影の下」は、現実として認識される世界の移ろいを主題としている。作者自身の言葉を引けば、「この短篇の根底に流れるのは、いわば永劫回帰の思想であり、ほんの一瞬かいま見た人影がはたして本当に自分の愛する人なのか定かではないという焦燥に似た気分が作品を生み出す母胎となっている」(『メモリアス』大西亮訳)。ビオイ＝カサーレスの作品ではしばしば登場人物の自己同一性がプロットの要素として用いられるが、この作品ではそうした同一性の揺らぎを人間が背負う悲劇として描いている。

「大熾天使」も、時空を越えてくりかえされる運命の物語として読むことができる。アルゼンチン文学の研究者であるベアトリス・クリアが詳述しているように、作中で引用される詩の一節はスペインの詩人ビリャサンディィノの手になるものである。この中世の詩人の生まれ変わりとも言うべき主人公は、初めて見た光景に既視感をいだく。やがて世界の終わりという畏怖すべき出来事が背景となり、平凡な日常性が狂気としての様相を帯びてゆく。主人公をのぞいて誰一人として世界の終末という恐るべき事実を受け入れようとせず、日々の関心事に拘泥する。最終的に主人公も、無益な行為であることを自覚しつつ、自らが犠牲となることで一人の娘のはかない救済を実現しようとする。

輪廻転生を描いた「真実の顔」も魂の回帰を主題としているが、この作品については時代背景等、少し説明が必要かもしれない。アルゼンチンでは一九三〇年代以降、十九世紀に独裁体制を布いたファン・マヌエル・デ・ロサスの再評価を求める、いわゆる歴史修正主義が唱えられ、歴史学のひとつの潮流となった。歴史家の改心を描いた「真実の顔」は、そうした歴史解釈のフィクション性をめぐる寓意として読むことも可能であろう。ビオイ＝カサーレスのつむぐ物語には風刺的な一面があり、この作家のアンソロジーを編んだダニエル・マルティノの解説によれば、「大空の陰謀」や「雪の偽証」では当時の政治的なスキャンダルが暗にほのめかされているという。寓話のごとき「真実の顔」も、政治的神話が揶揄されていると解釈することで、現実の世界におけるグロテスクな幻想が影絵のごとく浮かびあがる。

この「真実の顔」を戯画化された敬愛の物語とするなら、本書に収められた作品は何らかの形で愛を描いている。ビオイ＝カサーレス作品における愛の重要性はつとに指摘されているが、メキシコの詩人オクタビオ・パスによれば、この作家が主題とする愛はコスミックなものではなく形而上学的な性質のものである。愛とは特権的な知覚であり、それによって我々は自分たちが肉体という幻影の圧政下で生きていることを、そして自分自身もまた影であることを認識する。ふたたびボルヘスを持ちだし、このパスの指摘と重ね合わせて整理すれば、ビオイ＝カサーレスとボルヘスはともに人間の生をプラトン的原型の模造あるいは影とみなしており、そうした影を生みだす原型に対してある種の幾何学的な性質や形而上学的な概念を積極的に付与しようとする。しかしボルヘスが装置そのものを洗練させ、やがて世界の事象すべてを内包する球体〈アレフ〉に到達するのとは対照的に、ビオイ＝カサーレスは、なぜ装置の中で人間が再現されなければならないのかを、愛を語ることで探求する。

『モレルの発明』の〈私〉がフォスティーヌとともに生きることを求めて死を意味する装置に身を投じるように、形而上学的な概念と愛をたえずゆきつもどりつすることによって人間の生のあやうさが浮かびあがる点こそ、ビオイ＝カサーレス作品の最大の魅力と言えるだろう。

＊

翻訳に際しては、底本として Adolfo Bioy Casares, *Obras Completas*, Cuentos I y II, Editorial Norma, Santafé de Bogotá, 1997. を使用し、同時にそれ以外の版の注釈および解説も適宜参照した。翻訳作業は訳者二人で分けて担当し、最終的に野村が文体の統一をはかった。また英語訳および日本語訳のある作品等も参考にさせていただいており、訳者諸氏にこの場を借りて御礼を申しあげたい。

本書ができあがるまでには多くの方々のお世話になり、とりわけ翻訳の機会を与えて下さった木村榮一先生、懇切なご指示ご鞭撻をいただいた国書刊行会の樽本周馬氏に御礼を申しあげなければならない。また訳者の質問に快く応じて下さったセフェリーノ・プエブラ先生とロジェール・シビット氏をはじめ、ご支援を賜った方々にも心からの感謝を捧げたい。

訳者を代表して
野村竜仁

●主要刊行本リスト（＊＝短篇集）

・Prólogo, 1929.＊
・17 disparos contra lo porvenir, 1933.＊
・Caos, 1934.＊
・La nueva tormenta o la vida múltiple de Juan Ruteno, 1935.
・La estatua casera, 1936.＊
・Luis Greve, muerto, 1937.＊
・La invención de Morel, 1940.（『モレルの発明』清水徹・牛島信明訳、書肆風の薔薇、一九九〇年）
・El perjurio de la nieve, 1944.
・Plan de evasión, 1945.（『脱獄計画』鼓直・三好孝訳、現代企画室、一九九三年）
・La trama celeste, 1948.＊
・Las vísperas de Fausto, 1949.
・El sueño de los héroes, 1954.
・Homenaje a Francisco Almeyra, 1954.
・Historia prodigiosa, 1956.＊
・Guirnalda con amores, 1959.＊
・El lado de la sombra, 1962.＊

・El gran serafín, 1967.＊
・La otra aventura, 1968.
・Diario de la guerra del cerdo, 1969.（『豚の戦記』荻内勝之訳、集英社、一九八三年）
・Memoria sobre la pampa y los gauchos, 1970.
・Breve diccionario del argentino exquisito, 1971.
・Historias de amor, 1972.
・Historias fantásticas, 1972.
・Dormir al sol, 1973.（『日向で眠れ』高見英一訳、集英社、一九八三年）
・El héroe de las mujeres, 1978.＊
・La aventura de un fotógrafo en La Plata, 1985.
・Historias desaforadas, 1986.＊
・Unos días en el Brasil (Diario de viaje), 1991.
・Una muñeca rusa, 1991.＊
・Un campeón desparejo, 1993.＊
・Memorias; Infancia, adolescencia y cómo se hace un escritor, 1994.（『メモリアス』大西亮訳、現代企画室、二〇一〇年）
・En viaje (1967), 1996.
・De jardines ajenos, 1997.

- Una magia modesta, 1997.＊
- De un mundo a otro, 1998.
- De las cosas maravillosas, 1999.
- Descanso de caminantes, 2001.
- Borges, 2006.

●ボルヘスとの共作および共編

- Seis problemas para don Isidro Parodi, 1942.（『ドン・イシドロ・パロディ　六つの難事件』木村榮一訳、岩波書店、二〇〇〇年）
- Los mejores cuentos policiales, 1943.
- Dos fantasías memorables, 1946.
- Un modelo para la muerte, 1946.
- Los mejores cuentos policiales; Segunda serie, 1951.
- Los orilleros. El paraíso de los creyentes, 1955.
- Cuentos breves y extraordinarios, 1955.（『ボルヘス怪奇譚集』柳瀬尚紀訳、晶文社、一九七六年）
- Poesía gauchesca, 1955.
- Libro del cielo y del infierno, 1960.（『天国・地獄百科』牛島信明・内田吉彦・斎藤博士訳、書

肆風の薔薇、一九八二年）

・Crónicas de Bustos Domecq, 1967.（『ブストス＝ドメックのクロニクル』斎藤博士訳、国書刊行会、一九七七年）

・Nuevos cuentos de Bustos Domecq, 1977.

●シルビナ・オカンポとの共作

・Los que aman, odian, 1946.

●ボルヘス、シルビナ・オカンポとの共編

・Antología de la literatura fantástica, 1940.

・Antología poética argentina, 1941.

著者　アドルフォ・ビオイ＝カサーレス　Adolfo Bioy Casares
1914年アルゼンチン・ブエノスアイレス生まれ。わずか14歳で初めての短篇を執筆、早くから文学的才能を開花させる。32年、ホルヘ・ルイス・ボルヘスと出会い、以後作品の共同執筆者、アンソロジーの共編者として活動を共にする。40年、『モレルの発明』で注目を浴び、その後も『脱獄計画』（45年）や『日向で眠れ』（73年）などの長篇や、幻想小説からSF的・ミステリ的な要素の濃い短篇を多く発表。81年にはフランスのレジオン・ドヌール勲章を受勲し、さらに90年、スペイン語文学で最も名誉あるセルバンテス賞を受賞した。99年、ブエノスアイレスにて没する。

訳者　高岡麻衣（たかおか　まい）
1973年北海道生まれ。神戸市外国語大学大学院博士課程単位取得退学。ラテンアメリカ文学専攻。論文に「ボルヘスにおけるパラドクス」（神戸市外国語大学に提出）などがある。

野村竜仁（のむら　りゅうじん）
1967年群馬県生まれ。神戸市外国語大学イスパニア学科卒、同大学大学院博士課程修了。現在、神戸市外国語大学イスパニア学科教授。専攻はスペイン黄金世紀文学。

短篇小説の快楽

パウリーナの思《おも》い出《で》に

2013年5月25日初版第1刷発行

著者　アドルフォ・ビオイ＝カサーレス
訳者　高岡麻衣、野村竜仁
発行者　佐藤今朝夫
発行所　株式会社国書刊行会
〒174-0056　東京都板橋区志村1-13-15
電話03-5970-7421　ファックス03-5970-7427
http://www.kokusho.co.jp
印刷所　明和印刷株式会社
製本所　株式会社ブックアート

ISBN978-4-336-04841-7
落丁・乱丁本はお取り替えいたします。

短篇小説の快楽

読書の真の快楽は短篇にあり。
20世紀文学を代表する名匠の初期短篇から
本邦初紹介作家の知られざる傑作まで
すべて新訳・日本オリジナル編集でおくる
作家別短篇集シリーズ。

聖母の贈り物　ウィリアム・トレヴァー　栩木伸明訳

“孤独を求めなさい”——聖母の言葉を信じてアイルランド全土を彷徨する男を描く表題作ほか、圧倒的な描写力と抑制された語り口で、運命にあらがえない人々の姿を鮮やかに映し出す珠玉の短篇全12篇。トレヴァー、本邦初のベスト・コレクション。

すべての終わりの始まり　キャロル・エムシュウィラー　畔柳和代訳

私の誕生日に世界の終わりが訪れるとは……なんて素敵なの！　あらゆるジャンルを超越したエムシュウィラーの奇想世界を初めて集成。繊細かつコミカルな文章と奇天烈で不思議な発想が詰まった19のファンタスティック・ストーリーズ。

パウリーナの思い出に　アドルフォ・ビオイ＝カサーレス　高岡・野村訳

最愛の女性は恋敵の妄想によって生みだされた亡霊だった——代表作となる表題作をはじめ、バッカス祭の夜、愛をめぐって喜劇と悲劇が交錯する「愛のからくり」他、ボルヘスが絶讃した『モレルの発明』の作者が愛と世界のからくりを解く10の短篇。

あなたまかせのお話　レーモン・クノー　塩塚秀一郎訳

その犬は目には見えないけれど、みんなに可愛がられているんだ……哲学的寓話「ディノ」他、人を喰った異色短篇からユーモア溢れる実験作品まで、いまだ知られざるレーモン・クノーのヴァラエティ豊かな短篇を初めて集成。

最後に鳥がやってくる　イタロ・カルヴィーノ　和田忠彦訳

語り手の視線は自在に俯瞰と接近を操りながら、ひとりの女性の行動を追いかけていく——実験的作品「パウラティム夫人」他、その後の作家の生涯と作品を予告する初期短篇を精選。カルヴィーノのみずみずしい語り口が堪能できるファン待望の短篇集。